KB062759

한낮의 방문객

한낮의 방문객

마에카와 유타카 지음 | 이선희 옮김

창해

프롤로그

3월. 미타카의 주택가를 걸었다. 아침부터 내리던 눈은 진눈깨비가 섞인 비로 바뀌었다.

차가운 바람이 휘몰아쳤다. 걸음을 멈추고 왼손으로 우산을 바꿔든 뒤, 오른손으로 코트 안주머니에서 수첩을 꺼냈다. 그리고 곱은 손으로 지도와 주소를 확인했다.

틀림없다. 10미터 앞에 있는 쓰레기 수거장 뒷골목에서 오른쪽으로 꺾어지면 된다.

'크레슨트 빌라' 앞에 섰다. 초승달 빌라라는 의미일까? 정취 있는 이름과 달리 예상대로 스산한 곳이다. 2층으로 통하는 바깥계단을 올라갔다.

202호. 초인종을 누르기 전 오른쪽 끝집을 힐끔 쳐다보았다. 지금 그곳에는 아무도 살지 않는다.

초인종을 누르며 손목시계를 보았다. 3시 22분. 만약 202호 거주자가 회사에 다닌다면 아무도 없을 가능성이 높은 시간대였다. 하지만 달칵 하는 소리와 함께 문이 열렸다. 마음이 약해 보이는 대학생 같은 남자가 의아한 얼굴로 나를 쳐다보았다.

남자는 9개월쯤 전 옆집에서 일어난 사건에 관해 아무것도 몰랐다. 신문기사조차 본 적이 없다고 했다. 내 이야기를 듣더니 정말로 깜짝 놀란 표정을 지었다. 왼쪽 집에는 사람이 없고, 그 집의 왼쪽 집에 사는 젊은 주부는 "어린이집에 아이를 데리러 가야 해서……, 죄송해요"라는 말을 남기고 내 옆을 지나갔다.

무기질적인 도시생활은 영원히 교차할 수 없는 평행선이다. 같은 공간을 공유한다는 사실이 결코 가까운 인간관계를 보증하지는 않는다.

나는 프리랜서 저널리스트다. 월간종합지 『시야』에서 미타카에서 일어난 사건을 취재해달라는 의뢰를 받고 여기에 왔다. 오랜만에 들어온 일이다. 지난 몇 년 동안 눈에 띄게 줄어들어 지금은 어떤 일이든 맡고 있다.

이 일이 마음에 들지 않는다는 의미는 아니다. 고독사에 대해 쓰고 싶다는 말을 『시야』 편집장인 기무라에게 이미 해놓은 상태였다. 그런데 이번 사건은 내 머릿속의 고독사 이미지와 조금 달라 보였다.

고독사는 내게 무척이나 절실한 테마였다. 나보다 다섯 살 많은 형이 오랫동안 혼자 살다 5년 전 고독사로 세상을 떠났다. 원인은 심장마비였다.

그리고 나도 올해 쉰여섯이 되었다. 형이 세상을 떠난 나이다.

20년을 같이 산 아내와는 6년 전 이혼했다. 외동딸은 아내와 같이 사는 쪽을 선택했고, 나는 오기쿠보 역 앞에 위치한 아파트에서 혼자 생활한다.

딱히 건강이 안 좋은 건 아니다. 하지만 일주일에 한 번 사립대학에 강의하러 가는 것 말고는 집에 거의 틀어박힌다. 그러다 갑자기 심장발작으로 몸부림치며 숨을 거두는 내 모습을 상상하면 온몸에 소름이 돋는다.

실제로 고독사는 노인에게서만 발견되는 현상이 아니다. 나이를 떠나 누구에게나 일어날 수 있는 상황이다.

고독사의 종류 또한 여러 가지다. 사망자가 처한 사정이 각기 다른 만큼 당연하다고 하겠다. 최근에는 요금 연체로 전기나 수돗물이 끊긴 상태에서 굶어죽는 사람이 발견되는 일도 드물지 않다.

피해자의 경우 나이 많은 노인이라든지, 부모가 학대하거나 육아를 포기한 어린아이가 대부분이다. 그런데 미타카의 '크레슨트 빌라'에서 일어난 사건은 어느 쪽에도 해당되지 않는다는 점에서 매우 특이했다.

사망한 사람은 노인이 아니라 28세 엄마와 다섯 살배기 딸이었다. 두 사람 모두 아사상태였다고 한다.

그들의 사망기사를 「마이초 신문」에서 처음 읽고 형용할 수 없는 분노가 솟구쳤다. 무엇에 대한 분노였는지는 스스로도 알지 못했다. 다만 모녀의 죽음을 전하는 신문기사의 잔상이 무성영화처럼 뇌리에서 끊임없이 반복되었다.

미타카 시에서 모녀 아사

25일 오전 11시 반경, 도쿄 도 미타카 시의 '크레슨트 빌라' 2층에서 28세 엄마와 5세 딸이 사망했다. 두 사람 시신은 집주인의 신고를 받고 출동한 미타카 서 경찰관이 발견했다. 미타카 서에 따르면, 두 사람 모두 눈에 띄는 외상은 없었다고 한다. 두 사람이 살았던 집은 한 달 전부터 요금 체납으로 전기가 끊기고, 일주일 전부터는 수돗물까지 끊겼다고 한다.

집주인에 의하면 엄마가 병에 걸려 일하지 못했다고 한다. 아마도 그로 인해 수입이 전혀 없었던 듯하다. 집세는 최근 6개월간 내지 못했지만 그전에는 밀린 적이 없었다고 한다. 행정부검을 통해 구체적 사인을 조사할 예정인데, 두 사람 모두 굶어죽었을 가능성이 있다고 한다. 집 안에는 음식물이 전혀 없었으며, 딸 옆에는 빈 감자칩 봉투가 놓여 있었다.

열흘 전 집세를 독촉하러 간 주인에게 28세 엄마는, 자신들이 사흘간 아무것도 먹지 못했으며 오직 수돗물로 연명 중이라고 말했다고 한다. 그런데 해당 가정은 생활보호대상자로도 신청하지 않았다. 주변 사람들과 접촉이 거의 없었던 걸 보면 그런 제도가 있다는 사실조차 몰랐을 수 있다. 한편, 급수 중단이라는 도쿄 수도국의 판단에 논란의 소지가 있어 보인다.

마쓰모토 요시코와 노조미. 모녀의 이름이다. 딸의 이름이 희망이란 뜻의 '노조미'라는 사실이 매우 아이러니하다. 신문에서는 익명으로 보도했지만, 나는 신문기자 지인을 통해 사건이 발생한 빌라의 주소를 알아내고 두 사람 이름을 파악했다.

요시코는 정말로 자신들이 생활보호대상자에 속한다는 사실을 몰랐을까? 요시코의 친정은 하카타이며, 부모님과 나이차이 많이 나는 여동생이 그곳에 살고 있다.

반면, 도쿄에는 지인이나 친척이 거의 없었다. 이웃과도 마음을 터놓고 지내는 사람이 없었다. 딸 역시 유치원이나 어린이집에 보내지 않아, 그쪽에서도 인간관계가 형성되지 않았다.

분명히 이것도 고독사다. 기무라 또한 그렇게 생각해 내게 취재를 의뢰했다. 사망자가 젊은 모녀라는 것 때문에 고독의 형태가 약간 다르게 보이는 것뿐이다.

가장 큰 문제는 도쿄 도 수도국이 왜 수돗물 공급을 중단했느냐는 점이다. 신문기사에 쓰여 있는 25일이란 작년 5월 25일이다. 계절적으로 지내기 좋은 때라서 전기가 끊기는 건 그렇게 치명적이지 않았다.

하지만 모녀는 수돗물로 굶주림을 버텨냈다. 그런 상황에서 아무리 요금을 체납했더라도 수돗물까지 끊어야 했을까? 「마이초 신문」 기사도 그 부분에 논점을 맞춘 듯 보였다. 내가 그 후에 본 모든 신문들 역시 도쿄 도 수도국의 대응을 맹렬히 비난했다.

인간적 감정이 배제된 기계적 대응으로 말살되는 약자들의 인권. 이 사건은 그런 사회맥락 속에 자리하고 있었다. 어린 딸까지 있었으니 좀 더 인간적으로 대할 수도 있지 않았을까?

나는 당연히 미타카 시를 관할하는 도쿄 도 수도국 조후 서비스센터를 취재했다. 하지만 취재에 응한 홍보담당자는 냉랭한 태도를 취했다.

사건이 발생한 후 수많은 기자들의 취재로 익숙해진 탓이었을까? 9개월쯤 지나서야 찾아온 정체를 알 수 없는 저널리스트에 대해 그는 묘한 여유조차 풍겼다.

"저희는 정해진 규칙에 따라 어쩔 수 없이 급수를 중단했을 뿐입니다."

"정해진 규칙이란 것이 뭔가요?"

"일단 우편으로 독촉장을 보냅니다. 그런 다음 전화를 걸거나 여러 번 찾아가죠. 급수 중단이 행해진 당일에도 담당자가 직접 찾아가 말씀을 드렸습니다. 하지만 요금을 납부할 의사가 전혀 보이지 않았다고 합니다. 체납기한이 거의 7개월에 이르고……."

"아무리 그렇더라도 어린 딸까지 있었습니다. 인권 측면에서의 배려는 없었습니까?"

"개인정보 보호문제도 있는지라 개인적인 상황까지는 파악하지 못했습니다. ……더구나 당사자가 급수를 중단해도 상관없다고 해서……."

허무한 대화였다. 상대는 사태의 본질을 털끝만큼도 이해하지 못한 듯 보였다.

그런데 요시코가 급수를 중단해도 상관없다고 말한 점이 마음에 걸렸다. 어린아이까지 있으니 보통의 어머니라면 애원해서라도 수도가 끊기는 걸 막으려 하지 않았을까?

수도국 홍보담당자 말이 사실이라면, 자포자기한 것이라고밖에는 생각하기 어렵다. 모녀와 직접 만났던 직원에게 그런 상황을 확인하고 싶었다. 하지만 해당 직원의 이름은 끝내 알 수 없었다.

그에 비해 집주인의 대응은 훨씬 정상적이었다. 이는 집주인의 인격이 훌륭했다는 의미가 아니다. 그저 어디에서나 볼 수 있는 평범한 사람이었다.

그는 신문기사에 등장하는 '집세를 독촉하러 갔다'는 표현에 강한 거부감을 드러냈다. 모녀의 생활이 많이 어려운 것 같아 걱정스런 마음에 살펴보러 갔을 뿐이라고 했다. 나중에 생각하니, 그때 먹을 거라도 좀 나눠줄 걸 하는 후회가 남는다고 거듭 강조했다.

두 사람 시신이 발견되기 일주일 전부터 매일 모녀의 집에 찾아갔는데, 반응이 없어 결국 경찰에 신고했다고 한다. 여벌 열쇠로 직접 들어갈 수도 있었지만, 모녀가 무사할 경우 법적 문제가 발생할 가능성이 있어 신고했다고 고백했다.

경찰에 신고한 집주인의 행위에 이기적인 속사정이 있었던 건 부인할 수 없다. 집세가 계속 밀릴 경우 그의 생활이 영향을 받게 된다. 집세를 재촉하지는 않았다는 말을 액면 그대로 받아들이기는 어렵다. 하지만 미미하게나마 후회가 느껴지는 그의 변명은 적어도 인간적으로 다가왔다.

JR 미타카 역으로 돌아갔다. 진눈깨비가 섞인 비가 그치고 검은 구름 사이에서 희미한 햇살이 고개를 내밀었다. 하지만 걸음을 옮길 때마다 우울감이 더해졌다.

취재의 결과물은, 수도가 끊겨도 상관없다고 요시코가 말한 것을 알아낸 정도였다. 어떻게든 그녀와 만났던 수도국 직원을 섭외해 뒷이야기를 들어야 한다.

하지만 그렇다고 해서 상황이 크게 바뀔 것 같지는 않다.

결론은 이미 알고 있었다. 사건이라고 하기에는 너무도 희미하고 무기질적인 인간관계. 그곳에서 보이는 건 인간미가 결여된, 비극이라고도 부를 수 없는 황량한 사막 같은 풍경이었다.

1장

악의

1

아파트 현관 앞에서 옆집 자매를 만났다. 그들은 웃는 얼굴로 인사했다. 둘 다 상당히 미인이고 젊은 나이에 비해 예의가 발랐다.

그들 자매는 6개월 전쯤 옆집으로 이사왔다. 언니인 류노스케는 쇼와 시대(1926~1989년) 가요와 애니메이션 주제가인 애니송을 부르는 가수고, 동생은 언니의 매니저라고 했다.

그런데 뭔가 꺼림칙한 느낌이 들었다. 라이브 공연을 보러 오라고 몇 번 초대했지만, 아직 가지 않았다.

집으로 들어갔다. 공간은 두 곳뿐이다. 3평짜리 주방 겸 거실에 3.5평짜리 서재. 주방 겸 거실에는 작은 식탁과 TV 말고는 아무것도 없었다.

서재는 몹시 너저분했다. 컴퓨터가 놓여 있는 책상과 책들이 튀어나와 있는 책장 두 개. 바닥에는 단행본과 잡지가 흩어져 있어 발 디딜 틈이 없었다. 벌써 몇 년이나 이런 상태가 이어지고 있다.

컴퓨터를 켰다. 마감은 일주일 후다. 충분히 취재했다곤 할 수 없지만, 이제는 원고를 써야 한다. 원고를 진행하면서 필요할 경우 추가로 취재하는 게 내 방식이었다.

그런데 첫머리를 어떻게 시작할지 막막했다. 최근에는 항상 그렇다. 나이가 들수록 필력이 떨어짐을 온몸으로 느낀다. 더불어 사건 자체에 몰입할 수 없는 것도 글이 써지지 않는 원인이다.

나는 지금까지 쇼와 시대에 대한 글을 써왔다. 가끔 신문이나 잡지에 쇼와 시대의 풍속사를 기고했지만, 전문 분야는 쇼와 시대의 범죄사였다. 특히 쇼와 30년대부터 40년대(1950~1960년대)에 걸친 범죄에 관심이 많았다.

그런데 그러한 관심 분야는 요즘 시대와 맞지 않는다. 사람들이 원하는 것은 살벌한 이야기가 아니라 따뜻한 힐링이다. 신문이나 잡지에서 내게 일을 주지 않는 이유는 단지 일본 경제가 침체되었기 때문만은 아니다.

과거 사건이나 범죄에는 그 시대만의 냄새가 있다. 그 냄새가 내게는 너무도 매력적이었다. 물론 이런 표현이 사람들의 눈살을 찌푸리게 한다는 건 알고 있다. 살인사건의 경우 누군가가 죽는다. 죽은 자에게 애도를 표하려면 내가 사건 안으로 들어가야 한다.

최근 일어나는 사건에는 매력이 없다. 대량살인조차 그러하다. 아무리 결과가 중차대하더라도 광기에 사로잡혀 저지르는 범죄는 검증하고 싶은 마음이 들지 않았다. 반면에 쇼와 시대 사건에는 시대 변화와 사회의 병소가 확실히 반영되어 있었다.

특히 쇼와 30년대부터 40년대 사이에 유명한 사건이 집중적으로 발생한 이유는 무엇인가? 쇼와 38년(1964년) 3월에 일어난 '요시노부 사건'과 두 달 뒤인 5월에 벌어진 '사야마 사건'을 예로 들어보자.

이후의 전개를 살펴보면 두 가지 사건은 완전히 다른 것처럼 보인다. 요시노부 사건의 범인인 고하라 다모쓰는 자신의 죄를 자백한 다음, 진술을 번복하지 않고 곧장 사형대로 향했다. 한편 사야마 사건은 원죄(冤罪, 억울하게 뒤집어쓴 죄) 사건으로 발전했다. 하지만 두 사건에는 몇 가지 공통점이 있으며, 서로 관계가 있다고도 할 수 있다. 양쪽 다 유괴살인사건일 뿐만 아니라 범인을 포위해놓고도 놓쳤다는 점이 유사하다.

사야마 사건이 발생했을 때 경시청 수뇌부의 머릿속에는 요시노부 사건의 뼈아픈 실수가 똬리를 틀고 있었다. 몸값 수수 현장에서 잠복 형사들이 우왕좌왕하는 사이 돈을 빼앗긴 데다 유괴된 아이도 찾지 못했다.

따라서 사야마 사건이 발생하고 유괴된 여고생의 언니가 과자가게로 몸값을 가져가며 범인과 대치하자, 경시청에서는 같은 실수를 되풀이하지 않겠다며 배수의 진을 쳤다. 그런데 역시 범인을 놓쳤다. 두 번의 큰 실수가 강압적인 수사를 초래하고, 원죄 사건을 유발했다는 지적이 있을 정도였다.

더구나 고하라 다모쓰가 몸값으로 요구한 50만 엔은, 지금의 화폐가치로는 적은 돈이 아니지만 아이를 유괴할 만큼 엄청난 금액이라고는 할 수 없었다. 그런데 당시 고하라는 그것을 대단하게 생각했으며 보자기로 싸라고 지시했다.

그곳에는 고도 경제성장의 균열이 자리하고 있었다. 고도성장은 모두가 부유해지는 걸 의미하지 않는다. 부유한 사람과 가난한 사람이 나뉘기 시작한 시대이기도 했다.

사야마 사건의 가장 특이한 점은 이모나 근처의 농로에서 발견된 여고생의 매장형식이었다. 시신 옆에 그 지역의 매장풍습을 연상케 하는 돌멩이와 몽둥이가 놓여 있었다.

전통적인 범죄학 상식으로 볼 때 범인이 친척이나 가까운 지인임을 암시하는 듯했다. 하지만 체포된 범인은 피해자와 일면식도 없는 사이였다.

그 사실을 알게 된 순간, 나의 뇌리에는 기묘하게 분열되는 사야마 지방의 농촌 풍경이 떠올랐다. 어쩌면 그것은 그곳뿐만 아니라 당시 일본 전역에서 일어난 신구(新舊) 교체의 필연적인 자기분열이었는지도 모른다. 전쟁이 뒤로 물러나면서 희망이 보이기 시작한 시대였지만, 그런 흐름 속에서 뒤처지는 것 또한 반드시 존재한다.

나는 쇼와 30년대에서 40년대 사이 초등학교와 중학교를 다녔다. 그 무렵 인기 있던 TV 드라마는 「월광가면」과 「7색가면」, 「쾌걸 하리마오」였다. 나는 특히 「쾌걸 하리마오」를 좋아했다.

남십자성이 빛나는 동남아시아는 당시의 일본과 모습이 달랐을 테지만, 지금도 두 풍경은 내 망막 깊숙이 새겨져 있다. 이질적이고 대조적인 풍경이 마구 뒤섞이면서, 매력과 위험을 내포하는 전쟁 직후의 모습으로 기억에 남은 것이다.

근처에 멋진 초호화 저택이 있는가 하면 허름한 판잣집도 있었다. 버스 안내양으로 일하는 판잣집 큰딸은 가족을 먹여 살리기 위해 밤이면 매춘을 한다는 소문이 돌았다. 마을 축제에 가면 중학생이나 초등학교 고학년으로 보이는 딸이 눈초리가 험악한 아버지와 오징어를 구우며 노점에서 밤늦게까지 일하기도 했다.

지금으로 치면 아동복지법 위반이다. 하지만 법보다 현실이 중요한 시대였다. 그것은 시대의 균열을 보여주는 동시에 형용할 수 없는 그리운 풍경으로 뇌리에 깊이 새겨졌다.

2

리젠트 타워 9층 901호를 노크했다. 바로 문이 열리고 스구로가 웃는 얼굴로 나를 맞이했다. 안으로 들어가 창문으로 풍경을 내다보았다. 오후의 따뜻한 봄햇살이 유리창으로 쏟아졌다. 니시신주쿠의 고층 빌딩들이 역광의 햇살 속에서 신기루처럼 어렴풋이 윤곽을 드러냈다. 여기가 대학 안이라니 믿기지 않았다.

옅은 파란색 소파에 스구로와 마주앉았다. 공간이 넓었다. 스구로의 개인 연구실이 아니라 학부장실이었기 때문이다. 스구로가 임기 3년의 학부장으로 취임한 지 2년째였다.

창가에 상당히 큰 철재 책상이 놓여 있었다. 벽의 붙박이식 책장에는 책뿐만 아니라 학칙이나 학내 행정에 관한 두꺼운 자료집이 빼곡히 자리했다. 스구로는 연구 분야에서도 일류였지만 행정능력 또한 뛰어났다. 더구나 인망까지 두터워 50대 중반에 학부장으로 취임한 게 늦었다고 느껴질 정도였다.

"다지마, 요전에 말했던 어학 수업 말인데……."

나와 스구로는 도쿄대 영문과에서 같이 공부했다. 학부를 졸업한 후 둘 다 대학원에 진학했는데, 나는 석사 과정을 수료하는 것에 그쳤다. 지도교수에게 미움을 받아 내쳐진 것이다.

반면, 박사 과정에 진학한 스구로는 도쿄대에 남아도 이상하지 않은 수재라는 찬사를 받았지만, 사립대학인 도라쿠대학을 선택했다. 원래 남을 제치면서까지 출세하려는 상승 욕구는 없는 사람인 만큼, 스구로다운 선택이라고 할 수 있었다. 이미 40대 시절부터 학부장이 돼달라는 요청을 받았지만 계속 고사하다 작년에야 받아들였다.

"아니, 그건 됐어."

나는 선수치듯 말했다. 거북함이 솟구쳤다. 내가 도라쿠대학 문학부 영문과의 시간강사로서 학생들에게 가르치는 것은 '미국 저널리즘'이라는 한 과목뿐이었다.

최근에는 모든 대학이 영어회화 같은 실용적인 과목 위주로 가르치기 때문에, 영문학이나 미국문학 강좌는 그렇게 많지 않았다. 더구나 그런 과목을 담당하기에는 학문적인 실적도 별로 없었다.

'미국 저널리즘'을 가르치기에도 충분하다곤 할 수 없었지만, 몇몇 잡지에 발표한 저널리즘 관련 원고를 스구로가 실적으로 평가해 인사위원회를 겨우 설득했다.

그나마 시간강사였으니 통과했지, 연구 실적을 중시하는 전임 교수였다면 인정받지 못했을 것이다. 하지만 내게는 대학 강사라는 타이틀이 필요했다. 취재하러 다닐 때 사회적 신뢰라는 측면에서 나름대로 효과를 발휘하기 때문이다.

경제적 수입은 거의 기대하지 않았다. 한 과목을 가르침으로써 얻는 대가는 한 달에 겨우 3만 엔이다.

하지만 원고료 수입이 눈에 띄게 줄어들자 그것조차 무시할 수 없음을 깨달았다. 얼마 안 되지만 수업 유무에 상관없이 여름방학이나 겨울방학에도 지급된다는 이점 또한 있었다.

솔직히 한 과목만 더 맡았으면 싶었다. 지금 같은 불경기에 월 6만 엔이 보장된다면 조금은 숨을 돌릴 수 있게 된다.

그래서 작년 10월쯤 스구로에게 전화해 교양 영어를 가르칠 수 없겠느냐고 물었다. 전화기 건너편에서 스구로가 당황스런 표정을 지을 것이 눈에 선했다.

스구로는 보통 사람보다 몇 배나 세심한 사람으로, 내가 상처 입지 않도록 신중하게 단어를 골라가며 설명했다.

지금 당장 빈 강의가 없다는 점, 교양 영어는 영어권의 네이티 브 스피커나 일본인이라도 네이티브에 가까운 사람, 즉 영어권 에 오래 살다온 사람이어야 한다는 점 등……

스구로는 웃으면서 덧붙였다.

"나도 영어를 가르치고 싶지만, 나 정도의 영어 회화로는 가 르칠 수가 없어."

대학원생 시절, 미국 정부에서 주는 풀브라이트 장학금을 받 으며 예일대학에서 3년간 공부한 스구로는 영어 구사가 상당히 유창했다. 나는 유학 경험이 없고, 취재를 위해 미국과 영국에 한 달 정도씩 몇 번 체류했을 뿐이다.

영어 회화 역시 어설펐다. 실용 영어를 구사하지 못하는 대학 교수가 영어 회화를 가르치는 시대는 이미 끝났다.

"전화로 말한 것처럼 올해는 빈 강의가 없어 힘들지만, 내년에 는 담당자와 의논해보겠네."

작년 10월에 꺼낸 이야기를 지금까지 미뤄 미안했던 모양이 다. 오늘 수업이 끝나고 학부장실로 오라고 한 것도 그 부분을 설명하기 위해서였다. 여전히 성실한 사람이다.

실제로 스구로는 내 바람을 들어주기 위해 그동안 여러모로 손을 썼으리라. 하지만 잘 되지 않았음이 틀림없다. 지금은 학부장 말 한마디로 모든 게 정해지는 시대가 아니다.

스구로의 호의는 진심으로 고마웠다. 그가 이렇게 말하는 이상 내년에 한 과목 늘어날 것은 확실하다. 이 자리를 모면하기 위해 임기응변으로 말하는 사람이 아니다. 하지만 나는 스구로의 호의에 기대는 일은 이제 그만하기로 마음먹었다.

"아니, 정말로 괜찮아. 나처럼 영어 회화를 못하는 사람이 영어를 가르치는 시대가 아니라는 건 알고 있어."

스구로의 얼굴에 당혹감이 퍼져나갔다. 뭐라고 말해야 좋을지 모르는 모습이었다.

"자네가 영어 회화를 잘하는지 못하는지는 몰라도, 나는 실용성만 중시하는 지금의 대학 영어교육에 의문을 갖고 있네. 대학이 영어 회화학원은 아니잖나?"

그 의견에는 나도 찬성이었다. 하지만 그에게 동조해 같은 의견을 말하기는 망설여졌다.

스구로의 말을 액면 그대로 받아들여서는 안 된다. 그것은 나에 대한 배려와 실용 영어도 잘하는 사람의 여유처럼 들렸다. 나는 모호하게 고개를 끄덕이며 그의 말을 한 귀로 흘려들었다.

나는 얼른 화제를 바꾸었다.

"여전히 바쁘지?"

"그래, 잡다한 일이 너무 많아. 내후년이 빨리 왔으면 좋겠군."

그가 한숨을 쉬며 말했다. 그의 임기는 내년이면 끝난다.

"자네가 학내 정치를 싫어한다는 건 알지만, 행정력과 인망이 있으니 학부장 임기가 끝나면 이사가 될 수도 있지 않나?"

"농담이라도 그런 말은 하지 마. 내겐 그런 능력도 없을 뿐더러 마음도 없으니까."

스구로가 힘주어 말했다. 상당히 진지한 표정이다. 나는 가볍게 말한 것을 반성했다. 그에게 그런 야심이 없다는 걸 잘 알면서 일부러 그렇게 했다.

"자네는 어때? 지금도 글을 쓰고 있나?"

"개점휴업 상태야. 최근에 겨우 『시야』에서 일 하나를 맡았지."

"그거 잘됐군. 거기는 모두 쓰고 싶어하는 잡지니까. 무슨 내용이지?"

"일종의 고독사네. 나 역시 언젠가 고독사할 테니 기이한 리얼리티가 있지."

나는 쓸쓸하게 웃으며 말했다. 그의 얼굴에 다시 가벼운 당혹감이 퍼져나갔다.

스구로는 내 집안 사정을 잘 알고 있다. 예전에는 내 전처나 딸과도 자주 만났다. 그는 현재 아내와 두 아들과 행복하게 살고 있다. 그 점에서도 우리 인생에는 눈에 보이는 틈이 존재했다.

"어떤 사건인가?"

"삭년에 미타카 시에서 28세 엄마와 다섯 살배기 딸이 굶어죽은 사건 있었지? 그거야."

"아아, 그 사건이군."

신문에서 제법 시끄럽게 떠들어서인지 그도 미타카 사건을 알고 있었다. 잡지는 묘한 매체라서 주간지처럼 신문이 다루기 전 선수를 쳐서 쓰기도 하고, 지식인을 위한 월간지 『시야』처럼 신문에서 떠들고 상당한 시간이 지난 후 새삼 사건의 뿌리를 살펴보기도 했다.

"실은 고독사라는 커다란 테마로 책을 쓰고 싶었어. 이번 교유샤의 의뢰는 개별 사건이니 주간지 같은 기사가 된다 해도 어쩔 수 없겠지."

교유샤는 『시야』를 발행하는 대형 출판사다.

"여기저기 취재한 뒤 쓰는 거지?"

"그래, 취재는 꽤 많이 했어. 마음이 우울해지는 일이지. 전기나 수돗물이 끊긴 상태에서 굶어죽는 사람이 제법 많거든. 고독사나 고립사라기보다 더 차가운 죽음이라고 할까? 인간적인 냄새가 나지 않는 죽음이야."

나는 미타카 사건의 취재 내용을 자세히 설명했다. 스구로는 진지한 표정으로 내 말에 귀기울였다. 그는 대학시절부터 성실하고 윤리관이 강한 성격이었다. 그리고 누구에게나 다정한 좋은 사람이다.

키도 크고 단정하게 생겨 여성들에게 인기가 많았다. 하지만 수많은 여성들의 손짓과 시선에도 아랑곳하지 않고, 대학시절부터 사귀어온 아름다운 여성과 결혼했다. 상대 역시 도쿄대 영문과 출신이다.

"끔찍한 이야기군. 수돗물까지 끊을 필요는 없었을 텐데."

스구로가 혼잣말처럼 말했다. 분노에 휩싸여 화를 냈다기보다 정말로 충격을 받은 모양이었다. 말투에서 스구로다운 따뜻함이 배어나왔다.

나는 그의 단정한 얼굴을 똑바로 바라보았다. 세월의 흐름이 크게 느껴지지 않았다. 나이에 비해 풍성한 머리칼이 하얗게 변한 것 외에, 얼굴 모습은 대학시절과 비슷해 보였다. 좁고 날카로운 턱과 높은 콧대. 지적이며 아련한 애수를 머금은 듯한 부드러운 눈동자. 평소에는 안경을 착용하지 않지만 책을 읽을 때는 작은 직사각형 렌즈가 달린 노안경을 썼는데, 무척 잘 어울렸다.

"그러게 말이야. 아무도 그런 현실을 비난하지 않고 대수롭지 않게 받아들이는 지금 시대가 너무 무서워."

내가 토해내듯 말하자 스구로는 말없이 고개를 끄덕였다.

3

숨이 턱턱 막혔다. 공간이 너무 좁았다. 티켓 3천 엔에 음료한 잔 값. 그것이 싼 건지 비싼 건지는 모른다. 나 혼자 '아사가야 드림'에 갔다. 류노스케의 라이브 공연을 보기 위해서다. 이제는 의리를 지켜야 할 때라고 생각했다.

나 말고 손님은 열다섯 명 정도였다. 남녀 비율상 남성이 압도적으로 많았다. 여성은 세 명뿐이었는데, 모두 20대의 얌전해 보이는 사람들이었다.

남성도 20대에서 30대가 대부분이었다. 거의 다 마니아처럼 보였다. 한 가지 마음에 든 건, 마니아들은 결코 내게 말을 걸지 않는다는 점이다.

그렇다고 느낌이 나쁜 건 아니었다. 앉을 곳이 없어 우두커니 서 있자 슬그머니 옆으로 움직여 내 자리를 만들어주었다. 사회적인 에티켓을 잘 알면서도 결코 친한 척 다가오는 일은 없었다.

구성은 2부였다. 1부는 쇼와 시대의 가요와 군가, 2부는 애니송이었다. 너무도 기묘한 조합이었다. 나와 동년배로 보이는 남자들도 몇 명 있었다. 그중 가장 눈길을 끈 사람은 하얀색 양복을 입은 머리가 짧은 사내였다.

객석의 어두운 조명 아래서도 하얀 양복과 진홍에 가까운 넥타이가 선명하게 보였다. 게다가 밤인데도 선글라스를 끼고 있었다. 얼핏 '그쪽 사람'으로 보이기도 했다.

나이는 알 수 없지만, 구태여 추측하면 40대 후반에서 50대 초반 정도일까?

어쨌든 사내는 맨 앞의 한가운데에 떡하니 앉아 있고, 나는 맨 뒤쪽의 오른쪽 끝에 자리해 압박감은 크게 느껴지지 않았다. 그래도 공간 자체가 워낙 좁아 나와 사내의 거리는 고작해야 5미터 정도였다.

1부는 나름대로 재미있었다. 류노스케가 부른 곡들은 대부분 아는 노래였다. 상하이 블루스, 전우, 쇼와 유신의 노래, 도쿄행진곡, 군대소곡, 바다의 진군. 그런데 류노스케처럼 젊은 여성이 왜 그런 노래를 부르는 걸까?

류노스케의 고음은 시원하게 뻗어나갔다. 엔카(일본적인 애수를 띠는 가요) 같은 것도 록음악처럼 절규하듯 부르는 요즘의 젊은 가수들과 달리, 강약을 적당히 구사하며 물 흐르듯 매끄럽게 꺾어지는 노래를 듣자니 좁은 공간에 쇼와 시대의 신기루가 피어오르는 듯했다.

하지만 2부는 나와 어울리지 않았다. 애니송을 들은 게 처음이었다.

대부분의 관객이 오타게이(아이돌 열성팬의 독특한 춤 동작이나 구호)를 따라했다. 박수와 손발의 움직임으로 분위기를 띄우는 것이다. 관객들이 모두 일어섰다. 나도 덩달아 일어났으나 멍하니 서 있을 뿐이었다.

하얀색 양복을 입은 남자는 1부가 끝나고 휴식시간에 모습을 감추었다. 다른 중년의 관객들도 대부분 사라졌다. 나는 밖으로 나갈 타이밍을 엿보며 나와는 인연이 없는 애니송을 들었다.

4

아사가야 드럼에서 얼마 떨어지지 않은 불고기집으로 들어갔다. 처음 가는 곳이다. 예전에는 불고기를 즐겨 먹었지만 나이 탓인지 최근에는 거의 찾지 않았다. 하지만 오늘은 상당히 배가 고픈 데다, 길거리까지 흘러나오는 불고기 냄새를 이기지 못했다.

식당으로 들어간 나는 힘이 쭉 빠졌다. 만석이었다. 생각해보니 금요일 밤이었다. 게다가 그곳은 대단히 조촐해, 4평 정도의 다다미방과 4인용 테이블이 네 개 있을 뿐이었다. 사람이 많다기보다 공간이 워낙 좁다는 느낌이었다.

"죄송하지만 지금은 자리가 없네요."

식당 주인으로 보이는 사람이 미안한 얼굴로 말했다. 나는 쓴웃음을 지으며 가볍게 고개를 끄덕인 뒤 출구 쪽으로 향했다. 그때 어디선가 굵은 목소리가 들려왔다.

"여기 합석해도 돼. 난 국밥만 먹고 갈 테니까."

"그래? 그래주면 고맙지."

식당 주인이 대꾸했다. 말을 건 사내와 상당히 친한 사이처럼 보였다. 단골손님인가? 소리가 들려온 쪽을 쳐다보던 나는 그 자리에 얼어붙은 듯 움직임을 멈추었다.

공연장에서 본 하얀 양복의 사내였다. 그 앞에는 국밥 그릇과 마시던 병맥주, 술잔, 빈 불고기접시 두 개가 놓여 있다. 그리고 양복 가슴주머니에 검은 선글라스가 아무렇게나 꽂혀 있었다.

사람을 외모로만 판단하면 안 된다는 사실은 알고 있다. 하지만 가급적 관계를 맺고 싶지 않은 유형이었다. 더구나 사내는 내가 류노스케의 라이브 공연장에 있었다는 사실을 알아차렸을 것이다. 말을 걸어올 가능성이 충분했다.

그가 국밥을 다 먹을 때까지라곤 하지만, 같은 자리에 앉는 이상 어느 정도 말을 하지 않을 수 없다. 그것은 마치 골치 아픈 일에 휘말릴 징조처럼 여겨졌다. 나는 거절하기로 마음먹었다.

하지만 도저히 그냥 나가겠다고 말하기가 어려웠다. 우락부락한 사내의 분위기에 주눅이 들기도 했다. 더구나 자기 테이블에 앉는 걸 당연하게 여기는 듯, 그는 흩어진 접시를 정리하며 나를 위한 공간을 만들었다.

"고맙습니다. 잠시 실례하겠습니다."

나는 어쩔 수 없이 의자를 당겨 자리에 앉았다. 사내는 말이 없었다. 나는 식당 주인에게 병맥주와 갈비를 주문했다. 그러자 즉시 맥주와 기본안주인 김치가 나왔다. 그 사이 어색한 침묵이 이어졌다.

"류노스케 목소리가 참 좋지?"

맥주를 입에 댄 순간, 사내가 말을 걸어왔다. 예상대로 내가 라이브 공연장에 갔다는 사실을 알고 있었다.

"그렇더군요."

나는 최대한 미소를 지으며 머릿속으로 재빨리 계산했다. 너무 친절하게 대해 정체를 알 수 없는 사내와 친분을 쌓기는 싫었다. 그렇다고 부루퉁한 태도를 보여 반감을 사는 것도 위험하다.

"옛날부터 그와 아는 사이인가요?"

사내의 말투가 갑자기 정중하게 바뀌었다. 내 말투에 맞춘 느낌이었다. 어쩌면 보기보다 사회적 상식이 있을지 모른다. 나는 한순간 '그'가 누구를 가리키는지 이해가 안 되었다. 류노스케는 분명히 여자다.

그런데 몇 번의 짧은 대화 속에서 류노스케가 자신을 '보쿠(남성이 자신을 가리키는 말)'라고 말하는 걸 들은 적이 있었다. 아무리 생각해도 '그'라는 단어는 류노스케 스스로를 가리키는 것으로밖에 여겨지지 않았다.

"아니요, 딱히 아는 건 아닙니다. 그냥 쇼와 시대 가요를 좋아해서……."

옆집에 산다고 꼭 아는 사이라고 할 수는 없지 않은가? 따라서 적어도 거짓말은 아니다. 더구나 군가라면 몰라도 쇼와 시대 가요를 싫어하지는 않는다. 물론 오늘밤 류노스케의 라이브 공연에 온 것은 옆집사람으로서 의리에 불과하지만.

"그래요? 그가 부르는 쇼와 시대 가요나 군가는 참 좋지요. 그런 노래를 할 때 그의 목소리는 정말 듣기 좋아요. 애니송인지 뭔지, 그런 걸 부를 때보다 훨씬 좋죠."

사내의 의견에는 찬성이다. 하지만 나라면 '애니송은 잘 모른다'거나 '애니송에는 관심이 없다'고 말했으리라. 어쨌든 사내의 가치 기준을 확실히 인식하게 되었다.

"류노스케 씨와는 옛날부터 아는 사이인가요?"

이번에는 내가 물었다. 사내가 내게 던진 질문과 같았다. 뭐라도 물어야 할 듯한 분위기였다.

"한 5년 전부터 그의 라이브 공연을 봤어요. 때로는 같이 술을 마시기도 합니다. 그는 아주 멋진 청년이지요. 요즘 세상에 그런 청년은 드물지 않을까요?"

멋진 청년. 류노스케가 남자임을 의심하지 않는 말투였다. 그 것에 이의를 제기할 생각은 없었다. 사람의 성별은 본인이 원하는 대로 받아들여도 상관없다. 물론 류노스케가 어느 성별을 원하는지는 잘 모르지만.

"그가 '쇼와 유신의 노래'를 부르는 건 오늘 처음 들었습니다. 한심할 만큼 나약한 남자들이 많은 지금의 일본에, 그처럼 젊은 남자가 그렇게 멋진 노래를 그렇게 멋진 목소리로 부르다니. 그 노래를 들으니 온몸이 떨리더군요. 아직 일본에 이렇게 훌륭한 젊은이가 있구나 하고……."

대화가 위험한 방향으로 흘러갔다. 이 단계에서 나는 하얀 양복의 사내가 야쿠자가 아니라 우익 관계자가 아닐까 생각하기 시작했다. 군가에 대해 이야기해 그런 생각이 들었을지도 모른다. 그렇다면 그런 사람과 요즘 젊은이들에 대해 이야기하고 싶지 않다. 나는 어정쩡하게 고개를 끄덕이며 적극적인 대응을 삼가기로 했다.

"가장 큰 문제는 교육입니다. 애당초 선생들이 틀려먹었어요. 왜 학생들에게 확실히 가르치지 않는 거죠? 요즘은 전부 학생들 감각에 맡기죠. 그래선 교육이라고 할 수 없잖습니까? 옛날 음악이나 문학이라도 좋은 작품일 경우 무조건 외우게 해야 돼요. 프랑스에서는 그런 식으로 가르친다더군요. 그렇게 안 하니 요즘 젊은이들이 고전 대신 만화만 보는 겁니다."

그렇게 말하면서 사내는 국밥 국물을 쭉 들이켰다. 건더기는 거의 남아 있지 않았다. 그나저나 뜻밖이었다. 이렇게 우락부락한 사내의 입에서 프랑스 교육 이야기가 나오다니. 그런데 프랑스에서는 정말로 그런 식으로 가르칠까?

갈비가 나왔다. 나는 집게로 철망 위에 그것을 올렸다. 여느 때보다 많은 양을 한꺼번에 올렸다. 얼른 먹고 떠나고 싶은 심리가 작용했을지도 모른다. 사내의 말투가 매끄러워지자 나의 불안은 더욱 커졌다.

쇼와 가요와 군가, 애니송을 부르는 라이브 공연도 기이했지만, 불고기 식당에서 사내와 합석한 상황도 묘했다. 나의 후각이 위험 신호를 알렸다. 예전에 취재하다 이런 유형의 사내에게 협박받은 일이 떠올랐다. 말하는 걸 좋아하는 우익. 그들은 폭력적인 우익보다 더 골치 아픈 인종이었다. 나는 사내가 계속 말을 붙일까 봐 두려웠다.

하지만 내 불안은 기우로 끝났다. 사내는 국밥을 비우자 순순히 자리를 떴다. 계산하며 주인과 두세 마디를 나누었을 뿐, 내게는 더이상 말하지 않았다.

5

인터폰이 울렸다. 오후 3시가 조금 넘은 시각이었다. 불길한 예감이 들었다. 좋으면 택배고 나쁘면 신문 권유나 방문판매일 것이다.

우리 아파트는 오토록 시스템이 아니다. 1층 관리실에서 방문객 출입을 확인하는 옛날 방식이었지만, 원칙적으로 신문외판원이나 방문판매원의 출입은 금하고 있다. 실제로 관리인이 안내방송을 통해, 아파트에 들어온 그런 사람들에게 나가라고 경고하기도 했다.

하지만 나는 관리인을 신뢰하지 않았다. 예전에 초등학교 교사였다는데, 쓰레기 분리수거를 제대로 안 하는 주민들에게 끈적끈적한 잔소리를 늘어놓았다.

반면에 상품권을 받고 방문판매업자를 들여보낸다는 소문이 끊이지 않았다. 강직함을 가장한 관리인의 얼굴에서 비열함을 느낀 게 한두 번이 아니다.

도어스코프를 통해 밖을 내다보았다. 감색 원피스 차림의 젊은 여성이었다. 얼굴이 잘 안 보여 누군지는 알 수 없었다. 다만 방문판매원 같지는 않았다. 방문판매원이라고 해도 젊은 여성이라면 쉽게 물리칠 수 있을 것이다.

살며시 문을 열고 밖을 살펴보았다. 가슴을 쓸어내렸다. 옆집 자매 중 동생으로, 류노스케의 매니저를 맡고 있는 여성이다. 지난번 라이브 공연이 끝나고 류노스케와 잠시 이야기를 나누었다. 공연 도중 빠져나오려 했지만, 결국 기회를 잡지 못하고 끝까지 보았다.

그녀는 매니저 일 외에 단가(短歌. 5, 7, 5, 7, 7의 짧은 시)도 짓는다고 한다. 그때 쓰지 후유코라는 이름의 명함을 받았다. 쓰지는 예명이지만 후유코는 본명이라고 했다.

"죄송하지만, 잠시 도와주실 수 있을까요……?"

후유코는 굳은 표정으로 말했다. 평소와 다른 긴장감이 감돌았다.

"무슨 일이지?"

나는 문을 열고 그녀를 현관으로 들였다.

"정수기 방문판매원 두 명이 와서 세 시간 가까이 나가질 않아요. 50만 엔이 넘는 정수기를 구입하라면서 계약서에 사인할 때까지 가지 않겠대요. 어떻게 해야 할지 모르겠어요."

"경찰에 신고하는 게 좋지 않을까?"

나는 가장 빠른 방법을 권했다. 남의 집에 멋대로 들어와 나가지 않으면 주거침입죄가 성립한다. 그러기 위해서는 침입자에게 확실히 의사표현을 해야 한다.

"나가달라고 말은 했지?"

나는 상황을 확인했다.

"그게……."

후유코는 잠시 망설이다 더듬더듬 말했다. 사정을 들어보니 생각보다 훨씬 복잡했다. 언니인 류노스케가 방문판매원들과 친해져 라이브 공연 티켓 두 장을 판 적이 있다고 했다. 그들은 실제로 공연장에 왔고, 공연 후 잠시 이야기를 나누기도 했다고 한다.

"지금 생각하면 그게 다 작전 같아요. 한 사람이 언니가 혼자 있을 때 세 번쯤 찾아와 정수기를 사라고 권했대요. 하지만 이런 저런 잡담 속에 은근슬쩍 정수기 얘기를 꺼내 언니도 이야기를 그냥 들어줬나 봐요. 그때는 그렇게 위협적으로 느껴지지도 않았고요. 더구나 공연 티켓을 사주었기 때문에 바로 거절하지 못하고 질질 끌려다닌 것 같아요. 이제 와서 사태의 심각성을 깨닫고 새파랗게 질려 사인을 거부하고 있지만……."

이 자매를 그렇게 잘 아는 건 아니다. 다만 몇 번 이야기를 나누었을 때의 인상으로 류노스케는 개방적이며 대책 없어 보이고, 매니저인 후유코는 좀 더 신중하며 용의주도해 보였다.

후유코가 왜 적극적으로 경찰에 신고하지 않는지 이해가 되었다. 류노스케의 직업은 일종의 손님 장사로, 티켓을 팔기 위해서는 가급적 사람들과 부딪치지 말아야 한다.

정수기 방문판매원들에게 티켓을 팔았다면, 그것이 비록 그들의 작전이었다 해도 일을 원만하게 처리하려는 심리가 작용했으리라. 하지만 그것이 그들의 노림수다.

"그런데 후유코 씨만 어떻게 집에서 빠져나올 수 있었지?"

"거짓말했어요. 옆집에 아버지가 사니까 의논하고 오겠다고요."

"용케 밖으로 내보내줬군."

"아버지에게 돈을 빌려오겠다고 했거든요."

후유코는 미안한 표정으로 고개를 떨구었다. 아무리 궁여지책이라도 생판 남인 데다 별로 친하지 않은 나까지 끌어들였으니 당연하다.

"죄송해요. 다지마 씨가 저널리스트였다는 게 생각나서, 이런 경우 잘 처리하시지 않을까 했어요."

쓴웃음이 나왔다. 아무리 저널리스트라고 해도 이런 일을 잘 처리할 리 없지 않은가? 하지만 후유코를 책망할 마음은 들지 않았다. 문제는 그녀가 원하는 게 무엇이냐는 점이다.

"요컨대, 그들과 이야기해 집에서 내보내달라는 건가?"

"네. 여자 둘만으론 어떻게 할 수가 없네요. 그자들은 너무도 강압적이고, 지금은 태도가 180도 바뀌어 협박까지 일삼고 있어요."

나로서는 귀찮은 일에 휘말리는 셈이다. 하지만 이대로 자매를 밀쳐내는 건 저널리스트로서의 자존심이 허락하지 않았다. 아니, 실은 그렇게 거창한 것도 아니다. 사기꾼 같은 방문판매업자와의 경험을 원고 소재로 삼고 싶은 마음이 한편에 자리했다.

고독사와 방문판매는 관계가 없을 수도 있지만, 어딘가에서 이어져 있다는 생각이 들었다.

"알았어. 내가 한번 만나보지. 하지만 약속해줘야 할 게 있어. 경찰에 신고할 타이밍은 내가 정할게. 더 얘기해봤자 소용없다고 판단되면 신호를 보낼 테니, 화장실에라도 가는 척하고 휴대폰으로 신고해줘."

"그럴게요. 지금 당장 경찰에 신고할 수도 있지만, 시끄러워지면 여기서 살기 힘들어질 것 같아서요. 그래도 무슨 일이 생기는 것보단 나으니까, 위험한 상황이 예상되면 110번에 신고할게요."

후유코의 얼굴에 조바심이 떠올랐다. 그녀가 우리집에 온 지 10분쯤 지났다. 그동안 류노스케는 남자들에게 추궁당하고 있을 것이다. 이제 내가 가는 수밖에 없었다.

6

남자 두 명은 너무도 대조적이었다. 한쪽은 호리호리한 체구에 흔히 말하는 꽃미남이고, 다른 한쪽은 어깨가 떡 벌어지고 땅딸막한 체구에 운동부 출신처럼 머리를 짧게 잘랐다. 두 사람 모두 쓰리피스 양복을 입었지만, 운동부 출신 같은 남자는 잘 발달된 근육이 양복의 여백을 채워 작은 옷을 억지로 입은 듯한 인상을 주었다.

"아버님, 일부러 오시게 해서 죄송합니다."

꽃미남이 붙임성 있는 태도로 맞이했다. 나를 자매의 아버지라고 여기는 듯했다. 운동부는 속마음을 알 수 없는 묘한 미소를 지었다.

두 사람 모두 주방의 파란색 식탁에 앉아 있었는데, 내 모습을 보자 팅기듯 일어났다. 꽃미남이 검은색 가죽지갑에서 명함을 꺼내 내밀었다.

월드워터 1영업부 다쿠마 슌이치

회사 주소는 스기나미 구 고엔지다. 나는 일단 명함을 받았다. 실제로 존재하는 회사인지 알아보기 위해서는 명함을 받아두는 게 좋다. 나머지 남자는 무슨 이유인지 명함을 주지 않았다.

"자, 여기에 앉으시죠."

꽃미남이 의자를 권했다. 자기 집도 아니면서 주제넘기도 하지. 나는 마음속으로 씁쓸하게 웃으며 류노스케 옆에 앉았다. 류노스케는 짧은 데님 반바지에 하얀 티셔츠의 평상복 차림으로, 얼굴이 딱딱하게 굳어 있었다. 혼자서 두 남자에게 어지간히 닦달을 당한 모양이다.

꽃미남과 운동부는 우리와 대치하는 형태로 자리를 잡았다.

후유코는 계속 서 있었다. 그러는 편이 좋다. 상황에 따라 재빨리 움직여야 하니까.

식탁 위에는 정수기 카탈로그가 펼쳐져 있었다. 바쁘게 시선을 움직였다. 몇 가지 제품이 모델 번호와 함께 설명되어 있었는데, 가장 비싼 제품이라도 3만 엔이 약간 넘는 정도였다. 50만 엔이나 하는 제품은 어디에도 없었다. 어쩌면 대형 정수기 제조 회사의 카탈로그를 멋대로 사용 중인지도 모른다. 하지만 겉표지에 있을 회사 이름을 확인하기 위해 펼쳐져 있는 카탈로그를 일부러 덮을 수는 없었다.

꽃미남이 청산유수처럼 말하기 시작했다. 그들의 상투적인 수법이다. 상대가 끼어들 틈을 주지 않고 기존의 사실들을 늘어놓는다. 어느 면에서는 악질 방문판매원의 교과서 같은 행동이었다.

"저희 정수기에 관심을 가져주셔서 감사합니다. 따님들은 이미 구입하기로 약속했지만, 대금을 지금하실 아버님에게 제대로 설명한 후 구입하시도록 하는 게 저희 회사의 방침이기 때문에 이렇게 일부러 오시도록 했습니다. 아시다시피 동일본 대지진 이후 방사능 오염 문제가 심각해지고 있는데, 그런 우려는 수돗물 또한 마찬가지입니다. 지난주 이 댁의 수질검사를 실시했는데, 솔직히 말씀드려 상당히 심각하더군요. 이대로 계속 사용하면 2, 3년 후에는 인체에 나쁜 영향이 나타날 겁니다. 그렇다고 섣불리 이사를 가실 수도 없지요. 이사 비용이 만만치 않으니까요. 더구나 도쿄의 수돗물은 어디를 가도 비슷해, 방사능 오염이 상당히 진행되고 있는 게 현실입니다. 오늘 권해드리는 정수기는 수돗물을 산성에서 알칼리성으로 바꿔줄 뿐만 아니라 방사능 오염까지 예방할 수 있는 특별한 기능을 갖고 있습니다. 싱크대에 부착하는 빌트인 형식이라 수도꼭지에 연결하는 저가형에 비해 조금 비싸긴 합니다. 하지만 쓸모없는 정수기를 몇 대 사시는 것보다 최고급 정수기를 한 대 사시는 게 결과적으론 이득 아닐까요? 게다가 고성능이어서 정기적으로 관리하실 필요도 없습니다."

말은 막힘이 없었고 말투 역시 똑 부러졌다. 하지만 정수기에 관해 잘 모르는 나 같은 사람도 금방 알아챌 만큼 내용이 엉터리였다. 애당초 50만 엔짜리는 회사나 큰 저택에서 사용하는, 수도관과 직접 연결하는 정수기 가격이었다. 싱크대에 부착하는 빌트인 방식이 그렇게 비쌀 리 만무하다. 빌트인 방식은 수도꼭지 직결형에서 1, 2만 엔만 추가하면 살 수 있다.

더구나 정기적인 관리가 필요 없다는 말에 코웃음이 나올 지경이었다. 고성능 정수기일수록 카트리지 청소나 교체 등 사후 관리가 중요한 법이다. 사후 관리를 받기 위해 정수기 판매업자에게 연락했더니, 어느 새 회사가 사라지고 없더라는 이야기는 흔히 듣는 내용이었다.

가장 큰 문제는 카탈로그에 있는 어느 정수기를 판매하려는지 모른다는 사실이다.

"지금 어떤 정수기를 말하는 건가? 카탈로그에는 50만 엔짜리가 없는데."

나는 재빨리 끼어들어 말했다. 하지만 꽃미남은 조금도 당황한 기색 없이 말했다.

"맞습니다. 카탈로그에 있는 제품은 어디까지나 견본입니다. 지금 권해드리는 건 고급 제품이라 이런 일반적인 카탈로그에는 실려 있지 않습니다. 하지만 오늘 계약하시면 내일이라도, 아니 급하시다면 오늘 당장이라도 설치해드리겠습니다."

어쩌면 그 정수기는 꽃미남이 타고 온 차에 이미 실려 있지 않을까? 실제 제품을 보여주지 않고 카탈로그로 얼버무리는 건, 너무 조잡해 도저히 50만 엔이나 하는 제품으로 보이지 않기 때문이리라.

계약서에 도장을 찍는 순간 그 제품을 가져와 설치한 다음, 불평할 틈도 주지 않고 눈 깜짝할 사이에 모습을 감출 것이다.

"아버님, 이 제품에 관해 좀 더 자세히 설명해도 될까요?"

꽃미남이 태세를 정비하듯 말했다. 내 마음에 솟구친 의혹을 지우려는 말투였다. 하지만 나는 과감히 상대의 허를 찔렀다.

"설명은 그만 됐네. 사기로 했으니까."

묘한 침묵이 내려앉았다. 너무도 갑작스러운 의사표시에 두 남자의 얼굴에 당황한 기색이 역력했다. 한편 류노스케와 후유코도 흠칫 놀라 눈을 크게 떴다. 약속이 다르다고 생각했을지 모른다.

"이걸로 주게."

나는 카탈로그 맨 밑에 있는 4,980엔짜리 제품을 가리켰다. 류노스케가 두 사람에게 판 티켓 값은 6천 엔이었다. 아니 정확히 말하면, 예매권 한 장에 2,500엔이니 실제로 받은 금액은 5천 엔이리라. 화근을 남기지 않도록 그 정도 금액은 돌려주는 게 좋다고 생각했다.

두 남자 얼굴에 경련이 일었다. 꽃미남의 얼굴이 노골적으로 험악해졌다.

"아버님, 농담이시죠? 이건 돈을 버리는 거나 마찬가지인 물건입니다. 아무짝에도 쓸모가 없어요."

"그래? 자네들은 아무짝에도 쓸모없는 물건을 카탈로그에 실어 팔러 다니는 건가?"

꽃미남 눈에 경계의 빛이 떠올랐다. 내 정체에 의문을 가진 걸까? 운동부가 큰소리로 위협하기 시작했다.

"지금 장난해? 그런 싸구려나 팔려고 몇 날 며칠 여기 온 줄 알아?"

"그건 당신들 사정이지. 이 사람들이 와달라고 부탁한 게 아니잖나?"

나는 냉소를 지으며 차갑게 말했다. 오랜 취재 경험을 통해 몸에 밴 테크닉이었다. 침착하게 보일 것. 끊임없이 여유를 가장할 것. 취재 대상과 입씨름할 때 최악의 행동은 이쪽이 동요했음을 보여주는 일이다.

하지만 이건 취재가 아니다. 우연이기는 하지만, 지금 실제로 발생한 소용돌이 속에 처해 있다.

"당신, 진짜로 이 사람들 아버지 맞아?"

꽃미남이 나의 냉소에 대항하듯 냉소적인 태도로 말했다. 그제야 내가 저지른 실수를 알아차렸다. '이 사람들'이라는 표현 때문이다. 일반적으로 아버지가 딸들에게 사용하는 단어는 아니다. 하지만 정체를 들키리라는 건 처음부터 예상했다. 이렇게 된 이상 신원을 솔직히 밝히고 빨리 마무리지어야 한다.

"아니라면 어쩔 건데?"

"정체가 뭐야?"

"이 사람들 옆집 사람이야. 이웃끼리 서로 돕고 살아야지. 안 그런가?"

"이봐, 썩 꺼지지 못해? 그 나이에 허리라도 부러지면 어쩌려고?"

운동부가 위협했다. 이미 협박죄가 성립된다. 문제는 그것을 증거로 남길 방법이 없다는 점이다.

나는 한순간 침묵했다. 후유코의 시선이 눈에 들어왔다. 얼굴은 창백했지만 차분히 내 신호를 기다리는 듯했다. 후유코에게 내 얼굴이 어떻게 보였는지는 모른다.

꽃미남은 나를 무시한 채 류노스케와 후유코의 얼굴을 번갈아 쳐다보았다.

"이러면 정말 곤란합니다. 삼자는 빨리 내보내시죠. 이건 당신들과 우리의 계약일 뿐, 이 사람과는 아무 관계가 없잖아요?"

냉정한 말투였지만, 류노스케와 후유코에게는 충분히 협박으로 들렸을 것이다. 나는 두 사람의 반론을 기대했다. '이 집에서 나가야 할 사람은 당신들이에요!'라고 말해주면 나도 좀 더 적극적으로 나설 수 있다. 하지만 두 사람은 고개를 숙인 채 입을 다물었다.

특히 류노스케는 자신과 상관없는 불쾌한 사건을 보는 듯 점점 얼굴을 찡그렸다. 아니, 나 혼자 이자들을 상대하란 말인가?

"그건 이 집 사람들이 당신들에게 할 말이지. 난 이미 그런 의사를 확인했고."

"정말이야? 아니지?"

운동부가 류노스케에게 자신의 커다란 얼굴을 들이밀며 물었다. 류노스케는 겁을 먹은 듯 더욱 고개를 떨구었다. 그때 후유코의 날카로운 목소리가 집 안을 가득 메웠다.

"당장 나가주세요! 우리는 그렇게 비싼 정수기를 살 마음이 없어요!"

좋아, 아주 잘했다. 여기서 강하게 나가지 않으면 이자들은 이대로 들어앉을 것이다.

"들었지? 이 집 사람들이 나가달라는데도 말을 듣지 않으면 주거침입죄에 해당하네."

법률 용어의 효과를 의식하고 나는 일부러 그렇게 말했다.

젊었을 때 법무성 관료를 취재하다 내가 들은 말이기도 했다.

"당신 변호사야? 아니면 경찰 관계자야?"

꽃미남이 물었다. 탐색하는 말투였다.

"글쎄, 내가 왜 그걸 자네에게 말해야 하지?"

"어느 쪽도 아니군. 세상에는 그렇게 허세부리는 놈들이 종종 있지. 법에 관계된 사람처럼 행동하면 우리가 쫄 거라고 생각해서 말이야. 하지만 경찰을 무서워하는 사람이 이런 일을 할 수 있을까? 경찰이 온다고 해도 어쩔 수 없을걸. 우리는 법을 위반하지 않았으니까. 정수기를 산다고 한 건 너희들이잖아. 엉? 안 그래?"

꽃미남은 흥분의 정도가 점점 강해지는지 류노스케에게 삿대질을 했다. 창백했던 류노스케의 얼굴이 순식간에 붉어졌다.

"구두 약속이 아무런 의미가 없다는 건 당신들도 알고 있잖아?"

나는 재빨리 반박했다. 이런 경우는 상대의 말을 계속 부정하는 게 중요하다.

"그런데 말이야."

꽃미남이 발밑에 놓여 있던 검은 가방에서 계약서로 보이는 책자를 꺼내더니, 의기양양한 얼굴로 식탁에 던졌다.

"이걸 쓴 건 당신이잖아?"

책자 아래쪽의 계약자 서명란에 '미우라 마유미'라고 적혀 있었다. 류노스케의 본명인 듯했다.

"그래요. 하지만 이건 법적 의미가 없는 가계약서라고 해서……"

류노스케가 갈라진 목소리로 말했다. 후유코가 우리집에 온 사이 강제로 서명하게 만든 것 같았다.

"그래. 그런 계약서는 아무런 의미가 없어. 쿨링오프(cooling off. 판매자에게 구매한 제품이 불필요하다고 느낄 경우, 일정기간 안에 계약을 취소할 수 있게 하는 것) 제도가 있으니 얼마든지 취소가 가능하다고."

나는 계속 꽃미남의 말을 부정했다.

"이 자식, 그만하지 못해!"

운동부가 벌떡 일어나더니 내 멱살을 잡았다. 나는 앉은 채 오른손으로 상대의 팔을 비틀었다. 나이에 비해 완력이 있는 편이었다. 고등학교 시절에는 유도의 중량급 선수로, 현 대회에서 3위를 차지한 적도 있었다.

하지만 그것은 무섭도록 옛날 이야기였다. 내 완력은 20대로 보이는 운동부에게 통하지 않았다.

다만 상대가 흠칫 놀라는 표정을 지었다. 생각보다 강한 힘을 느꼈을지도 모른다.

그때 재빨리 현관으로 뛰어가는 후유코의 모습이 보였다. 내 신호는 없었지만 순간적인 판단이었을 것이다. 꽃미남이 일어섰다. 하지만 때는 이미 늦었다.

문이 여닫히는 소리와 함께 후유코가 밖으로 나갔다. 류노스케도 자리에서 일어섰다. 하지만 어떻게 해야 좋을지 몰라 허둥지둥할 따름이었다.

운동부는 일단 내 멱살을 놓았다. 꽃미남이 후유코를 뒤따라가지는 않았다.

"경찰이 올 때까지 기다릴 셈인가?"

나는 운동부에게 잡혔던 셔츠를 바로잡으며 평정을 가장하고 말했다. 심장이 격렬하게 방망이질했다.

위험 상황에 대비해 자제심이 작동하기 시작했다. 두 사람이 한꺼번에 폭력을 행사하면 순찰차가 도착하기 전 엉망진창으로 당할 것이 불을 보듯 뻔했다. 이 시점에도 의자에 앉아 있는 건 두 사람을 자극하고 싶지 않아서였다.

"그거 좋지. 경찰은 민사 사건엔 개입하지 않으니 그대로 철수할 거야."

꽃미남이 다시 의자에 앉으며 태연히 말했다. 어디까지가 진심인지 알 수 없었다. 하지만 예상했던 것보다 배짱이 훨씬 두둑해 보였다. 운동부 역시 속마음을 알 수 없는 느긋한 미소를 되찾았다.

"뭘 모르는군. 그건 옛날 이야기지. 지금은 더 적극적으로 개입해 불법 방문판매를 단속하라는 지시가 경찰에 내려졌거든."

거짓말이 아니다. 약 5년 전 경시청 출입기자를 통해 어느 현의 경찰 본부장을 인터뷰한 적이 있었다. 당시 그는 경제사범 증가에 따라 특별법범 사례를 관할하는 생활안전부가 중요해졌음을 인정하고, 방문판매 문제에 좀 더 적극적으로 개입해야 한다고 말했다. 하지만 문제는 말단 경찰관에게 사태를 정확히 파악할 능력이 있느냐는 것이다.

"그거 재미있겠군. 경찰 같은 건 하나도 안 무서워. 모르나본데, 녀석들은 이런 사소한 사건의 경우 점수가 안 되니 되도록 관여하고 싶어하지 않거든. 고작해야 경고로 끝날 거야."

꽃미남의 말에서, 그가 비록 나이는 많지 않지만 산전수전 다 겪었음이 느껴졌다. 이런 상황을 수없이 경험해, 순찰차를 타고 온 경찰관이 자신들을 체포하는 일은 없으리라는 확신을 갖고 있다. 생각보다 무서운 상대일지도 모른다.

더구나 '점수'라는 단어를 사용하다니, 경찰 내부 사정을 잘 아는 듯했다. 실제로 경찰관은 방문판매에 관한 특정상거래법 위반을 적발하기보다 개조한 총을 압수하는 일에 집중했다. 일반 시민들에게는 불법 방문판매 단속이 더 절실하지만, 폭력단 관계자는 물론 프라모델 마니아에게서 불법총을 압수하면 상당한 점수를 받기에 어쩔 수 없는 부분이 있었다.

꽃미남의 신호로 운동부가 의자에 앉으면서 폭력을 행사할 기미는 사라졌다. 과도한 폭력은 상황을 악화시킬 뿐이라는 사실을 꽃미남이 알고 있다. 하지만 그들의 속마음을 헤아리기는 어려웠다. 지금이라면 얼마든지 철수할 수 있는데, 왜 경찰을 피하지 않고 일부러 기다리는 걸까?

7

순찰차의 사이렌 소리는 들리지 않았다. 8층이니 들리지 않는다고 해도 이상할 것은 없었다.

인터폰이 울렸다. 나는 류노스케에게 눈짓했다. 류노스케가 일어섰다. 꽃미남도 운동부도 구태여 막으려 하지 않았다.

"잠시 여쭤볼 말이 있습니다."

경찰관 두 명이 굳은 표정의 후유코와 함께 왔다. 후유코는 안으로 즉시 들어왔지만, 경찰관 두 명은 현관에 머물렀다.

나는 일어서서 경찰관을 맞이했다. 꽃미남과 운동부는 그대로 자리에 앉아 있었다. 꽃미남은 등을 보인 채 돌아보지도 않았다.

"수고가 많으십니다."

내가 말을 건네자 중년의 경찰관이 물었다.

"누구시죠?"

"옆집에 사는 사람입니다."

"아아, 당신이……."

후유코에게 어느 정도 설명을 들은 듯했다.

"그럼 당신들이 방문판매원인가요?"

경찰관이 정면으로 보이는 운동부에게 물었다. 운동부는 여전히 의미를 알 수 없는 묘한 미소를 지었다. 꽃미남이 의자를 돌리며 천천히 일어서더니 경찰관을 향해 말했다.

"그렇습니다. 그런데 이건 경찰이 나설 문제가 아닌 것 같은데요."

말투가 더할 수 없이 침착했다.

"여성분 얘기론, 당신들이 강제로 정수기를 팔기 위해 이 집에서 나가지 않는다고 하던데?"

젊고 키가 큰 다른 경찰관이 말했다.

"당치도 않습니다. 이건 어디까지나 합법적인 상거래예요. 이것 좀 보십시오. 이렇게 계약서에 서명까지 했습니다. 그런데 이제 와서 가격을 깎아달라며 떼를 쓰지 뭡니까? 저희로선 어이없는 요구지만 고객이니 어쩔 수 없이 금액을 조정하던 참에, 갑자기 옆집 사람이라고 칭하는 분이 밀고 들어와 저희를 협박하더군요."

나는 꽃미남의 순발력에 혀를 내둘렀다. 정상적인 상거래로 몰고가 경찰을 물러나게 하려는 속셈이다. 경찰이 귀찮은 일을 좋아하지 않는다는 사실을 알고, 저가 정수기 구입을 언급한 내 말을 이용하고 있다. 더구나 일부러 '옆집 사람이라고 칭한다'는 표현을 사용함으로써 내 신원이 미심쩍음을 넌지시 암시하는 듯했다.

나는 최대한 머리를 굴려 방법을 모색했다. 하지만 내가 반박하기 전에 류노스케가 입을 열었다.

"아니에요. 저는 처음부터 50만 엔이나 하는 정수기를 살 생각이 없었어요. 그래서 계속 거절했는데, 살 때까지 가지 않겠다며 저를 협박했어요. 계약서 사인도 동생이 옆집에 도움을 청하러 간 사이, 협박이 무서워 어쩔 수 없이 한 거예요."

보통때라면 '저'가 아니라 '나'라고 표현했을 것이다. 평소에 남자처럼 말하는 것은 영업용이며, 지금은 당황한 나머지 본모습을 보인 것인지도 모른다. 류노스케는 역시 여자다. 순간적으로 나는 그렇게 엉뚱한 생각을 했다.

경찰관이 와서인지 류노스케는 조금 기운을 되찾았다. 그렇다. 계속 그렇게 해라. 나는 마음속으로 응원했다.

"그게 뭔 소리야? 지금 장난해? 당신들이야말로 티켓을 강매해 돼지 멱따는 소리나 듣게 한 주제에……."

운동부가 감정적으로 폭발했다. 반대로 꽃미남은 부루퉁한 표정을 지었다. 운동부의 폭발은 스스로 정상적인 사람이 아님을 자백하는 것이나 마찬가지였다.

"돼지 멱따는 소리라니, 그게 무슨 뜻이죠? 류노스케의 가창력은 이쪽 업계에서 모르는 사람이 없어요. 그리고 우리가 언제 티켓을 억지로 팔았단 거예요? 당신들이 먼저 사겠다고 하지 않았나요?"

이번에는 후유코가 강한 어조로 반격했다. 류노스케보다 후유코의 성격이 더 강해 보였다.

상대하면 안 돼! 나는 마음속으로 외쳤다. 티켓 이야기는 그냥 무시해야 한다. 운동부의 성격이 폭발함으로써 일이 원하는 대로 흘러가기 시작했다. 그런데 이런 식으로 반격하면 경찰관들에게 진흙탕 싸움이라는 인상을 줄 수 있다.

류노스케의 가창력이 훌륭하다는 것은 인정한다. TV에 나오는 웬만한 가수들보다 낫다. 하지만 지금 중요한 건 그게 아니다.

경찰관들은 상황을 잘 모르는지 티켓에 관해서는 반응을 보이지 않았다. 후유코도 그런 내용까지는 말하지 않았으리라. 나는 화제를 원래대로 돌리려 했다.

"어쨌든 경찰관님, 이 사람들은 집주인의 의사를 무시한 채 계속 나가지 않고 있습니다. 명백한 주거침입죄예요. 두 사람에게 나가도록 권고해주십시오."

"오호, 법을 잘 아시는 것 같군요. 혹시 변호사인가요?"

중년의 경찰관이 물었다.

"아닙니다. 대학 강사입니다."

이런 경우에는 저널리스트보다 대학 강사라는 간판이 효과적이다. 저널리스트는 위치가 천차만별이지만, 대학 강사는 일반적으로 어느 정도 인정받기 때문이다.

"혹시 법률을 가르치시나요?"

예상대로 경찰관의 말투가 조금 정중하게 바뀌었다.

"아니요, 저널리즘을 가르치고 있습니다."

그러자 경찰관 얼굴에 당혹스런 기색이 나타났다. 내 말의 논리적 연관성을 이해하기 어려웠을 것이다. 경찰관이 당혹감을 날려버리기라도 하듯 말했다.

"뭐 이론적으로는 주거침입죄가 성립할지 모르지만, 이런 경우에는 당사자끼리 합의하도록 권하는 게 일반적이라서요……."

"그건 좀 이상하군요."

내 말투에 분노가 담겼다. 경찰관의 이런 반응을 예상하지 않았던 건 아니다. 오히려 예상한 반응이었다. 그렇더라도 분노를 가라앉히기 어려웠다.

"적어도 권고는 해야지요. 지금 당장 체포하라는 게 아니잖습니까?"

체포라는 단어를 사용한 건 꽃미남에 대한 견제의 의미도 포함되어 있었다. 적어도 꽃미남은 이런 말을 이해할 수 있는 사람처럼 보였다.

"그건 그렇지만, 이 사람들도 절대로 나가지 않겠다는 게 아니잖습니까?"

마치 불법 방문판매업자를 감싸는 듯한 말투였다. 꽃미남이 말했던 것처럼, 역시 사건으로 만들고 싶지 않기 때문이리라. 꽃미남이 즉시 달려들었다.

"지당하신 말씀입니다. 안 그래도 오늘은 일단 물러가고, 나중에 다시 상담하려 했습니다."

꽃미남 말이 채 끝나기 전에 나는 털어내듯 말했다.

"이제 상담 같은 건 필요없네."

"우리도 당신과 이야기할 생각은 없습니다. 미우라 씨와 상담하겠다는 겁니다."

이유는 잘 모르지만, 꽃미남은 일부러 류노스케의 본명을 들먹였다. 그나저나 꽃미남의 끈질긴 자세에 혀를 내두르지 않을 수 없었다.

"어쨌든 오늘은 이쯤에서 그냥 돌아가는 게 좋겠어."

젊은 경찰관이 말했다. 꽤 강한 말투였다. 더구나 중년 경찰관과 균형을 취하듯 의도적으로 반말을 사용하는 듯했다.

젊은 경찰관의 말이 떨어지자마자 꽃미남은 식탁에 펼쳐져 있던 카탈로그와 계약서를 가방에 넣었다. 그런 후 왼손으로 가방을 들고 현관 쪽으로 걸어갔다. 가방의 지퍼는 열린 채였다. 운동부도 마지못한 표정으로 꽃미남의 뒤를 따랐다.

"계약서는 두고 가."

나는 그들을 향해 말했다. 꽃미남이 뒤를 돌아보았다. 살짝 미소를 지은 것처럼 보였다. 꽃미남은 가방에서 계약서를 꺼내더니 나를 향해 던졌다. 그것은 내 손에까지 닿지 않고 춤을 추듯 바닥으로 떨어졌다.

"괜한 일로 번거롭게 해드려 죄송합니다."

꽃미남은 아무 일도 없었던 것처럼 경찰관을 향해 정중히 인사했다. 운동부도 꽃미남을 따라 고개를 숙였다. 문 닫히는 소리와 함께 그들은 사라졌고, 우리와 경찰관들 사이에 어색한 침묵만 남았다.

8

"주제가 달라요. 역시 이번 원고에서는 이 부분을 삭제하는 게 좋겠어요."

편집장인 기무라는 양보하지 않았다.

『시야』 편집부는 지하철 유라쿠초 선 고지마치 역에서 걸어서 5분쯤 걸리는 ZK 빌딩 3층에 있다. 주변은 고층 빌딩보다는 10층쯤 되는 저층 빌딩이 빼곡히 들어선 사무실 거리다.

나와 기무라는 미타카 아사사건 원고에, 우리 옆집에서 일어난 악질 방문판매 사건을 넣느냐 마느냐로 한 시간 가까이 설전을 벌였다.

기무라는 나보다 한참 어린 마흔두 살이었지만, 정중한 태도를 취하면서도 할 말은 하는 남자였다.

고독사와 악질 방문판매에 직접적인 관련성이 없다는 건 나도 알고 있다. 하지만 피해자가 노인이나 여성, 또는 사회에서 고립된 사람이라는 점은 마찬가지다.

잡지 편집자, 특히 『시야』처럼 딱딱한 종합지의 편집자는 주제가 흔들리고 잡다해지는 걸 몹시 싫어한다. 내가 악질 방문판매 이야기를 담고 싶어하는 건 우연히 그런 경험을 했기 때문이고, 그것을 그대로 기사에 담는 건 주간지 스타일이며 자신들이 만드는 잡지의 품격을 떨어뜨린다고 생각하는 듯했다.

『시야』 구독자는 일부 지식인에 한정되며, 애당초 그렇게 많이 팔리지 않는다. 그곳에 글을 쓰는 사람은 나 같은 프리랜서 작가 외에 대부분 대학 교수다. 즉, 돈이 되는 원고를 쓰는 사람은 거의 없는 게 현실이다.

이런 잡지를 꾸준히 발행할 수 있는 것은 본사인 교유샤가 드라마를 만들거나 엔터테인먼트 계통 서적에서 그럭저럭 돈을 벌고 있기 때문이다.

"왠지 주눅이 들어요"라는 말이 기무라의 입버릇이었다. 그런데 무슨 이유에선지 『시야』 편집부만 독립된 장소에 있고, 본사는 같은 유라쿠초 선인 긴자 1번가에 있다.

"정 그렇다면 어쩔 수 없죠. 그 대신 기회가 된다면 악질 방문판매에 관한 기사를 쓰게 해주십시오."

'가난하면 비굴해진다'는 표현은 이럴 때 사용하는 말이다. 나는 원래 이런 말을 노골적으로 하는 사람이 아니었다. 말 구석구석에서 일이 필요하다는 절박함이 새어나왔다. 순간적으로 나는 자기혐오에 빠졌다.

"기억해둘게요."

이것도 기무라의 말버릇이었다. 하지만 실현 가능성은 제로에 가까웠다.

"부탁합니다."

나는 힘없이 말했다.

"그런데 그 일은 완전히 해결되었나요? 녀석들이 물러났어요?"

"아니, 그렇지 않아요. 어이없을 정도로 끈질긴 녀석들이죠."

순찰차가 옆집에 온 건 4월 말경이고 지금은 5월 중순이니 이미 3주 가까이 지났다.

류노스케 자매의 말에 따르면, 그 후 다쿠마라는 꽃미남이 다섯 번 전화해 다시 생각해볼 것을 권했다고 한다. 두 사람이 집에 없을 때 문 밑으로 메모지를 끼워두고 갔는데, '방사능에 오염된 물을 좋아하시나요?'라고 적혀 있었다고 한다.

우리집 문에 빨간 매직펜으로 '악질 저널리스트! 뒈져라!!'라고 쓴 커다란 종이가 붙은 것도 같은 날이다. 물론 메모지에도 종이에도 그들 이름은 쓰여 있지 않았다.

나는 류노스케 자매에게 전화내용을 녹음하고 메모지 종류는 보관하라고 말했다. 최악의 경우 협박죄로 고소하기 위해 증거를 모아두는 편이 좋다고 판단했다.

"그나저나 그자들은 왜 그렇게 특정 집에 집착하는 건가요? 다지마 씨처럼 껄끄러운 사람이 있는 곳은 빨리 포기하고 다른 목표를 찾으면 될 텐데요."

내 이야기를 듣고 기무라는 고개를 갸웃거렸다.

"다쿠마라는 남자 말인데요. 프로 사기꾼의 묘한 자존심이 있더군요. 마치 나와의 일대일 승부라고 생각하는 것 같습니다."

"아직 젊어서 그래요. 하지만 바보는 결국 바보입니다."

그 말을 통해 기무라가 악질 방문판매에 별로 관심이 없다는 사실을 깨달았다. 바보는 결국 바보라……. 모든 것이 그 말로 끝난다. 다음 순간 나는 대중매체가 얼마나 무서운지 깨달았다.

『시야』는 인권옹호 잡지로 알려져 있다. 그런 잡지의 편집장이 한 인간을 '바보'라는 한마디로 정리하다니. 사회정의라는 표면적인 목소리 한편으로, 편집자의 이면적인 목소리도 있는 게 현실이다.

"어쨌든 원고는 이걸로 부탁합니다. 원고를 보내주시면 다음 주에 교정쇄가 나오니까, 거기에 교정을 봐서 사흘 안에 보내주시면 됩니다."

기무라의 말투가 빨라졌다. 다른 일이 있어, 이제 내가 돌아가기를 바라는 눈치였다. 우리는 편집자들 옆에 있는 오래된 다갈색 응접세트에서 이야기를 나누었다. 편집자들은 몹시 바빠 보였다.

손목시계를 보았다. 오후 1시가 지났다.

나는 A4용지의 원고다발을 가방에 넣고 자리에서 일어났다. 원고가 제법 묵직했다. 결국 악질 방문판매에 관해 쓴 20여 장은 헛수고가 되었다.

"스구로 교수님은 잘 계시나요?"

기무라가 생각난 것처럼 물었다. 뜻밖이었다. 그가 스구로를 알고 있다니…….

"스구로 교수를 알아요?"

"네, 몇 번 원고를 청탁한 적이 있습니다. 그 분야에서 워낙 유명한 분이니까요. 지난달 미국 특집을 할 때 교수님께 원고를 부탁드렸지요."

"나와 대학 동창입니다."

"그렇다고 하시더군요."

기무라는 태연하게 대답했다. 모든 걸 알고 있다는 말투였다. 아마 스구로가 말했으리라.

"그 친구는 굉장히 출세했고, 나는 보다시피 이런 꼴이지만요."

나는 씁쓸한 미소를 지으며 말했다. 같은 대학에서 학생들을 가르치고 있지만, 한쪽은 학부장이고 한쪽은 시간강사다. 그 차이는 하늘과 땅이다.

"스구로 교수님은 바쁘시지요? 지금 학부장이라면서요? 그렇게 바쁘시면 원고를 부탁하기 힘들거든요."

나는 그 말이 비아냥거림으로 들렸다. 스구로가 바쁠 것 같아 내게 부탁했다고 이야기하는 듯했다.

물론 그건 내 열등감이다. 애당초 스구로는 학구적인 사람으로, 나처럼 시류에 민감한 글을 쓰지 않는다. 그의 전공 분야는 20세기 미국 문학이다.

"네, 지금은 바쁠 겁니다. 하지만 내후년 봄에 학부장에서 물러나니, 그때는 글을 쓸 시간이 있겠지요."

나는 최대한 무난하게 대꾸했다.

어안이 벙벙했다. 왜 이 사내가 류노스케 자매의 집에 있는
가? 그 하얀색 양복이었다. 하지만 류노스케를 안다고 말했으
니, 이 집에 있어도 이상할 것은 없다. 다만 어찌된 상황인지 이
해하기가 어려웠다.

오늘 아침, 류노스케와 후유코가 우리집에 찾아왔다. 안으
로 들여 상황을 들었는데, 결국 다쿠마와 다시 이야기를 나누
게 되었다고 한다. 할 말이 없었다. 아무리 생각해도 최악의 선
택이었다.

그런데 아는 형사가 그렇게 권했다고 한다. 그리고 다쿠마를
만나기로 한 오늘 오후, 그 형사도 동석하기로 했다는 것이다.

그걸로 단숨에 정리하려는 것인가? 어쨌든 지난번 사건의 증
인으로 나도 그 자리에 참석해달라는 게 두 사람의 요청이었다.

하지만 류노스케 자매와 나눈 대화와 그 자리에 있는 하얀색
양복은 도저히 이어지지가 않았다. 악질 방문판매원을 쫓아내
기 위해 류노스케 자매가 조직폭력배나 우익단체 조직원을 고
용했다고밖에 여겨지지 않았다.

"미도리카와 형사님이에요."

류노스케가 자신을 소개하자, 사내는 식탁에 앉은 채 가볍게
고개를 끄덕였다. 나도 가볍게 고개를 숙였다.

어이가 없었다. 이 사내가 형사라니. 도저히 믿어지지 않았다.

오늘은 하얀색 양복 차림이 아니었다.

하지만 충분히 화려했다. 체크무늬 신사복의 가슴팍에서 루이비통 손수건이 고개를 내밀었다. 보라색 바탕에 금색 자수가 놓여져 있었다. 또한 선명한 핑크색 셔츠에 흑백 줄무늬가 들어간 에스코트 타이가 시선을 사로잡았다.

실내라서 선글라스는 신사복 왼쪽 주머니에 걸어둔 상태였다. 기이하리만큼 올라간 어깨 근육과 실팍한 가슴 두께는 사내가 무술의 고수임을 말해주었다.

류노스케가 미도리카와 옆자리를 권했다. 현관문을 바라보는 위치로, 다쿠마가 오면 우리 앞에 앉히려는 것이다. 류노스케와 후유코는 그대로 서 있었다.

미도리카와도 나도 불고기집에서 만났었다는 말을 하지 않았다. 하지만 그것을 기억하지 못할 리는 없었다.

나는 조심스럽게 물었다.

"형사님이라면 어느 경찰서 소속인가요?"

"경시청이오."

미도리카와의 거친 목소리가 실내에 울려퍼졌다. 불고기집에서 들은 "여기 합석해도 돼"라는 말과 지금의 목소리가 겹쳐졌다.

"그럼 생활경제과에 계시나요?"

특정 상거래법 위반 같은 특별법범 사안을 취급하는 곳은 생활안전부 생활경제과이고, 같은 경제 사안이라도 뇌물과 같은 형법범 사안을 취급하는 곳은 형사부 수사2과였다.

하지만 그는 어느 쪽도 아니었다.

"아니, 수사1과요."

나는 깜짝 놀랐다. 수사1과라면 살인 같은 강력범을 다루는 부서 아닌가? 사소한 불법 방문판매를 관할하는 곳이 아니다.

그런데 생각해보니 이것은 정식 업무가 아니라 류노스케를 위해 호의로 처리해주는 일이다. 따라서 그가 어디서 근무하는지는 아무런 관계가 없다.

"류노스케와 후유코가 선생에게 상당히 폐를 끼친 모양이더군요. 미안해요. 처음부터 내게 얘기했다면 쉽게 처리되었을 텐데. 애네들이 엉뚱하게 신경을 쓰는 바람에……"

마치 그들의 부모라도 되는 듯한 말투였다. 그나저나 이 사내가 '선생'이라고 부르자 왠지 조바심이 솟구쳤다. 류노스케에게 내 직업을 들은 모양이었다.

나는 미도리카와와 사전에 협의할 필요성이 있다고 생각했다. 그 타이밍을 노리고 있는데 인터폰이 울렸다. 손목시계를 보았다. 오후 1시 22분. 이미 남자들이 오기로 한 시간이었다.

후유코가 양해를 구하듯 미도리카와의 얼굴을 보았다. 그가 고개를 끄덕였다.

후유코는 현관의 잠금장치를 풀고 문을 열었다.

"안녕하십니까? 잠시 실례하겠습니다. 안으로 들어가 얘기해도 될까요?"

밖에서 다쿠마의 목소리가 들려왔다. 후유코의 굳은 얼굴 뒤로 다쿠마와 운동부 남자의 얼굴이 보였다. 다쿠마는 검은색 가방을 들고 있고, 운동부는 빈손이었다.

둘 다 우리가 있다는 사실을 알아차리지 못한 듯했다. 신발을 벗기 위해 고개를 숙여서 더욱 그러했으리라.

류노스케는 후유코와 둘이 있겠다고 했고, 다쿠마와 운동부는 그 말에 아무런 의심도 품지 않은 모양이었다.

나와 미도리카와를 발견한 다쿠마가 분노에 찬 목소리로 말했다.

"이 사람들 뭐야? 약속이 다르잖아? 우리는 당신들 말고는 이야기를 나눌 생각이 없어."

운동부의 얼굴에도 험악한 기운이 내달렸다.

"뻣뻣하게 굴지 말고 여기 앉아."

미도리카와가 그렇게 말하며 벌떡 일어섰다. 그러자 그의 존재감에 박력이 더해졌다. 덩치만 큰 게 아니라 키도 커서 190센티미터는 돼 보였다. 다쿠마와 운동부의 키는 일본인의 평균 정도라서, 미도리카와의 어깨 정도밖에 되지 않았다. 두 사람 얼굴에 당황한 기색이 역력했다.

미도리카와는 체구에 어울리지 않게 재빨리 현관으로 다가가 문을 잠갔다. 두 사람을 감금하는 듯한 행동이었다.

미도리카와가 식탁으로 돌아올 때까지 다쿠마와 운동부는 멍하니 서 있었다.

"너는 뭐하는 녀석이지?"

운동부가 허세를 부리며 미도리카와를 가로막았다. 하지만 조금 작은 듯한 양복 차림이 미도리카와 앞에서는 너무나 빈약해 보였다.

미도리카와가 운동부를 내려다보았다. 무서운 눈길이었다. 옆에서 보는 나도 섬뜩할 지경이었으니, 정면에 있던 운동부는 얼마나 무서웠을까?

공포를 참지 못하고 먼저 행동을 취한 사람은 운동부였다. 운동부가 오른손으로 미도리카와의 에스코트 타이를 움켜쥐었다.

하지만 미도리카와는 그 손을 순식간에 거꾸로 비틀면서 운동부를 벽으로 내동댕이쳤다. 심장이 덜컹 내려앉을 만큼 큰 소리가 울려퍼졌다.

벽에 정면으로 부딪친 운동부는 신음소리를 내며 그 자리에 쓰러졌다. 하지만 그것으로 끝나지 않았다. 미도리카와는 즉시 다가가 운동부의 멱살을 잡고 일으켰다.

"이 쓰레기 녀석, 한번 덤벼볼래?"

운동부 얼굴에 공포의 빛이 떠올랐다. 그는 힘없이 머리를 가로저었다.

모두 얼어붙었다. 류노스케도 후유코도, 그리고 나도. 언뜻 보니 다쿠마의 얼굴도 새파랗게 질려 있었다.

"그래? 의외로 말귀를 잘 알아듣는군. 너에겐 볼일이 없어. 밖에서 담배라도 피우고 와."

미도리카와가 잡았던 멱살을 풀었다. 운동부 코에서 피가 흘러내렸다. 벽에 코를 부딪친 모양이다. 하지만 그것도 알아차리지 못한 듯 운동부는 허겁지겁 현관 쪽으로 달려갔다.

다쿠마 역시 현관으로 가려 했지만, 미도리카와가 재빨리 가로막았다.

"너는 괜찮아. 여기에 편히 앉아 있어."

그는 다쿠마의 양쪽 어깨를 짓누르며 말했다. 다쿠마는 저항을 포기하고 내 맞은편에 앉았다.

문이 여닫히는 소리가 들렸다. 안쪽 잠금장치를 풀고 운동부가 밖으로 나간 것이다.

나는 미도리카와의 의도를 알 수 없었다. 왜 운동부를 순순히 밖으로 내보냈을까? 경찰에 신고는 안 하겠지만, 다른 동료에게 지원을 요청할 가능성은 있지 않은가?

"류노스케, 문 잠가."

미도리카와의 말에 류노스케가 현관으로 향했다. 의외로 조심성이 있다. 운동부가 주변 사람을 데려올까 봐 경계하는 것일지도 모른다.

미도리카와는 다쿠마 옆에 앉았다. 원래 운동부가 앉았을 곳이다.

"당신, 누구야?"

다쿠마가 몸을 약간 뒤로 빼며 속삭이듯 물었다. 어느새 냉정을 되찾은 것 같았다. 적어도 운동부처럼 단세포가 아닌, 상황에 따라 대처할 수 있는 남자였다.

"조직폭력배라고 생각했나?"

미도리카와가 미소를 지으며 윗도리 안주머니에서 초콜릿색 수첩을 꺼냈다. 그리고 내부를 펼쳐 다쿠마에게 보여주었다. 'POLICE'라는 금속제 로고가 보였다.

"그래요? 경찰관이 이렇게 폭력을 휘둘러도 되나요?"

다쿠마가 조용히 말했다. 지난번 설전을 통해 깨달은 것은 이 남자가 의외로 이론적이라는 사실이었다.

"먼저 시작한 건 그 녀석이야. 그런 걸 정당방위라고 하지."

미도리카와는 천연덕스럽게 말했다. 하지만 내 눈에도 조금 전 폭력은 지나쳐 보였다. 정당방위라기보다 과잉방위 아닐까? 하지만 다쿠마는 반박하지 않고 입을 다물었다.

"그보다 다쿠마. 본명으로 이런 짓을 하다니, 배짱이 보통 아니군."

미도리카와는 경찰수첩에 끼워놓은 메모지를 보며 빠르게 말했다.

"너에 관한 정보는 생활경제과에서 들었어. 상당히 광범위하게 활동했더군. 일단 5년 전, 도쿠시마 현 도쿠시마 시에서 안경 방문판매로 현지 경찰서에 구속됐었지. 감금죄인가? 왜건을 타고 주택가나 아파트 단지를 다니며 무료로 눈을 검진해준다면서 노인들을 유인해 안경을 팔아치웠다지? 상대가 안경을 살 때까지 왜건에서 내보내지 않는 바람에 감금죄가 되었지. 다만, 주범이 아니라 종범으로 인정되어 기소유예 처분을 받았더군. 또 있어. 이번에는 3년 전, 이바라키 현 미토 시야. 역시 주택가에서 주부들에게 이불을 무료로 세탁해준다면서 사람을 모은 뒤, 세탁한 이불을 돌려준다는 핑계로 죽치고 앉아 협박해 비싼 이불을 팔아치웠더군. 이 건으로 조사를 받았는데, 결국 권유 목적을 명시하지 않고 서류를 갖추지 않았으며 제대로 알리지 않았다는 이유 등으로 네 회사가 영업정지 명령을 받았지. 그것 말고도 또 있어. 작년에는 가스난로를 무료로 점검해준다며 집으로 들어가 역시 비싼 가스난로를 강매했지. 전형적인 무료점검 상술이야. 올해는 정수기이고, 내년에는 집안의 해충을 없애준다고 할 건가? 네 이름은 이미 생활경제과 블랙리스트에 올라와 있어. 따라서 이번에는 분명히 체포될 거야."

"그러세요? 그럼 체포하시든가요. 그런데 제 혐의가 뭔가요?"

다쿠마는 태도를 바꿔 오만하게 말했다.

"후유 짱, 그거 줘봐."

미도리카와가 신호를 보내자 후유코가 입고 있던 하얀색 카고 바지 주머니에서 휴대용 녹음기를 꺼냈다. 스위치를 누르자 류노스케와 다쿠마의 통화 내용이 흘러나왔다.

"살 생각이 전혀 없다고 이미 말했잖아요?"

"이것 봐, 옆집 사는 아저씨가 그렇게 말하라고 시킨 모양인데, 그런 아저씨 하나쯤은 마음만 먹으면 간단히 없앨 수 있거든. 당신들도 그렇고. 우리가 얼마나 무서운지 모른다면 가르쳐줄 수 있는데. 어때, 가르쳐줄까?"

"……."

"듣고 있어?"

"……듣고 있어요."

"그래, 거기까지."

미도리카와가 굵은 목소리로 말했다. 후유코가 녹음기 스위치를 껐다.

"다쿠마, 들었어? 이건 훌륭한 협박죄야. 이 녹음기만 있으면 얼마든지 영장을 받을 수 있지."

전화가 걸려오면 녹음하라는 내 조언을 그대로 실행한 듯했다.

다쿠마는 말이 없었다. 포기한 것처럼도, 돌변한 것처럼도 보였다.

"선생, 어떻게 할까요?"

미도리카와가 돌연 나를 향해 물었다.

"이 녀석을 연행할까요? 아니면 따끔하게 혼만 내줄까요? 선생이 쥐도 새도 모르게 사라지면 안 되니까 일단 격리시키는 편이……."

뒷말은 마치 혼잣말 같았다. 대답이 궁했다. 더구나 그의 의도를 알 수 없었다.

"그건 최종적으로 당신에게 맡기겠습니다. 난 그저 이자들이 이번 건에서 깨끗이 손을 떼기만 하면 되니까요……."

"그런가요? 자비심이 많은 분이군요. 다쿠마, 어때? 이런 짓을 계속할 거냐?"

목소리에 폭발할 것 같은 분노가 담겨 있었다. 다쿠마의 온몸이 경직된 것처럼 보였다.

잠시 침묵이 이어졌다. 이윽고 혼잣말 같은 다쿠마의 중얼거림이 들렸다.

"더는 문제를 일으키지 않겠습니다."

"정말이지? 틀림없지?"

다쿠마는 고개를 끄덕이더니 가방을 들고 일어섰다. 그리고 미도리카와의 기색을 살피며 물었다.

"이제 됐지요?"

"그래, 됐어. 내가 배웅해주지."

그렇게 말하면서 미도리카와도 일어섰다.

"괜찮습니다. 혼자 가겠습니다."

"넌 괜찮아도 나는 안 괜찮다. 다른 건으로 묻고 싶은 게 있어. 근처에서 차나 한잔 하지."

강압적인 말투였다. 다쿠마의 얼굴에 다시 불안한 기색이 떠올랐다. 나와 류노스케 자매가 없는 곳에서 뭔가를 캐물으려는 게 분명했다. 마음 한 구석에 자리하던 의문이 뚜렷해졌다. 아무리 아는 사람을 돕는 일이지만 현역 경시청 수사1과 형사가 생활경제과 일에 손을 내밀다니. 어쩌면 나와 류노스케 자매가 모르는 뭔가가 숨겨져 있음이 틀림없었다.

2장

살육

1

그 사건은 도쿄 도 스기나미 구 젠푸쿠지 공원 근처의 주택가에서 발생했다. 자산가이자 부동산회사 중역 출신인 다카기 도쿠야와 그의 아내 하루코가 전기코드와 밧줄로 목이 졸린 채 살해된 것이다.

다카기는 71세이고, 하루코는 세 살 아래인 68세였다.

다카기는 65세까지 대형 부동산회사에 근무했고, 퇴직하기 전 5년 동안 중역을 역임했다. 원래 자산가인 데다 거액의 퇴직금을 받았기에 부부의 노후생활에는 조그마한 그림자도 보이지 않았다.

도내에 소유한 건물과 빌라, 아파트 등의 임대수입만 해도 상당한 금액이었다.

그러나 두 사람 모두 검소한 성격이라 화려한 생활과는 인연이 없었다. 이웃과 잘 어울리고 쓰레기 분리수거도 잘해 주변 평판 역시 나쁘지 않았다.

그의 저택은 23구 안에 있었는데, 부지가 상당히 넓은 편이었다. 도내에서 변호사로 일하는 장남 가족이 같은 부지에 살았다.

철로 만들어진 대문 정면으로 약 70평짜리 일본식 단층 주택이 자리했다. 상당히 낡고 오래된 집이었지만 다카기 부부는 리모델링도 하지 않은 채 그대로 사용했다.

물론 부부에게 그 집은 너무나 컸다. 하지만 결혼해 오사카에 사는 장녀가 아이와 함께 오거나, 요코하마의 아파트에 거주하며 설계사무소에 다니는 차남이 주말마다 집에 다니러 온다. 그럴 때는 넓은 집에 활기가 넘쳤다.

장남 가족이 사는 곳은 이 집의 동쪽에 있는 2층짜리 서양식 주택이다. 건물이 35평으로 본가에 비하면 작았지만, 2년밖에 안 된 하얀색 외관이 화려함을 자랑했다.

방문판매원이 찾아온 곳은 겉으로는 결코 부유해 보이지 않는 노부부의 집이었다.

월요일 오후 3시경이었다. 전날까지 머물렀던 차남은 요코하마의 설계사무소에 출근하기 위해 아침 일찍 길을 나섰다. 그리하여 집에 있던 사람은 노부부뿐이었다.

남자 여섯 명은 대문 오른쪽에 있는 인터폰을 무시하고 철문을 열었다. 그리고 10미터쯤 되는 자갈길을 똑바로 걸어가 현관의 젖빛 유리문을 노크했다.

낮에는 대문을 잠그지 않았다. 예전부터 치안에 문제가 없던 지역이다. 그래도 젠푸쿠지 공원에서 노숙자나 노인이 습격 당하는 사건이 발생한 후로는 장남의 잔소리 때문에 밤이 되면 문단속을 했다.

장남은 주로 민사사건을 담당하는 변호사라 일상생활에서도 조심성이 많았다. 재판 결과에 화가 난 상대편 의뢰인이 엉뚱하게 변호사를 공격하는 일도 있었기 때문이다. 더구나 장남의 집에는 중학생과 초등학생 딸이 있어, 부모로서 안전에 신경 쓰는 것이 당연했다.

반면에 하루코는 낮에까지 대문을 잠글 필요는 없다고 생각했다. 누군가 찾아올 경우 일부러 나가 철문을 열어줘야 했기 때문이다.

큰며느리도 평일 낮에는 거의 집에 없었다. 남편 일을 도와주고 있어 매일 도심의 사무실로 출근했다. 따라서 낮에 손님을 맞이하는 일은 집에 있을 확률이 높은 하루코 몫이었다.

고급 주택가로 호화로운 저택이 많고 민간 보안업체와 계약한 집도 많아, 불법 방문판매업자가 흔히 나타나는 지역은 아니었다. 실제로 하루코는 결혼하고 그 집에서 40여 년을 살았지만, 불법 방문판매업자에게 피해를 입은 적이 한 번도 없었다.

오늘 역시 남자들을 처음 맞이한 사람은 하루코였다. 양복 차림의 남자 여섯 명이 현관에 쭉 늘어서더니 깊숙이 고개를 숙였다. 그리고 그중 한 사람이 무료로 수질검사를 해주겠다고 했다. 갈색머리를 길게 기른 이가 한 명 있었지만, 나머지는 검은 머리를 짧게 잘라 매우 성실해 보였다.

하루코의 머릿속에서는 무료 수질검사와 비싼 정수기 판매가 이어지지 않았다. 하지만 수질검사가 무료라고 해도 정수기가 무료일 리는 없었다.

애당초 판매 목적임을 알리지 않고 수질검사를 해주는 것 자체가 특정 상거래법 위반이었다. 하지만 방문판매를 경험한 적 없는 하루코가 그런 사실을 알기란 불가능에 가까웠다.

하루코는 수질검사를 허락했다. 첫번째이자 결정적으로 중요한 관문이 통과된 이상, 그 다음 발생하는 필연적인 결과를 막기는 현실적으로 어렵다.

불법 방문판매에 대처하는 가장 좋은 방법은 입구에서 차단하는 것이다. 즉, 아무리 무료라고 해도 상대의 제안을 거부해야 한다.

한 남자가 핸드백 크기의 알루미늄 팩을 꺼냈다. 팩에는 피펫과 테스트 병, 테스트 스트라이프 등이 들어 있었다.

너무도 그럴싸하게 보이는 물건이었지만, 보건소에서 전문적으로 사용하는 기기와 달리 어디서나 살 수 있는 간단한 수질검사 키트였다는 게 나중에 밝혀졌다.

그 후로 남자들의 장황한 설명이 이어졌다.

검사대상은 대장균, 납과 농약, 초산성 질소와 아초산성 질소, 그리고 방사능이다. 욕실 물을 사용해 검사한다고 했다.

검사 후 물이 심각하게 오염돼 있다는 결과가 나왔다. 미리 정해진 결론이었음이 틀림없다.

이 시점에 남편인 도쿠야가 서재에서 나왔다. 그리고 이미 6평짜리 손님방에서 100만 엔이나 하는 고가의 정수기를 보여주며 열변을 토하는 남자들의 말을 아내와 같이 들었다. 부부는 이때쯤 정수기 하나를 파는 데 왜 여섯 명이나 왔을까 하고 생각했을지도 모른다.

'에워싸기 상술'이라고 해야 할까? 많은 인원수로 일정한 공간을 점령한 뒤, 상대의 의사와 관계없이 협박으로 상품을 파는 방식이다. 실제로 6평짜리 손님방에 남자 여섯 명이 들어오면 좁게 느껴지는 것이 당연하다. 아마 남자들의 위협적인 말과 더불어 공간적인 압박감이 상당했을 것이다.

그런데 하루코라면 몰라도 남편인 도쿠야는 대형 부동산회사에서 중역까지 오른 사람이다. 불법 판매에 대처하는 지혜와 경험을 갖고 있지 않았을까? 남자들 소속이 사기성 불법회사임을 이미 간파했을 것이다.

도쿠야는 실제로 정수기를 확인했는데, 아무리 봐도 수천 엔이면 살 수 있는 허접한 물건으로밖에 보이지 않았다. 남자들은 방사능 오염도 정화시킬 수 있다고 했으나 설명이 매우 유치하고 비과학적이었다.

그럼에도 그들이 다른 날 찾아오면 현금으로 구입하겠다고 넌지시 암시한 것은 시간적 간격을 두고 태세를 정비하기 위해서였으리라.

남자들은 세 시간쯤 버티며 계약서에 사인할 것을 요구했다. 하지만 도쿠야는 끝까지 다른 날 다시 오면 현금으로 구입하겠다면서 물러서지 않았다.

도쿠야의 서재 금고에는 항상 수백만 엔의 현금이 보관되어 있었다. 따라서 마음만 먹으면 그 자리에서 현찰로 살 수 있었다. 그럼에도 은행에서 돈을 찾아와야 한다며 물러서지 않았다.

결국 남자들은 더 이상 버티지 않고, 다음날 다시 오겠다고 말했다. 시간을 끌수록 고객의 귀에 잡음이 들어가 구매의욕이 감소하는 법이다. 사실 그 자리에서 구입하게 만들고 싶었지만 도쿠야의 경제 사정을 정확히 몰랐다.

다카기 부부는 연금으로 사는 소박한 노부부처럼 보였다. 100만 엔이나 하는 물건을 사려면 은행에서 돈을 찾거나 정기예금을 해약해야 한다고 생각했을 것이다.

더구나 현금 구입은 나중에 쿨링오프 가능성이 있는 대출 구입보다 훨씬 매력적이었다.

따라서 목적은 달랐지만 다음날 다시 오는 것은 양쪽의 타협의 산물이라고 할 수 있었다. 사실 도쿠야는 날짜를 좀 더 미루고 싶었다. 그러나 하루라도 변호사인 장남과 의논해 얼마든지 대응할 수 있다고 생각했다.

실제로 그날 밤 장남 집에서 저녁식사를 함께하며 어떻게 하는 게 좋을지 의논했다. 평소에는 식사를 따로 하지만 한 달에 한 번 어느 한쪽 집에 모여 같이 식사했다. 그런데 그날은 우연히 장남 집에서 며느리가 해준 음식을 먹기로 되어 있었다.

장남은 아버지에게 두 가지를 당부했다. 하나는 남자들을 절대 대문 안으로 들이지 말라. 그러기 위해 낮에도 밖의 철문을 잠그고 인터폰으로만 이야기하시라.

"아버지, 잘 들으세요. 변호사 아들과 의논했는데 구입하지 않기로 했다고 한마디만 하세요. 상대가 계속 말하더라도 대응하지 마시고 일방적으로 인터폰을 끊으세요."

장남은 다음 단계에 대해서도 조언했다. 만약 남자들이 집으로 들어와 에워싸고 협박해 신변의 위험을 느낄 경우, 아직 은행에 못 갔다는 핑계를 대고 대출 구입 계약서에 사인하라고 했다.

현금을 빼앗기면 되찾기 쉽지 않지만, 대출과 연계할 경우 계약을 무효로 만드는 일은 간단했다. 특히 상대의 행동이 특정 상거래법 위반이 분명하므로, 귀찮은 절차를 거쳐야 하지만 나중에 쿨링오프하기 어렵지 않다. 물론 현금으로 사도 쿨링오프하는 경우 법률상 돈을 반환받을 수 있다. 하지만 온갖 방법을 동원해 돌려주지 않는 게 보통이었다.

큰며느리는 여전히 불안을 감추지 못했다.

"정말 그것만으로 괜찮을까요? 당신도 아버님과 같이 있는 편이 좋지 않을까요?"

그러자 하루코가 맞장구쳤다.

"그래. 그 사람들, 얼마나 무서운지 몰라. 말투는 정중한데 굉장히 위압적이라서 도저히 되받아칠 분위기가 아니야. 한 사람이 '사모님, 죽고 싶습니까?'라고 몇 번이나 말했거든. 물론 표면적으론 방사능에 오염돼 병에 걸릴지도 모른다는 의미였지만, 중의적으로 느껴졌어."

하지만 도쿠야는 여유를 잃지 않았다.

"그렇게 걱정할 필요 없어. 네가 일까지 포기하고 집에 있을 정도는 아니야. 위험하다고 생각되면 110번에 신고하면 되잖아?"

그 말을 들으면서 장남은 수첩에 적힌 다음날 일정을 확인했다. 오전에 도쿄 지방법원에서 토지 거래를 둘러싼 민사재판이 한 건 있었다.

하지만 오후에는 재판이 없었다. 최근으로선 드문 일정이었다. 거의 매일 오전과 오후에 재판이 있어왔다. 오후에는 사무실에서 쌓여 있는 법률 문서를 작성할 예정이었으나, 그런 일은 집에서도 할 수 있다.

"내일 오후에는 재판이 없어서 일찍 올 수 있어요. 녀석들이 온다고 해도 3시 넘어서겠죠?"

이렇게 말한 뒤, 장남은 아는 변호사에게 전화를 걸었다. 같은 변호사라고 해도 장남은 토지 거래나 이혼소송 등 일반적인 민사소송 전문이었다. 그런데 그 변호사는 경찰과 협조해 사기 상술이나 불법 방문판매업자와 싸우는 그 분야의 프로 중 프로였다. 경시청 생활안전과 형사와도 연락을 주고받는 사이였다.

"원자력 발전소 사고 이후 정수기 사기꾼들이 너무 많아. 타인의 약점을 파고드는 나쁜 녀석들이지. 수천 엔짜리 정수기를 수십만 엔에 팔아치운다니까."

전화기 너머로 분노에 찬 목소리가 들려왔다. 사태가 악화되면 언제든지 연락하라는 말에, 장남은 가슴을 쓸어내리며 수화기를 내려놓았다. 실제로 지금 단계에서는 심각하다고 할 수 없었다. 따라서 다른 사람에게 부탁하지 않아도 충분히 대응할 수 있다고 생각했다.

그런데 다음날 장남에게 곤란한 상황이 발생했다. 오후에 재판이 없다고 생각한 건 그의 착각이었다. 오후 1시부터 시작되는 재판이었는데, 그렇게 오래 걸릴 것 같지는 않았다. 그렇더라도 재판에 참석하는 이상 오후 3시까지 귀가하기란 현실적으로 불가능했다.

실제로 재판이 끝난 시각은 3시 5분 전이었다. 집까지 한 시간도 안 걸리니 서두르면 방문판매원을 만날 수 있다.

장남은 일단 집에 전화를 걸었다.

"아직 안 왔어. 어쩌면 안 올지도 모르지."

어머니가 느긋하게 대꾸했다. 장남은 안도하며 어제와 똑같이 주의를 주고는 전화를 끊었다. 이때 어머니는 대문을 잠가 놓았다고 말했다.

긴장감이 부족한 어머니의 대응이 장남의 마음을 상대적으로 느긋하게 만든 것은 부정할 수 없다. 그는 의뢰인과 커피숍으로 가 다음 재판에 대해 30분 정도 이야기를 나누었다. 그로 인해 집에서 가장 가까운 니시오기쿠보 역에 내린 건 결국 오후 4시 반이 지나서였다.

그는 전철에서 내리자마자 휴대폰으로 다시 집에 전화했다. 아무도 받지 않았다. 만일을 위해 자기 집에도 걸었지만 역시 받지 않았다. 사무실로 전화해 아내가 아직 사무실에 있음을 확인했다. 아이들은 학원에 가 있을 시간대였다.

따라서 부모님 상황을 확인할 사람이 아무도 없다. 불안이 가슴을 때렸다. 집까지 택시를 탔다. 택시를 타면 5분도 걸리지 않는다.

집에 도착하자 불안이 증폭되었다. 그렇게 신신당부했는데 대문이 잠겨 있지 않았다. 더구나 누군가 안으로 들어간 것처럼 반쯤 열려 있었다. 심장이 세차게 고동치기 시작했다. 현관으로 이어진 자갈길을 황급히 뛰어갔다. 현관의 젖빛 유리문도 잠겨 있지 않았다. 장남은 문을 활짝 열면서 소리쳤다.

"어머니! 아버지!"

그의 목소리가 정적 속으로 빨려 들어가듯 사라졌다. 왼쪽 손님방 문이 열려 있고, 아버지 도쿠야가 벽에 등을 기댄 채 다리를 앞쪽으로 내밀고 있었다.

불길한 예감이 들었다. 신발을 벗고 안으로 들어갔다.

두세 걸음 다가간 그는 아버지 얼굴에 벌어진 이변을 알아차렸다. 일단 코피가 엄청나게 흘렀다. 눈알이 담수어처럼 튀어나왔고, 안구에는 검붉은 피가 모여 있었다.

목덜미에는 전기코드와 비슷한 게 감겨 있었는데, 그것이 느슨해지면서 왼쪽 비스듬한 위쪽으로 적자색 삭흔이 보였다.

도쿠야의 장남은 소리 없이 그 자리에 무너져 내렸다.

2

"부인은 거실에서 목 졸려 살해되었지. 삭흔 형태로 볼 때 남편을 교살할 때 사용한 전기코드와는 다른 끈, 구체적으로 말하면 실내에 있던 빨랫줄을 사용했음이 나중에 밝혀졌어. 두 사람은 손님방과 거실에 따로 감금되어, 남편과 아내 순으로 살해된 것 같더군."

미도리카와의 긴 이야기가 드디어 막바지에 이르렀다. 하지만 나는 정체를 알 수 없는 긴장감에서 여전히 벗어나지 못했다.

우리는 신주쿠에 있는 '란부르'에 있다. 지금은 거의 볼 수 없는 옛날 유행했던 명곡 커피점이다. 의자는 고색창연한 적갈색이다.

미도리카와는 이야기가 일단락되었다는 듯 커피를 입으로 가져갔다. 나는 그의 얼굴을 뚫어지게 쳐다보았다.

오늘은 랄프로렌 핑크색 폴로셔츠를 입었다. 새삼스레 감동이 밀려왔다. 용케 이런 이야기까지 들을 수 있는 관계가 되었다.

이미 8월에 접어들어 대학은 여름방학이 시작되었다. 겨우 한 과목이지만 1학기가 끝나자 안도의 한숨이 흘러나왔다.

최근 몇 년 동안 두 달여의 긴 여름방학은, 인간들과의 접촉을 끊고 고독 속으로 들어가는 견디기 힘든 과정으로 변했다. 그런데 올해는 양상이 달랐다.

나는 미도리카와에게 적극적으로 매달렸다. 그와 이야기를 나눈 게 한두 번이 아니다. 나는 그의 휴대폰에 몇 번이나 전화해서 만나달라고 애원했다.

처음에 그는 대학 강사에 대해 어느 정도 예의를 갖춰 응대했다. 하지만 지속적으로 집요하게 접근하는 저널리스트에게 거친 반응을 보이기 시작했다.

내가 쓴 「악의의 어둠 — 수돗물까지 끊긴 모녀의 고독한 아사」는 이미 『시야』에 발표되었다. 내 목표는 다음 취재대상으로 이동했다. 미타카의 아사사건은 몇 가지 불분명한 점이 남았지만, 계속 취재하더라도 깊은 속사정을 알아낼 수 있을 것 같지 않았다.

도쿄 도 수도국을 비판하는 데도 한계가 있었다. 인권을 전면에 내세우며 공공요금 면제를 주장하는 것은 자칫 비난을 위한 비난이 될 수 있었다. 매뉴얼대로 행동한 수도국 직원을 비난할 근거 역시 희박했다.

편집장인 기무라는 미도리카와가 쫓는 사건에 강한 관심을 보였다. 『시야』처럼 지식인을 위한 잡지는 특종 자체를 좋아하지 않는다. 그것이 자신들과 주간지를 구분하는 하나의 기준이라고 생각하기 때문이다.

하지만 미도리카와에 대해 이야기하자 기무라의 반응이 여느 때와 달랐다. 취재비 명목으로 내 계좌에 30만 엔을 입금해준 것도 이례적이었다.

대부분 술을 좋아하는 미도리카와의 접대에 사용되었다. 그런데 배포가 크고 호탕한 이미지와 달리 그는 입이 무겁고 조심성이 많았다.

그런 그가 어느 정도 이야기를 풀어놓은 건 접대를 받아서가 아니라 경시청 수사1과 내부의 복잡한 사정 때문인 듯했다. 어느 날 갑자기 그는 자신이 쫓고 있는 네 건의 강도살인사건에 대해 말했다.

스기나미 구의 자산가 부부 살인사건을 포함해, 최근 2년 사이 도내에서 일어난 흉악한 사건들이었다. 스기나미 구 사건을 제외하면 나머지 사건의 피해자는 각각 한 명씩이었다. 빼앗긴 금액도 다르고 살해당한 방법도 다르다.

2010년 4월, 세타가야 구에서 38세 주부가 현관에 있던 청동상으로 뒷머리를 얻어맞고 숨졌다. 2층 침실을 마구 뒤진 흔적이 있었는데, 남편에 따르면 책장 서랍에 있던 현금 10만 엔 정도가 사라졌다고 한다.

그로부터 석 달 후, 오타 구에서 연금으로 생활하는 80세 노파가 목 졸려 살해되었다. 근처에 사는 딸에 의하면 평소 사용하던 지갑이 없어졌는데, 1만 엔 정도가 들어 있었다고 한다.

이듬해 7월에는 나카노 구에서 대학원생이 부엌칼에 찔려 숨을 거두었다. 그가 쓰던 지갑이 없어졌는데 피해금액은 정확하지 않았다.

이 사건들의 외견상 공통점은 강도살인이라는 점 외에 모두 오후 1시에서 4시 사이에 일어났다는 점이다. 즉, 평범한 회사원이라면 집에 있을 가능성이 낮은 시간대다. 반대로 말하면 피해자는 노인과 학생, 주부 등 그 시간대에 집에 있어도 이상하지 않은 사람들이다.

미도리카와가 내게 그 이야기를 해준 건 일주일쯤 전이었다. 그리고 오늘은 젠푸쿠지 사건에 대해 자세히 말했다.

"녀석들은 부인에게서 금고의 비밀번호를 알아낸 것 같아. 금고에서 약 800만 엔의 현금과 1천만 엔 상당의 귀금속이 사라졌지."

"스기나미 사건만 피해액이 눈에 띄게 많군요."

나는 객관적 사실을 언급했을 뿐이다. 하지만 미도리카와에게는 다른 사건과의 관련성을 부정하는 말로 들렸던 모양이다.

"그래서 선생도 뭘 모른다는 거야. 물론 내 동료 형사들도 마찬가지지만 말이야. 지금 중요한 건 피해액이 아니야."

그는 여전히 나를 선생이라고 불렀으나 말투는 상당히 거칠었다. 대학 강사에 대한 예우 차원에서 가끔 존대어를 사용하는 일도 있었지만.

"무슨 뜻이죠?"

"피해액은 단순한 결과에 불과해. 중요한 건 사건이 얼마나 계획적이었냐 하는 거지."

"스기나미 사건의 경우, 같은 부지에 변호사 아들이 살고 있었어요. 피해자들은 살해되기 전날 찾아온 방문판매원들에 대해, 아들과 며느리에게 자세히 말했잖습니까? 그런데 다른 사건은 어떤가요? 피해자들이 가족이나 지인에게 방문판매원에 대해 이야기했나요?"

"아니, 그런 사실을 확실하게 말한 건 스기나미 구 피해자들뿐이야. 하지만 다른 사건 피해자들이 살해당한 당일이나 전날, 몇몇 이웃집에서 악질 방문판매원에게 피해를 입은 사실이 밝혀졌네. 오타 구 사건에서는 아직까지 그런 피해가 확인되지 않았지만."

네 사건 중 세 곳에서 악질 방문판매원의 그림자가 숨어 있다는 뜻이다. 이것은 미묘한 숫자다. 통계학적 확률로 말하기에는 모수(母數)가 너무 적다.

나는 미도리카와를 자극하지 않도록 슬쩍 다른 각도에서 질문했다.

"오타 구의 경우, 방문판매 피해가 보고되지 않은 특별한 이

유라도 있나요? 가령 사건의 범인이 동일범이라고 가정할 때 말이지요."

"그건 순서의 문제지."

"순서의 문제요?"

"그래, 녀석들은 그날 맨 처음 80대 노파의 집에 갔을 가능성이 높아. 실제로 오후 1시쯤 그 집 인터폰이 울리고 양복 차림의 젊은 남자 몇 명이 들어가는 걸 이웃집 주부가 봤다더군. 첫 타깃을 죽였으니, 그 부근 영업을 포기하는 게 당연하잖아? 다른 장소에서는 오후 3시에서 4시쯤 사건이 일어난 것 같아. 즉, 몇 군데를 방문한 후 사건이 일어났을 가능성이 높다는 뜻이지."

"하지만 각각의 사건에서 흉기가 다르다는 건······."

"바로 그거야, 선생. 이 사건의 본질이 바로 거기에 있지. 즉, 처음부터 타깃을 죽이려 했던 게 아니야. 교묘하게 구슬려 돈을 받아내려 했지. 그런데 피해자가 정수기 구입을 강하게 거부할 경우, 차라리 죽이고 현금을 빼앗는 편이 간단하다고 생각했을 수 있어. 어이없고 무계획적인 범죄로 보이지만 나름대로 일관성은 있지 않아? 힘과 사람 숫자에서 피해자보다 압도적 우위에 있었으니 흉기는 실내에 있는 뭐라도 좋았을 거야. 적당한 물건이 없는 경우 오타 구 사건처럼 맨손으로 목 졸라 죽일 수도 있고. 더구나 미리 흉기를 준비하면 입수 경로를 통해 발목이 잡힐 수 있잖아? 그 녀석들이 의외로 그런 걸 알고 있었을지도 몰라."

그의 이야기를 듣다 보니 왠지 납득이 되기 시작했다.

머릿속에 불쑥 경고 문구가 떠올랐다.

사시겠어요? 아니면 살해당하시겠어요?

더구나 흉기를 미리 준비하지 않는다는 점에 오히려 일관성이 있다고 볼 수도 있다.

"경시청 내부에도 방문판매와 관련된 살인이라는 걸 부정하는 사람이 있나요?"

"있는 정도가 아니라 나는 완전히 소수파야. 방문판매 관련 가능성을 부정하지 않는 건 젠푸쿠지 사건 정도지."

그는 서양인처럼 어깨를 살짝 들썩였다. 그런 동작이 잘 어울리는 사람이다.

"다들 오래된 형사학 상식에 사로잡혀 있어서 그래. 피해액이나 살해방법의 차이를 과도하게 중시하지. 더구나 사기 등의 지능범과 강력범은 양립하지 않는다는 케케묵은 형사학 이론을 믿는 녀석도 있어. 가장 반대가 심한 경우, 개인이 아닌 집단이 연쇄살인을 저지르는 일은 일반적으로 생각하기 어렵다는 거야. 하지만 말이지, 제대로 교육받지 못한 요즘 젊은 친구들은 상상조차 할 수 없는 짓을 태연히 해치우거든. 중심에 있는 녀석이 리더십을 발휘하면 집단으로 연쇄살인을 저지르는 일도 불가능한 건 아니야."

말을 마치자 그는 살짝 초조한 기색을 내비치며 허리를 들었다. 이야기를 시작한 지 이미 두 시간이 넘었다. 수사1과 형사라서 비교적 자유롭다곤 하지만, 특별한 용건 없이 나와 오랜 시간을 보내기는 어려우리라.

"제가 도와드릴 일이 없을까요?"

나는 대놓고 말했다. 그가 경시청 수사1과에서 고립된 건 분명하다. 그렇다면 동료에게 일을 부탁하거나 지시를 내리기가 어렵지 않을까?

그는 한동안 말이 없었다. 뭔가를 생각하는 표정이었다. 그러더니 뜻밖의 이야기를 꺼냈다.

"실은 말이야, 선생. 젠푸쿠지 사건에서 뜻밖의 진전이 있었어. 실내에 남아 있던 지문이 어떤 전과자 것이었어."

"오호, 굉장한 진전이군요."

나도 모르게 목소리가 높아졌다.

"예전에 한신경마장이 있는 니가와란 곳에서 불량배들이 젊은 커플을 납치해 빌라에 감금했다 살해한 사건이 있었지. 기억나?"

유명한 사건이었다. 발생한 지 이미 15년이 넘었는데, 당시 신문과 잡지는 그 사건으로 온통 떠들썩했었다. 잔인성이 상상을 초월했기 때문이다.

"그 사건으로 모두 여섯 명이 기소됐는데, 주범인 노노미야는 사형판결을 받고 사형이 집행되었지. 무기징역을 선고받은 자는 아직 복역 중이지만, 당시 미성년자였던 나머지 네 명은 형기를 마치고 세상으로 나왔어."

그 네 명 가운데 한 사람인 아사노 아쓰시의 지문이 젠푸쿠지 사건현장에서 나왔다고 한다. 미도리카와는 내게 아사노에 관한 뜻밖의 요청을 했다.

3

오전에 신칸센을 타고 도쿄에서 출발했다. 목표는 니가와였다. 한신경마장에서 가장 가까운 역으로 알려진 곳이라 도쿄 사람들은 흔히 오사카에 있다고 생각한다. 하지만 실제로는 효고 현 다카라즈카 시에 있었다.

신오사카에서 열차를 갈아타고 오사카에서 내렸다. 나는 한큐우메다 역까지 걸어가 고베 본선을 탔다. 그리고 니시노미야 북쪽 출구에서 환승해 20분쯤 후 니가와에 도착했다.

이제 와서 15년 전 사건현장을 살펴봤자 아무 의미가 없다는 건 나도 알고 있다.

더구나 미도리카와의 의뢰에는 그런 것이 포함되어 있지 않았다. 하지만 이건 저널리스트의 습성이다. 사건현장의 흙을 밟지 않는 한 사건을 실감할 수 없는 것이다.

중앙경마가 개최되지 않는 날의 한큐니가와 역 앞은 한산하기 이를 데 없었다. 여기에 오는 것이 처음은 아니다. 대학생 때 오사카에 놀러와 경마를 좋아하는 친구와 와본 적이 있었다. 그때의 소란스러움이 거짓말 같았다.

개찰구를 나오자 경마장으로 이어지는 에스컬레이터 앞에 셔터가 내려져 있었다. 나는 개찰구를 등지고 오른쪽으로 걸어갔다.

오후 2시가 조금 지난 시각이다. 숨이 턱턱 막히는 한여름의 뜨거운 햇살이 아스팔트를 때리듯 쏟아졌다. 도쿄 사람에게 간사이 지방의 더위는 견디기 힘들다.

역 앞은 텅 비어 있었다. 왼쪽에 우두커니 서 있는 꼬치구이 가게가 눈에 들어왔다. 직진하는 방향에 신호가 있고, 그 너머에 패스트푸드 음식점이 몇 군데 있을 뿐이다.

유흥가라고 부르기에는 너무도 쓸쓸했다. 평범한 지방도시 특유의 스산한 분위기가 눈꺼풀 안쪽에 허무한 그림자를 아로새겼다. 경마산업이 경제에 막대한 영향을 미치는 이 도시에, 그것을 반영하는 활기와 시끌벅적함이 부족한 것에 이상함을 느꼈다.

나는 왼쪽으로 크게 커브를 그리는 도로 쪽으로 걸어갔다. 커브를 돌자 파출소가 눈에 들어왔다. 간판에는 '니가와 파출소'라고 되어 있었다. 머릿속에서 주소가 떠올랐다. '가누마 2-4'.

하지만 파출소에 들러 그곳이 어디냐고 물을 생각은 없었다. 그곳에 지금 무엇이 있는지도 모른다. 과연 지금도 '허밋 빌라'가 있을까?

나는 멍하니 앉아 있는 제복 경찰관을 힐끗 쳐다보며 파출소를 지나쳐 긴 언덕을 내려갔다. 왼쪽으로 술집이 보일 때쯤 '가누마'라는 지명이 나타났다.

그곳에서 '2-4'번지는 멀지 않았다.

아직 빌라가 자리하고 있었다. 그렇게 크지는 않았다. 빌라와 연립주택의 중간쯤 될까? 입구에 '메종 드 솔레이유'라는 프랑스어 이름이 적혀 있었다. '허밋(은둔자)'이 아니라 '솔레이유(태양)'인가? 그늘과 햇빛이 멋진 대비를 이루었다.

어쩌면 사건이 일어난 뒤 빌라 관리회사가 이름을 바꿨을지도 모른다. 끔찍한 사건을 잊게 만들기 위해선 밝은 이름이 필요하지 않았을까? 실제로 빌라는 상당히 낡아서, 최근 몇 년 사이에 지은 것으론 보이지 않았다. 이 사실은 나중에 역 앞의 작은 부동산에서 확인했다.

사건은 이 빌라의 4층 모퉁이에 있는 401호에서 일어났다.

4

신한큐 호텔에 숙박했다. 여비는 출판사에서 부담하기로 했다. 단, 영수증을 받은 뒤 정산하겠노라 기무라가 못을 박았다.

이미 30만 엔의 군자금을 받은 이상 불평은 할 수 없었다. 더구나 숙박일수에 일일이 토를 달지 않는 걸 보면 그로서는 최대한 편의를 봐준 것이다.

하지만 30만 엔은 거의 바닥을 보이고, 늘 그렇듯 수중에 돈이 거의 없어 오래 머물 수는 없었다.

사전준비는 충분하다. 아사노를 즉시 만날 수 있으리란 안이한 생각은 하지 않았다. 더구나 아사노는 도쿄에 살고 있을 가능성이 높다. 목표는 아사노의 예전 애인인 스야마 게이였다.

'다카라즈카 연인 감금 살인사건'에 관한 책은 많이 나와 있었다. 나는 재판기록뿐만 아니라 논픽션 계통의 책도 두루 섭렵했다.

당연하지만 대부분의 책은 재판에서 주범으로 인정되어 사형판결을 받은 노노미야 시게유키 중심으로, 그의 과거나 범죄 경력이 자세하게 쓰여 있었다. 하지만 다른 공범자, 특히 게이에 관해서는 거의 찾아볼 수 없었다.

그럼에도 나는 게이에게 주목했다. 이 사건에서 인간적인 모습을 보이며 자신의 행동을 후회한 유일한 가해자였기 때문이다. 더구나 게이는 내가 쫓고 있는 아사노의 옛 애인이었다. 따라서 그녀를 통해 아사노가 어디 있는지 알아내는 게 나의 취재계획이었다.

사건의 내용을 자세히 알기 위해 이용한 건 저널리스트가 쓴 논픽션이 아니라, 신겐샤에서 나온 『사형판결의 이력』이란 책이었다. 저자는 과거 판사로 재직했으며, 사형판결을 받은 재판기록의 모음집 형식이었다.

수십 쪽에 이르는 앞부분의 해설문을 제외하고는 전체가 실제 판결문으로 채워졌고, 그에 관한 저자의 코멘트는 몇 줄에 불과했다. 하지만 사무적이고 기계적인 기술 형태는 바닥을 알 수 없는 사건의 음침함을 오히려 부각시키는 듯했다.

뚜렷한 목적조차 없는 경박한 젊은이들의 폭주. 그런 정도로 정의할 수 있겠지만, 그들의 잔인함은 흉악범죄의 역사 속에서도 눈에 띄었다. '범죄사실'에는 다음과 같이 적혀 있었다.

피고인 노노미야 시게유키 등 여섯 명은 1997년 5월 12일 중앙경마가 행해지던 한신경마장에 놀러갔다. 그리고 동 경마장에서 우연히 옆에 앉은 사토 겐고(23세)와 그의 애인 쓰치다 유리(21세)에게 말을 보는 위치에 관해 사소한 트집을 잡은 뒤, 두 사람을 끌어내 에워쌌다. 노노미야는 가지고 있던 칼을 사토의 옆구리에 들이대며 돈을 내놓으라고 협박해, 사토에게 7,530엔, 유리에게 3,530엔을 갈취했다(공갈죄). 피해자가 보유한 돈이 너무 적은 것에 화가 난 피고인 등은 두 사람을 납치해 차에 태우고, 피고인 중 한 명인 야나가 다쓰야의 아버지가 소유한 다카라즈카 시의 허밋 빌라로 데려간 뒤 사토가 보는 앞에서 유리를 윤간했다. 그리고 그 광경에 분노한 사토를 세 시간 동안 폭행한 뒤 욕실에 있던 목욕수건을 그의 목에 감고, 피고인들끼리 "근육 트레이닝을 하자"고 시시덕거리며 사토를 목 졸라 죽였다(살인죄). 그런 다음 피고인 등은 유리를 사흘간 감금하며 폭행과 능욕을 일삼고, "제발 죽여 달라"고 애원하는 그녀의 소원을 핑계로 포장용 밧줄을 이용해 목 졸라 살해했다(살인죄).

피고인들의 행위는 그림으로 그린 듯 치졸하고, 동시에 그림으로 그린 듯 잔인했다. 이런 자들을 사형시키지 않으면 누구를 사형시킨단 말인가? 다만 문제는 여섯 피고인이 짊어져야 할 책임의 균형이었다.

노노미야는 사형을 선고받았다. 노노미야의 변호사는 형식적으로 공소와 상고를 반복했지만 사형판결을 뒤집을 수는 없었다. 타당한 판결이었다고 할 수 있다.

다음으로 무거운 형을 받은 사람은 허밋 빌라 401호에 거주하던 야나가였다. 주범인 노노미야 다음으로 중요한 역할을 한 종범으로 무기징역에 처해졌다. 사건 당시 야나가는 겨우 스무 살이었다.

나머지 네 명은 전부 미성년자였다. 미성년자 가운데 가장 무거운 형량을 받은 사람이 아사노였는데, 징역 12년이었다. 다른 미성년자 두 명은 징역 6년의 실형을 받고, 게이만 징역 2년 6개월에 집행유예 5년을 받았다.

당시 19세의 미성년자였던 점이 아사노에게 유리하게 작용한 것은 부정할 수 없다. 재판기록에 쓰여진 범죄 정황으로 볼 때, 아사노의 행동은 야나가와 크게 다르지 않았고, 노노미야와 비교해도 악질적인 면에서 비슷하다는 느낌을 받았다.

그럼에도 게이가 최종적으로 아사노를 감싸는 증언을 한 점이 양형에 영향을 미쳤다. 물론 당시 아사노와 게이는 애인 사이였던 만큼, 게이의 증언은 제외되었어야 한다. 그렇더라도 게이의 진지한 증언이 판사에게 좋은 인상을 심어주는 등 아사노의 양형에 큰 영향을 미쳤을 것이다.

저녁을 먹기 위해 밤 8시쯤 로비에 있는 커피숍으로 갔다. 베이컨 샌드위치와 생맥주를 주문했다. 냉방이 잘 되어 있다지만, 갈증이 심해 맥주가 나오자마자 한꺼번에 들이켰다.

맥주를 두 잔째 마시기 시작했을 때, 가슴주머니에 있던 휴대폰이 울렸다. 상대는 미도리카와였다. 나는 자리에 앉은 채 작은 목소리로 전화를 받았다.

"선생, 좋은 정보가 있어."

미도리카와는 여느 때처럼 인사도 없이 본론으로 들어갔다.

"다쿠마 말인데, 그 녀석에게서 재미있는 증언을 끌어냈지."

잊고 있던 이름이었다. 그날 미도리카와가 다쿠마에게 무슨 말을 들었는지는 확실하지 않다. 물론 무슨 이야기를 나누었는지 물어보기는 했다.

하지만 미도리카와는 중요한 증언을 끌어내지 못한 것처럼 모호하게 대꾸했다.

그 후로 미도리카와가 다쿠마를 몇 번 더 만났을지도 모른다. 지금까지 다쿠마가 저지른 위법행위를 협박거리로 이용해 악질 방문판매집단에 관한 정보를 알아내려 했을 것이다.

그러고 보니 일본도 미국 같은 사법거래를 도입해야 한다는 것이 미도리카와의 지론이었다. 쉽게 체포할 수 있는 다쿠마를 일부러 풀어준 것은 정보원으로 이용하려는 의도 아니었을까?

"녀석이 아사노로 보이는 사람과 함께 일한 적이 있다더군. 그 자가 자기 성을 미즈노라고 했었대."

"일이라면, 방문판매를 말하는 건가요?"

"그래. 역시 여섯 명으로 팀을 짰던 모양이야. 다카라즈카 사건과 동일한 인원인 것이 마음에 걸려. 어쨌든 다쿠마는 평소 미즈노와 같이 다니는 시미즈라는 지인의 부탁을 받고 그 팀에 들어갔다더군. 다쿠마에 따르면, 그때는 세 노인에게 정수기를 팔아치웠고 특별한 사건은 일어나지 않았대. 그런데 말야, 일을 마치고 다 같이 이자카야에 갔는데, 우연히 미즈노 옆자리에 앉았다는 거야. 미즈노가 술에 취해 다카라즈카 사건에 대해 슬쩍 말한 모양이야."

"다쿠마가 미즈노라는 자와 같이 일한 게 한 번뿐인가요?"

"그 자식 얘기론 그래. 다쿠마 녀석, 보기보다 머리가 좋거든. 중퇴했다곤 하지만 대학까지 다녔고, 부친은 고등학교 영어교사지. 어쨌든 다쿠마에 따르면, 미즈노가 지휘하는 그룹은 위험한 방식으로 일한다더군. 처음부터 협박에 가까운 방식을 쓴다고 말이야. 즉, 피해자가 교묘한 말에 속아서 사는 게 아니라 애초 사기라는 걸 알면서도 공포심에 구입하는 거지. 물론 다쿠마의 방식도 크게 다르지 않지만 말이야."

이야기를 들으면서 다쿠마의 말이 무슨 뜻인지 이해할 수 있을 것 같았다. 사기인 건 같지만, 류노스케의 사례에서 알 수 있듯이 다쿠마는 한 가지 목표에 많은 시간을 들여 꼼꼼히 대처

한다. 그리고 상대가 넘어가지 않는다고 판단될 때만 협박을 사용한다.

다쿠마의 이론적인 말투가 그 증거처럼 여겨졌다. 그런 면에서 볼 때 처음부터 다짜고짜 협박하는 미즈노 일당과는 다르다.

"그들이 가끔 멤버를 교체하기도 하나요?"

"그래. 중추적 역할을 하는 미즈노와 시미즈는 대부분 참여하지만, 나머지 네 명은 자주 바뀌는 모양이야."

"그렇다면 교체자 가운데 우연히 살인에 가담하거나 본의 아니게 가담해야 했던 사람이 있겠군요. 그런 자들은 그룹을 떠나면 다른 곳에서 무슨 말을 할지 모르니 미즈노나 시미즈에게 위험한 존재 아닐까요?"

"물론 그렇지. 하지만 불법적인 방문판매에 가담한 데다, 적어도 살인 공범이 된 만큼 의외로 입이 무거울 수 있지. 나는 그렇지 않기를 기도하지만 말이야. 특수사회에 속한 자들이니 자기들끼리 나눈 말이 새어나오지 않을 가능성이 높아. 어떻게든 그걸 알아낼 창구가 다쿠마라고 할 수 있지만 말이야."

"다쿠마가 미즈노란 사람과 연락할 방법이 있을까요?"

"안 그래도 물어봤는데, 딱 한 번 만났을 뿐이라서 연락할 방법이 없다고 하더군. 아마 사실일 거야. 다만 시미즈와는 옛날부터 아는 사이라고 했어. 최근에는 연락이 안 된다는데, 과연 그럴까? 분명히 연락이 될 거야. 잘만 구슬리면 시미즈가 어디 있는지 토해낼 거란 뜻이지. 선생은 스야마 게이라는 여자를 만나 아사노가 출소한 뒤 어디서 뭘 하고 있는지 확인해줘. 내가 이런 말을 하는 건, 그걸 알아두는 편이 선생 조사에 도움이 된다고 생각하기 때문이야."

의미심장한 말투였다. 실은 경시청 수사1과에서도 고베에 형사를 파견했다. 미도리카와가 자원했으나 수사1과장은 다른 젊은 형사를 보냈다.

1과장이 "자네 같은 베테랑이 할 일은 아니야"라고 말했지만, 미도리카와에 따르면 이번 일에서 그를 배제하려는 의도가 분명했다. 그가 일련의 사건에 대해 불법 방문판매와 관련된 동일범 소행이라는 편견을 갖고 있다고 여기는 듯했다.

젠푸쿠지 사건 현장에서 아사노의 지문이 나온 만큼, 그 일에 아사노가 관여되었다고 생각하는 건 합리적인 판단이다. 하지만 나머지는 별개의 사건이라는 게 경시청 전체의 견해인 듯했다.

수사1과에서 고베 시에 파견한 형사는 스야마 게이가 아사노의 행방을 전혀 모른다고 보고했다. 하지만 미도리카와는 그런 표면적인 보고를 믿지 않았다. 그리하여 민간인인 내게 재조사를 의뢰한 것이다.

"알겠습니다. 많은 참고가 되었어요. 내일 스야마 게이를 만날 예정이니 다시 연락드리죠."

조금 전부터 옆 테이블에 앉은 중년부부가 나를 불쾌한 얼굴로 쳐다보았다. 미도리카와는 의외로 통화를 길게 하는 편이다.

상대가 의사를 표현하지 않는 한 좀처럼 끊으려 하지 않았다. 그런데 이쪽의 불편한 기색을 알아차렸는지, 미도리카와는 순순히 먼저 전화를 끊었다.

6

스야마 게이가 어디 사는지는 알고 있었다. 경시청 정보였다. 이미 다른 형사가 게이를 만났으니 이렇게 확실한 정보는 없을 것이다.

게이는 고베의 수산가공회사에 다니는 남편, 초등학교 4학년짜리 외동딸과 함께 남편 회사의 사택에 살고 있었다.

사택은 JR 고베 역에서 시영 버스를 타고 20분쯤 걸리는 평범한 주택가에 자리했다. 남편은 고베대학 경영학부 출신으로, 게이가 젊었을 때 사귄 불량배들과 수준이 다른 사람이었다.

경찰 정보에 따르면, 게이는 완전히 사람이 바뀌어 성실한 회사원 남편과 행복하게 살고 있다고 했다. 하지만 과거에 저지른 범죄를 과연 남편에게 털어놓았을까?

게이의 집과 가장 가까운 버스 정류장에서 하차해 서쪽 방향으로 걸었다. 길에는 물을 뿌린 듯한 습기가 신기루처럼 피어올랐다. 오후 1시가 넘은 가장 더운 시간대였다. 나는 이마에 맺힌 땀을 몇 번이나 손수건으로 닦아냈다.

한 블록에 똑같은 구조의 집이 네 채씩 있는 주택가에 도착했다. 맨 앞쪽이 게이의 집이다. 살며시 다가가 문패를 확인했다.

요코야마 다쿠로·게이·리카코

틀림없다. 게이는 여기에 살고 있다. 지금은 결혼해서 스야마 게이가 아니라 요코야마 게이가 되었다. 리카코는 게이의 딸일 것이다.

나는 잠시 주변을 살펴보았다. 당당히 그 집 인터폰을 누르려던 마음이 없었던 것은 아니다. 하지만 문패를 보고 신중해졌다.

그녀가 아무 죄도 없는 두 사람의 죽음에 관련되었다는 사실, 그리고 그녀가 현재 영위하고 있는 평온한 가정생활. 나는 두 가지를 저울질했다. 가능하면 그녀의 현재 행복을 깨뜨리고 싶지 않았다. 동시에 어떻게 해서든 아사노에 대한 정보를 얻고 싶었다.

나는 잠시 사택의 대각선 맞은편에 있는 공용주차장에서 상황을 살폈다. 토요일이라 남편과 딸이 집에 있을 가능성이 컸다.

잠시 후, 게이의 남편으로 보이는 사람과 딸이 밖으로 나왔다. 남편은 면바지에 스포츠 셔츠의 가벼운 차림이었다. 딸은 빨간색 반바지에 하얀색 티셔츠를 입고, 만화 캐릭터가 그려진 가방과 탁구 라켓 케이스 같은 걸 들고 있었다.

탁구교실에라도 가는 듯한 분위기였다. 두 사람은 손을 잡고 내가 서 있는 주차장 쪽으로 걸어왔다.

나는 태연을 가장해 그쪽으로 걸어갔다. 그들을 지나치며 두 사람의 얼굴을 힐끔 쳐다보았다. 남편은 은테 안경을 낀 성실해 보이는 인상이었다. 딸의 얼굴에는 초등학생다운 천진난만함이 가득했다.

두 사람은 주차장 맨 안쪽에 있는 경차에 올라탔다. 아빠가 딸을 데려다주러 가는 것인지도 모른다. 등 뒤에서 부녀의 다정한 대화가 들렸다.

집으로 다가가 인터폰을 눌렀다. 즉시 여성의 가벼운 목소리가 들려왔다.

현관문이 반쯤 열렸다. 검은 테 안경을 낀 수수한 여성이 얼굴을 내밀었다. 30대 초반으로 보였다.

"죄송하지만 요코야마 게이 씨인가요?"

"네, 그런데요."

"저는 다지마라고 합니다. 『시야』라는 잡지에 원고를 쓰고 있는데, 잠시 여쭤보고 싶은 게 있어서요……."

여자의 안색이 불안한 표정으로 바뀌었다.

"아사노 때문인가요? 그렇다면 저는 아무것도 몰라요. 지난번에도 경시청 형사가 찾아왔는데 똑같이 말했어요. 그 사람이 지금 어디서 무얼 하는지 전혀 몰라요……."

간사이 지방 억양이 중간중간 배어 있었지만, 말투 자체는 표준어였다.

시치미를 뗀다기보다 두려움에 떠는 연약한 말투였다. 안경 너머의 눈동자가 슬퍼 보였다.

하지만 여기서 물러설 수는 없었다.

"아사노가 3년 전 출소했다는 건 아시나요?"

"모른다고 했잖아요! 그 사건 이후, 그 사람을 만난 적이 없어요."

게이가 반쯤 열린 현관문을 닫으려 했다. 나는 순간적으로 문의 손잡이를 잡았다.

"처지는 이해합니다. 결코 귀찮게 하지는 않겠습니다. 저는 경찰관이 아니라 저널리스트예요. 잠시만 그 사람에 대해 말씀해 주세요. 현재 정보가 아니라도 상관없습니다."

게이는 손에서 힘을 빼더니 바닥을 바라보았다.

"딸을 데려다주러 간 남편이 곧 돌아올 거예요. 남편은 아무것도 몰라요."

혼잣말 같은 중얼거림이었다.

"알겠습니다."

나는 바지 주머니에서 명함지갑을 꺼냈다.

"내일까지 신한큐 호텔에 있습니다. 연락을 부탁드립니다. 아사노가 새로운 범죄에 가담하고 있어요. 그를 체포하지 않으면 피해자가 더 늘어날 겁니다. 그걸 막기 위해서라도 당신의 협조가 꼭 필요합니다."

나는 게이의 양심을 믿고 싶었다. 15년 전 재판기록을 읽어 보니 그녀는 보통 사람보다 감수성이 풍부하고 윤리관이 강해 보였다.

게이는 말없이 내 명함을 받았다.

"잘 부탁합니다."

나는 그 말을 남기고 순순히 그 자리를 떠났다.

7

'다카라즈카 연인 감금 살인사건'에서 스아마 게이의 역할은 매우 복잡했다. 피고 여섯 명 가운데 그녀가 유일한 여성이었다. 그것이 게이의 의사와 상관없이 젊은 남성 피고인들에게 묘한 경쟁심리를 촉발시켰음은 부인할 수 없다.

게이는 애인이었던 아사노를 제외한 노노미야 일행과 그날 처음 만났다. 따라서 노노미야를 비롯한 그들이 어떤 사람들인지 모르는 상태였다.

"하지만 아사노 씨와 친한 사람들이니 대강 짐작은 했어요."

"품행이 좋지 않은 건달들이라는 걸 알았다는 뜻인가요?"

나는 재판정에서 나눈 게이와 변호사의 대화를 떠올렸다.

게이는 당시 히가시오사카 시에 살고 있었다. 1년 전, 미용사로 일하는 고등학교 선배를 보러 도쿄에 갔다가 아사노를 처음 만났다. 시부야에서 우연히 만났는데, 그날 즉시 인근의 러브호텔에서 육체관계를 가졌다.

당시 게이의 생활은 몹시 불안정했다. 같이 살던 어머니의 애인과 사사건건 부딪쳤다. 사이좋은 언니가 한 명 있었지만, 언니는 이혼한 아버지를 따라갔다. 아버지는 얼마 후 다른 여성과 재혼했는데, 새엄마와 성격이 맞지 않았던 게이는 결국 어머니 곁에 남았다.

어머니 애인은 신사이바시 근처에 있는 나이트클럽의 점장이었다. 그런데 게이가 성인이 되자 눈만 마주치면 그곳에서 일하라고 말했다. 게이는 그 상황을 견딜 수 없었다. 어머니는 애인의 그런 행동을 보고도 못 본 척했다. 게이로서는 그 모든 게 상식에서 벗어난 일처럼 여겨졌다.

도쿄에서 육체관계를 가진 아사노가 성실한 사람이 아니라는 건 알고 있었다. 다만 당시 그는 그녀에게 몹시 다정했다.

"언젠가는 헤어져야 한다고 생각했어요. 그런데 정신을 차렸을 때는 제 마음을 감당할 수 없을 만큼 깊이 빠져있었죠. 무서운 사람이라는 걸 알면서도 어느새 깊이 사랑하게 된 거예요."

재판에서 게이가 했던 말이다. 거짓 없는 마음을 드러낸 것이리라. 자포자기했던 게이는 지푸라기라도 잡는 심정으로 아사노에게 매달렸을 것이다.

"그래서 사토 씨와 유리 씨를 납치해 빌라로 데려갔을 때도,

그렇게 엄청난 일이 벌어지리라곤 상상하지 못했어요. 평범한 일상 속에 있는 기분이었죠."

게이가 비일상을 느끼기 시작한 것은 남자들이 사토 앞에서 유리를 윤간했을 때라고 한다. 『사형판결의 이력』이란 책에는 게이의 양형에 관해 다음과 같은 판결문이 실렸다.

스야마 게이가 잔인한 행위 속에서 적극적으로 행동하지 않았던 유일한 인물임은 분명하다. 노노미야가 식탁 의자에 묶인 사토의 눈앞에서 유리를 윤간하자고 했을 때, 게이가 작은 목소리로 아사노에게 "그런 건 싫어"라고 말한 것을 들었다고 복수의 피고인이 증언했다. 물론 그런 다음에는 아사노의 명령대로 유리의 팬티와 브래지어를 벗겼으니, 윤간 행위에 대한 게이의 책임을 전면적으로 부인할 수는 없다. "그런 건 싫어"라는 말도 죄의식 때문에 한 말이라기보다 여성이 윤간당하는 현장을 보는 것에 대한, 동성으로서 본능적인 혐오감의 표현으로 받아들일 수 있다. 하지만 그런 다음 했던 행동을 보면 게이가 적어도 윤간 행위에 대해 종속적인 처지에 있었을 뿐만 아니라, 어쩌면 자신도 똑같은 행위를 당하는 게 아닐까 하는 불안에서 아사노의 명령에 따랐다고 추정할 수 있다.

아사노를 제외한 미성년자 두 명이 유리의 상반신과 하반신을 잡았다. 빌라로 데려간 직후 도망치지 못하도록 옷을 벗겨 유리는 속옷만 입은 상태였다.

사토 역시 팬티만 입은 채 의자에 묶여 있었다.

알몸이 된 유리를 맨 처음 범한 사람은 노노미야였다. 그 다음은 노노미야에 이어 두번째로 무거운 형을 받은 야나가가 아닌 아사노였다. 윤간 순서로 볼 때 아사노는 미성년자였지만 이미 성인이던 야나가보다 서열이 높았다는 의미다.

유리는 충격을 받은 나머지 소리도 지르지 못하고 오직 눈물만 흘릴 뿐이었다. 반대로 의자에 묶여 있던 사토는 목이 터져라 소리지르며 발버둥쳤다. 옆에서 지켜보던 사람들, 즉 노노미야나 아사노, 야나가가 번갈아가며 주먹으로 사토의 얼굴을 때렸다.

무시무시한 폭력이었다. 사토의 얼굴은 순식간에 보랏빛으로 통통 부어올랐다. 그러다 사토는 절규를 멈추었다. 어쩌면 기절했는지도 모른다.

미성년자 두 명이 유리를 범하기 시작할 무렵, 누군가가 사토의 팬티를 벗겼다. 그리고 그들은 "이 녀석, 자기 애인이 당하고 있는데 흥분했어"라고 말하며 천박하게 웃었다. 법정에서 그렇게 증언한 사람은 게이였다.

그때 팬티를 벗긴 사람이 누구였는지 판사가 묻자 게이는 기억나지 않는다고 대답했다. 피고인 가운데 자기가 그랬다고 자백하는 사람도 없었다.

아마도 담당 변호사들이 자신에게 불리한 증언은 삼가라고 말했으리라. 이런 극악무도한 행위의 세밀한 부분이 양형에 큰 영향을 미칠 수 있기 때문이다.

판사가 이 점을 게이에게 캐물었다는 것이 그런 사실을 뒷받침하고 있다. 나는 기억나지 않는다고 대답한 게이의 증언에서, 그가 아사노임이 분명하다고 생각했다. 게이가 감쌀 만한 사람은 아사노밖에 없기 때문이다.

8

게이가 내 휴대폰에 전화를 걸어온 건 일요일 오전 8시경이었다. 주변에 신경쓰며 말하는지 목소리가 매우 작았다. 오늘은 일요일이라 아이와 남편이 집에 있어 만날 수 없지만, 다음날인 월요일이라면 가능하다고 말했다.

역시 게이에게는 양심이란 게 있었다. 그것도 보통 사람들보다 훨씬 더 많이.

나는 잠시도 망설이지 않고 월요일 만남에 동의했다.

게이와 통화를 마치고 바로 프런트에 전화해 숙박 연장을 신청했다. 내일 오후 2시 호텔 1층 라운지에서 게이와 만나기로 한 것이다.

오늘 하루가 비었다. 나는 이 시간을 어떻게 효율적으로 활용할지 생각했다. 가능하면 게이와 아사노 외에, 사건 당시 미성년자였던 두 명을 만나고 싶었다.

미도리카와를 통한 경찰 정보에 따르면, 한 사람은 상해사건을 일으켜 현재 복역 중이고, 나머지는 아버지가 하는 철강업을 도우며 아마가사키 시에 살고 있다고 한다.

아마가사키 시에 사는 남자의 이름은 미쓰이케 신야였다.

젠푸쿠지 사건에서 아사노의 지문이 발견되자 경시청에서는 과거의 동료범죄자들을 찾아나섰다. 경시청에서 파견한 형사가 미쓰이케도 만났다. 형사의 보고에 따르면, 미쓰이케 역시 게이와 마찬가지로 현재의 아사노에 관해 아무것도 모른다고 대답했다고 한다.

나는 미쓰이케가 뭔가 알고 있기를 기대하지는 않았다. 오히려 15년 전 사건에 대해 물어보고 싶은 마음이 더 강했다.

노노미야와 야나가는 사형이냐 무기냐는 가장 무서운 양형에 처해 있었으므로, 어떤 의미에서는 대립 상태에 놓인 이해관계자였다고 할 수 있다. 또한 아사노와 게이는 애인 사이였으므로, 여기에도 특별한 이해관계가 성립된다고 할 수 있다.

따라서 니가와 사건의 전모를 객관적으로 증언할 수 있는 사람은 비교적 책임이 가벼운 나머지 두 피고인일 것이다. 그중 한명은 복역 중이라 이런 취지의 면회를 할 수 없으므로 미쓰이케에 대한 기대감이 절로 커졌다.

아마가사키 시는 인구밀도가 높은 한신공업지대의 중심부에 있다. 가는 곳마다 철강 공장의 굴뚝에서 검은 연기가 뿜어져 나온다. 다만 매립지가 차지하는 비율이 높고, 해수면과 높이가 비슷한 지대도 적지 않다.

미쓰이케가 가족과 같이 사는 곳도 그런 매립지였다. 지금은 아버지를 도와 철공소 부사장으로 일하고 있었다.

그는 이미 결혼해 두 살 어린 아내와의 사이에 세 살배기 아들을 두었다. 그들이 사는 집은 아버지의 철공소에서 100미터쯤 떨어진 주택가에 있었다. 1층과 2층에 각각 현관이 있는 2세대 주택으로, 1층을 부모가 사용하고 2층에 미쓰이케와 아내와 아이가 살았다.

미쓰이케는 맥빠질 만큼 간단히 내 인터뷰에 응했다. 약속 없이 집으로 찾아간 나는 그와 근처 커피숍에서 이야기를 나누었다. 커피숍으로 가자고 한 것은 나의 배려였을 뿐, 미쓰이케 자신은 아내와 아이 앞에서도 당황하지 않았다.

뜻밖에도 아내에게 자신의 과거를 전부 말한 건 아닐까? 나는 커피숍에 자리잡은 뒤 가장 먼저 그 점을 확인했다.

"아니요, 말 안 했어요. 아내는 아무것도 몰라요."

미쓰이케는 스스럼없이 말했다. 심한 간사이 사투리였다.

그는 빨대를 사용하지 않은 채 주문한 콜라를 한 모금 마셨다. 그 동작이 너무나 어린아이처럼 보였다.

갑자기 찾아가 준비시간이 없었다곤 하지만 미쓰이케는 가벼운 여름옷 차림이었다. 그가 처해 있는 상황과 옷차림이 너무도 어울리지 않아 보였다.

그의 아내가 아무것도 모른다는 말은 사실 같았다. 다만 아내에게 알려질까 봐 두려워하는 모습이 없는 점으로 볼 때, 사건에 대해 거의 반성하지 않는 듯했다.

실제로 사건에 대한 그의 삼자적 태도는 나를 조바심나게 만들었다.

"자세한 부분은 거의 기억나지 않아요. 뭐랄까, 지금도 꼭 꿈을 꾼 것 같아요. 나 자신도 믿을 수 없는 일이 나하곤 관계없는 곳에서 일어난 느낌이라고 할까요? 한 가지 확실히 기억나는 건…… 살해당한 여자, 이름이 뭐였더라? 취재 중이니 이름을 알겠네요?"

경악을 금할 수 없었다. 자신 때문에 비명횡사한 피해자 이름조차 기억하지 못하는가? 분노가 솟구쳤다. 하지만 지금은 화를 낼 때가 아니다. 나는 애써 참으며 말했다.

"쓰치다 유리 씨지요."

"아아, 그랬나요? 아버지가 배상금을 줬으니 제 아버지가 더 잘 알 겁니다."

미쓰이케는 피해자의 부모에게 민사소송을 당했다. 그리고 법원에서 2,500만 엔의 배상금을 지불하라고 명령했다. 하지만 조사해보니, 300만 엔 정도만 지급되었을 뿐 아직 2천만 엔 이상 미지급 상태였다.

하지만 자칫 이야기가 딴 곳으로 샐 수도 있어 그 말은 하지 않았다. 그런데 이자는 이름조차 기억 못하는 피해자에 대해 무엇을 확실히 기억하고 있다는 말인가?

"쓰치다 유리 씨에 관해 어떤 걸 확실히 기억합니까?"

"그게 말이죠, 아주 좋은 사람이었어요."

생각지도 못한 말이었다. 분명히 각종 매스컴에서 생전의 유리에 대해 누구에게나 사랑받았던 착한 사람이라고 보도했다. 재판기록에서도 유리가 사토를 깊이 사랑해, 사토가 살해당한 후 보였던 그녀의 순수한 행동은 동정심을 유발시킨 동시에 가해자들에 대한 절망적인 분노를 증폭시켰다.

그럼에도 미쓰이케의 입에서 '좋은 사람'이라는 말이 튀어나온 건 매우 뜻밖이었다.

"돌림빵을 당할 때도 울면서 '겐 짱, 미안해'라고 말하며 묶인 채 얻어맞는 애인 이름을 계속 부르더군요."

판결문에는 그런 말이 없었다. '유리는 충격을 받은 나머지 소리도 지르지 못하고 오직 눈물만 흘릴 뿐이었다'고 쓰여 있었다.

"유리 씨를 강간하자고 맨 처음 말을 꺼낸 사람이 노노미야 죠?"

나는 판결문을 떠올리며 물었다. 실제로 1심을 담당한 고베 지방법원은 그렇게 인정했다.

"아니에요. 사실 아사노가 그랬어요."

확신에 찬 대답이었다.

"그 녀석이 처음으로 말을 꺼낸 게 틀림없어요. 그것도 실실 쪼개면서 말이죠. 그뿐만이 아니에요. 그 사건에서 가장 책임이 큰 건 사실 아사노예요."

"하지만 판결문에는 사형을 선고받은 노노미야가 말을 처음 꺼냈다고 돼 있던데요?"

"뭐, 재판상 결론은 그렇게 돼 있지요. 하지만 사건 현장에 있던 사람은 모두 그렇지 않다는 걸 알고 있어요. 노노미야의 나이가 가장 많았죠. 그가 사형을 선고받은 건 결국 나이 때문이고, 이런저런 지시를 내린 건 아사노였어요. 엄청나게 잔인한 명령을 말이에요. 돌림빵을 하자고 한 것도 아사노예요. 노노미야는 오히려 아사노에게 이끌려 찬성했을 뿐이고요."

아사노와 노노미야는 원래 롯폰기의 게임센터에서 알게 된 사이였다. 그 무렵 노노미야는 야나가와 미쓰이케와 같이 도쿄 세타가야 구의 교도에 있는 자동차 수리공장에서 일했다.

노노미야가 도쿄에서 일을 그만두고 고향인 효고 현으로 돌아간 뒤에도 아사노와 노노미야는 계속 왕래할 정도로 친한 사이가 되었다. 하지만 그렇게 자주 만난 건 아니라 역학관계에서 어딘가 모호한 부분이 존재했다.

"그렇다면 재판에서 제대로 증언해 형량을 공평하게 받았어야 하잖아요."

"그랬어야 할지도 모르죠. 하지만 그건 우리에게 무리였어요. 미성년자인 데다 머리도 나빴던 나로서는 변호사에게 맡기는 수밖에 없었지요. 이상한 말일지 모르지만 변호사끼리 견제하는 부분도 있었고요. 자기 의뢰인의 형량을 낮추려고만 생각했지 사건의 진실을 파헤치려는 분위기는 아니었거든요. 사형 가능성이 점쳐졌던 노노미야와 야나가의 변호사가 아사노에게 상한 표현을 사용하기도 했지만, 판사나 검사가 신뢰했던 아사노의 애인이 그를 감싸면서 아사노가 주범이라는 이미지를 바꿔 버렸죠. 하지만 말이에요, 애초 경마장에서 시비를 걸어 협박의 계기를 만든 것도 아사노였어요."

"아사노의 애인이었던 스야마 게이를 판사나 검사가 왜 그렇게 신뢰했을까요?"

"경찰 수사에 협조했기 때문이겠죠 뭐."

"그것뿐인가요?"

"아뇨. 아사노를 통해 그 애를 만난 지 얼마 안 돼 잘은 모르지만, 그 애도 피해여성과 마찬가지로 좋은 사람이었을지 몰라요. 판사와 검사가 그걸 알았던 거겠죠 뭐."

여전히 남의 일 같은 말투였다. 피해여성이라니, 도대체 누구 때문에 피해자가 되었다고 생각하는가? 마치 자신이 가해자 중 한 사람이었다는 사실을 깨닫지 못한 것 같았다.

그럼에도 이 남자에게 평범한 선악의 기준이 있는 듯 보이는 게 이상했다.

"스야마 게이가 유리 씨를 풀어주려 했던 사실이 판결문에도 나와 있지만……."

"그래요. 난 어려운 판결문 같은 건 안 읽었지만, 실제로 있었던 일이에요. 그 여자를 죽인 날 아침이었어요. 전날 모두가 술을 진탕 퍼마시고 피해자를 돌림빵하느라 지쳐 있었죠. 남자는 이미 사흘 전 죽여 목욕탕 욕조에 넣어놨고요. 여자를 감시하는 건 아사노 애인에게 맡기고……. 아, 그게 아니라 내 기억으로는 아사노 애인이 먼저 그렇게 하겠다고 했어요. 지금 생각하니 처음부터 피해자를 놓아주려 했던 것 같네요. 그 계획은 성공 직전까지 갔죠. 무토가 고래고래 소리를 질러 다들 놀라서 눈을 뜨기 전에는요."

"무토가 누구죠?"

"무토 쓰카사, 중학교 동창이에요. 지금 상해죄로 복역 중인데, 그 사건에서 나와 똑같이 6년형을 받았죠. 노노미야에게 충성스런 녀석이었어요. 아무튼 무토가 소리질러 눈을 떠보니 아사노 애인이 피해여성의 몸에서 밧줄을 풀고 옷을 입혀 주었더라고요. 뿐만 아니라 여자를 부축해 현관까지 데려간 상태였어요. 완전히 기진맥진해 혼자 걷기도 힘들었으니까요. 아사노가 달려들어 둘을 떼어놓은 뒤, 우리가 지켜보는 가운데 자기 애인을 죽도록 팼어요. 여자는 바닥에 쓰러진 채 울기만 했고요. 지금 생각하면 그 다음부터였어요. 여자가 이제 그만 죽여 달라고 말하기 시작한 게요. 아사노 애인에게 도움을 받을 수 있는 가능성이 완전히 사라지면서 희망의 끈을 놓았기 때문인지도 모르죠."

이 부분에 관해서는 판결문을 자세히 검토했다. 게이에게 집행유예가 내려진 가장 큰 이유였기 때문이다.

그런데 아사노가 게이를 때린 상황을 아사노의 변호사가 자신들에게 유리한 상황으로 교묘히 바꾸었다. 노노미야 일행의 폭행이 게이에게까지 미칠까 봐 아사노가 선수를 쳐서 연기했다는 것이다.

아사노의 변호사는 아사노의 심리를 추측해 이렇게 말했다.

"아사노가 직접 유리를 놓아주고 싶었지만, 노노미야나 야나가의 보복, 특히 게이에게 보복의 손길이 미칠까 봐 그렇게 하지 못했을 가능성도 있습니다."

게이의 증언도 그와 비슷해, 유리를 놓아주려 한 그녀의 행위는 자신에게 집행유예를 안겨주었을 뿐만 아니라 아사노에게도 불리하게 작용하지 않았다.

나는 미쓰이케에게 그런 이야기를 넌지시 건넸다. 하지만 그는 부정했다.

"천만에요. 아사노는 그때 정말로 펄쩍 뛰며 화를 냈어요. 그런데 애인과 자기 자신을 지키기 위한 연기였다니, 말도 안 돼요. 사실 피해자가 원하는 대로 죽여주자고 말한 게 아사노였거든요. 그 말에 노노미야와 야나가도 찬성했는데, 겁먹은 걸 들킬까 봐 허세를 부리며 찬성하는 분위기였어요."

이런 상황이 유리의 살해뿐만 아니라 이 사건의 모든 행위에 해당된다는 건 판결문에서도 인정한 사실이다. 즉, 가해자들이 서로 허세를 떨고 배짱을 부림으로써 피해자에게 한층 잔인하게 행동한 것이다.

그럼에도 모든 일의 중심에서 리더 역할을 한 사람이 노노미야라는 게 법원의 결론이었다. 하지만 미쓰이케는 그 사실을 부정했다.

"스야마 게이를 제외하고 피해자들을 죽이는 것에 아무도 반대하지 않았나요?"

가장 묻기 힘든 질문이었다. 물론 나는 피해자의 살해장면에 대한 재판기록을 정밀하게 검토했다. 그것은 여러 논픽션 작품에서 대부분의 작가들이 힘을 쏟는 포인트이기도 했다. 하지만 사건 당사자 중 한 사람인 미쓰이케에게 직접 듣고 싶었다.

"남자를 죽인 건 정말로 분위기에 휩쓸려서였어요."

그렇게 말한 그는 오른쪽 앞으로 꽤 떨어져 앉아 있는 젊은 남자손님에게 어두운 눈동자를 향했다. 물론 우리는 작은 목소리로 이야기를 나누었기에 다른 사람들에게 내용이 들릴 거라곤 여겨지지 않았다.

"처음에 아사노와 노노미야와 야나가가 무지막지하게 때렸어요. 노노미야가 때리라고 해서 나와 무토도 때렸는데, 우리는 한두 번 정도였죠. 아사노가 목욕탕에서 수건을 가져와 남자를 목졸라 죽이려 할 때, 솔직히 나와 무토는 겁이 났어요. 그렇게까지 할 필요가 있을까 하며 속으로 벌벌 떨었죠."

"하지만 판사는 사토 씨를 목 졸라 죽인 게 노노미야와 야나가라고 판단했잖아요?"

나는 미쓰이케가 계속 삼자적인 관점에서 '남자'라고 말하는 걸 참을 수 없었다. 조금이라도 후회하는 마음이 있다면 '사토 씨'라고 이름을 불러야 하지 않을까?

내가 그렇게 말한 것은, 죽음에 관여한 피해자의 성을 미쓰이케에게 제대로 기억시키고 싶다는 마음도 있었다. 실제로 그런 다음부터 미쓰이케는 '사토 씨'라고 부르기 시작했다.

"그건 어느 정도 맞아요. 하지만 여기까지 왔으면 죽이는 수밖에 없다고 주장한 사람은 아사노이고, 목욕탕에서 수건을 갖고나온 사람도 아사노예요. 아사노는 사토 씨를 죽이기 직전 '선배, 미안해. 우리는 미성년자니까'라고 말하며 노노미야에게 수건을 건넸죠. 실실 쪼개면서 말이에요. 노노미야도 참 바보예요. 선배란 말에 기분이 좋아졌는지 '아냐가, 우리는 어른이니까 근육훈련이라도 하자'면서 야나가를 지명했죠. 야나가도 죽이긴 싫었겠지만, 아사노보다 한 살 많은 성인이었거든요. 이상한 허세가 작용해, 겁먹었다는 사실을 내보이고 싶지 않았을지도 모르죠. 어쨌든 지금 생각해보면, 아사노가 노노미야에게 수건을 건넨 건 훗날을 대비했기 때문일지도 몰라요. 아사노는 노노미야나 야나가와 달리 잔머리가 좋았거든요. 그때 노노미야가 그 일을 떠맡지 않았다면 사형을 피할 수 있지 않았을까요? 그건 여자를 죽일 때도 다르지 않았어요."

"사토 씨를 살해할 때 스야마 게이는 어땠나요?"

"기억이 잘 안 나요. 눈앞에서 일어난 일이 너무 충격적이라 다른 사람에게 신경쓸 겨를이 없었죠. 다만 여자가 '겐 짱을 살려주세요! 제발 부탁해요. 대신 나를 죽여주세요!'라고 흐느끼며 소리친 것만 기억납니다. 아사노의 애인이 어떻게 했는지는 잘 모르겠어요."

"유리 씨를 죽였을 때는요?"

"나도 무토도, 그리고 아사노의 애인도 살해현장을 직접 보지 않았어요. 사토 씨 시신은 목욕탕 욕조에 있었죠. 그래서 유리 씨도 목욕탕에서 죽이기로 했어요. 아사노의 애인을 감시하라고 해서, 나와 무토는 목욕탕 밖에 있었고요. 속으로 안도의 한숨을 쉬었어요. 그 여자는 좋은 사람처럼 느껴져 죽어가는 걸 보고 싶지 않았거든요. 아사노도 목욕탕에 들어갔지만 옆에서 돕기만 했을 뿐, 여자를 목 졸라 죽인 건 역시 노노미야와 야나가였어요. 오리의 비명 같은 기이한 소리가 목욕탕 전체에 울려퍼졌는데, 아마도 여자의 마지막 몸부림이었을 거예요. 이미 각오는 했겠지만, 목이 졸리자 괴로워 발버둥쳤겠지요. 그 소리가 들리자, 내 옆에 있던 아사노의 애인이 흐느껴 울었던 게 기억나네요."

말을 마친 미쓰이케는 머쓱한 표정을 지었다. 나는 피해자의 원통함이 떠올라 새삼 분노했다. 그와 동시에 형용할 수 없는 감정에 사로잡혔다.

미쓰이케의 말은 1심인 고베지방법원의 판단과 같았다. 피해자를 살해한 실행 행위만 보면 아사노는 분명 직접 손을 쓰지 않았다.

나는 미도리카와가 쫓고 있는 방문판매 살인집단을 떠올렸다. 그 중심에 아사노가 있더라도 살인 자체는 다른 사람에게 시켰을지 모른다는 생각이 문득 들었다.

그나저나 이해할 수 없는 부분이 있었다. 내 앞에서 사건에 대해 말하는 미쓰이케의 현재 심경이었다. 후회하는 마음을 언뜻 내보였지만, 삼자적 시선은 끝까지 변하지 않았다.

"세상을 떠난 피해자들에 대해 어떻게 생각하시나요?"

그는 한순간 내 질문의 뜻을 이해하지 못한 듯 눈을 동그랗게 뜨고 쳐다보았다.

"물론 가엾다고 생각해요. 죄책감도 들고요. 하지만 나는 두 사람을 죽이지 않았어요. 그건 무토도, 아사노의 애인도 마찬가지고요. 전부 아사노와 노노미야, 야나가가 한 짓이에요. 그래서 먼 옛날 꿈에서 일어난 사건처럼 느껴지고 실감이 나지 않아요."

사토 겐고도 쓰치다 유리도 이미 이 세상에 없다. 그 결정적인 사실을 미쓰이케는 어떻게 생각할까? 하지만 그렇게 물어봤자 이해하지 못할 것이다.

나는 다른 각도에서 똑같은 질문을 했다.

"피해자의 유족들은 이 사건에 관여한 피고인 전부를 사형에 처하고 싶겠지요. 그런 마음에 대해 어떻게 생각하시나요?"

이 질문에 악의가 담겨 있음은 부정하지 않겠다. 하지만 그는 태연히 대꾸했다.

"그 마음은 충분히 이해해요. 나도 내 가족이 살해당했다면

복수하고 싶을 테니까요. 나더러 선택하라고 한다면 사형밖에
없지 않을까요?"

나는 트루먼 커포티(Truman Capote. 미국 소설가)가 쓴 『인 콜
드 블러드』에서 사형제도를 어떻게 생각하느냐는 질문에 사형
수 리처드 유진 히콕이 한 말을 떠올렸다.

"사형에 대해 어떻게 생각하느냐고? 사형이란 복수야. 복수가
뭐가 나쁘지? 나는 교수형에 찬성이야. 단, 내가 목을 졸리는 당
사자가 아닐 때에만."

미쓰이케의 논리는 바로 그것이었다. 나는 후회의 감정에서
영원히 버림받은 한 남자의 생기 없는 얼굴을 연민 어린 눈길
로 바라보았다.

9

월요일 오후 2시. 호텔 라운지는 한산했다. 나와 멀리 떨어진
곳에 젊은 커플이 앉아 있을 뿐이었다. 전날인 일요일의 혼잡스
러움이 거짓말 같았다.

나는 체크아웃한 뒤 캐리어를 발 옆에 놓아두었다.

스야마 게이를 만난 뒤 도쿄로 돌아갈 예정이었다. 물론 미도
리카와를 만나 독특한 출장 보고를 하게 될 것이다. 그 보고가
그를 만족시킬지는 오늘 게이와의 인터뷰에 달렸다.

억지로 결과를 끌어내고 싶지는 않았다. 실제로 게이는 현재의 아사노에 관해 아무것도 모를 수 있다.

그렇더라도 나는 게이를 만나고 싶었다. 아사노에 대한 게이의 생각이 현재 그의 움직임을 추측하는 중요한 열쇠가 될 수 있었다.

게이는 약속시간에 거의 맞춰 나타났다. 무릎 위로 조금 올라간 물색 원피스. 소박한 검은 테 안경이 원피스의 밝은 색체와 부조화를 이루었다.

입구에서 가장 안쪽에 앉아 있던 나를 발견하더니 힘없이 다가왔다. 나는 일어서서 여기까지 와준 것에 대해 감사의 말을 전했다. 게이는 말없이 고개를 숙였다.

우리가 자리에 앉자 여직원이 다가왔다. 내 커피는 이미 테이블 위에 있었다.

"드시고 싶은 걸 주문하세요. 아직 점심 전이면 식사도 괜찮습니다."

시간상 게이가 점심을 안 먹었을 가능성은 낮지만 분위기를 부드럽게 할 생각으로 그렇게 말했다.

"아니에요. 아이스커피면 돼요."

게이는 어두운 표정으로 대꾸했다. 젊은 여직원 얼굴에 가벼운 당혹감이 스쳤다. 중년 남성과 어두운 표정의 30대 초반 여성. 그 직원이 우리 관계를 어떻게 생각했을까?

나는 앞에 앉은 게이를 부드러운 눈길로 쳐다보았다. 어떻게 하면 게이를 편안히 해줄 수 있을까? 하지만 도저히 불가능한 일처럼 여겨졌다.

15년 전 게이의 외모에 관해 어느 논픽션 작가가 썼던 글이 떠올랐다.

갈색 머리에 긴 인조 속눈썹. 스야마 게이는 한마디로 말해 날라리였다.

하지만 지금 내 앞에 있는 게이는 검은색 생머리였다. 살짝 눈썹을 그리고 립스틱을 얇게 발랐을 뿐 거의 민낯 같았다. 검은 테 안경 너머의 눈길과 눈동자가 그녀의 표정을 어쩐지 인공적으로 느껴지게 만들었다.

얼굴 생김새는 나쁘지 않다. 화장을 하면 매력적으로 보일 것 같았다. 하지만 일부러 화장하지 않은 모습에서 과거의 죄를 참회하는 인간의 고뇌를 엿볼 수 있었다.

"바쁘신데 여기까지 오시게 해 죄송합니다. 인권적인 측면은 충분히 배려할 생각이니, 아사노 아쓰시에 관해 조금만 말씀해 주셨으면 합니다."

나는 최대한 저자세로 말했다. 하지만 과거의 죄를 질질 끌고 가는 사람에게는 그런 말도 고압적으로 들릴지 모른다.

"아사노가 또 무슨 짓을 저질렀나요?"

게이는 갈라진 목소리로 물었다. 한순간 망설였다. 다른 사건은 몰라도 아사노가 젠푸쿠지에서 일어난 강도살인에 관여한 건 틀림없는 사실이다.

하지만 그것을 알고 있는 건 경찰뿐이다. 매스컴을 포함해 일반인들에게는 아직 공개되지 않았다. 민간인인 내가 알고 있는 건 미도리카와가 말해주었기 때문이다.

그러나 게이와 진지하게 마주해 정보를 얻으려면 그런 내용을 어느 정도 알려주어야 공평하지 않을까? 경찰들은 보통 자신이 가진 정보는 주지 않고 상대의 정보만 얻으려 한다. 나보다 먼저 게이를 만난 경시청 형사도 그랬을 것이다. 그래서는 게이의 마음을 열 수 없다.

나는 솔직하게 말하기로 마음먹었다.

"경찰에서 아직 정식으로 발표하지는 않았지만, 아사노 아쓰시가 도쿄에서 일어난 방문판매 관련 살인사건과 연관되었을 가능성이 있습니다."

"방문판매요?"

미묘한 반응이었다. 뜻밖이라는 반응과는 달랐다.

그때 아이스커피가 도착하는 바람에 대화는 잠시 중단되었다. 나는 게이에게 커피를 권했다.

게이는 빨대를 이용해 커피를 한 모금 마셨다. 하지만 이내 고개를 숙인 채 시선을 떨구었다.

"15년 전 아사노가 방문판매에 관여한 적이 있나요?"

이 질문을 통해, 아사노가 출소한 후에는 만난 적이 없다는 게이의 말을 믿고 있음을 넌지시 암시했다.

"15년 전에요? 그런 적은 없지만⋯⋯."

말끝이 급속히 가라앉았다. 뭔가를 망설이는 듯한 느낌이 들었다.

"실은 아사노가 출소하고 몇 번 만났어요."

놀라움을 감출 수 없었다. 물론 예상치 못했던 일은 아니다. 하지만 이렇게 쉽게 앞의 말을 뒤집으리라곤 상상하지 못했다. 어쩌면 나와 만나기로 결심한 시점에 이미 모든 사실을 말해야겠다고 결심했는지도 모른다. 기대감이 부풀었다.

"그래요? 언제인가요?"

"2년쯤 전이에요. 얼마 전 찾아온 형사님에게는 그런 말을 하지 않았어요. 다시 얽히고 싶지 않았거든요. 하지만 그 사람을 체포하지 않으면 피해자가 늘어날 수도 있다는 다지마 씨 말씀이 마음에 걸려서⋯⋯."

"감사합니다. 분명히 그렇게 생각하실 거라 믿었습니다. 어떤 경위로 아사노를 다시 만나게 된 건가요?"

"그가 일방적으로 찾아왔어요. 출소한 지 1년쯤 지나서요. 저를 찾는 데 시간이 걸렸대요. 어느 날 갑자기 지금 사는 곳으로 찾아왔더라고요. 평일이라서 남편은 회사에 가고, 아이도 학교에 가서 저밖에 없었어요. 그 사람 얼굴을 보자 온몸에 소름이 돋았죠. 집에 들이기 싫어 고베 역 근처 찻집으로 갔어요."

"어떤 이야기를 나누셨지요?"

"저는 이미 결혼했고 아이도 있으니 이제 만나고 싶지 않다고 말했어요."

"아사노의 반응은요?"

"즉시 알았다고 하더군요. 제 행복을 방해할 생각은 없다면서요. 그냥 한 번 보고 싶었을 뿐이라고요……. 자기 자신도 출소 후 성실하게 일하고 있다고 했어요."

"그 말을 믿었나요?"

"네. 오랜 교도소 생활 때문인지 옛날과 많이 달라진 것 같았어요. 가벼운 느낌이 사라지고 어딘지 모르게 안정된 분위기였다고 할까요? 성실하게 일한다는 말 역시 사실이라고 생각했어요. 저를 만났을 때도 깔끔한 정장에 넥타이 차림이었으니까요."

"어떤 일을 한다던가요?"

"방문판매요."

그래서 조금 전 그런 표정을 지었던가? 물론 모든 방문판매가 불법은 아니다. 정상적인 방문판매도 얼마든지 있다.

"무엇을 판다고 하던가요?"

"그때는 구체적으로 말하지 않았어요. 그런데 만난 지 한 달쯤 지나 오리털 이불을 보냈더라고요. 안에 편지가 있었는데 '결혼 축하선물이야'라고 쓰여 있었어요. 별로 받고 싶지 않아서 그 사람 휴대폰으로 전화해 필요 없다고 말했죠. 그러자 특별히 돈을 주고 산 게 아니라 자기가 파는 물건이니 그냥 받으라고 고집을 부렸어요."

"그 후로는 만난 적이 없나요?"

"두 번 더 만났어요. 저는 만나고 싶지 않았지만……."

"그냥 다짜고짜 찾아왔나요?"

"아니요, 그런 건 아니고……."

먼 곳을 바라보듯 게이가 눈을 가늘게 떴다. 나는 재촉하지 않고 조용히 이야기를 기다렸다.

"두 번 다 의논하고 싶은 게 있다고 핑계를 대더군요. 하지만 만나면 잡다한 얘기를 늘어놓았을 뿐이에요. 특별히 뭔가를 요구하는 것도 아니고, 그냥 저와 이야기를 나누고 싶어하는 듯한……. 그 사람은 옛날부터 그런 면이 있었어요. 외로움을 많이 타고 모성본능을 자극하는 부분 말이에요. 도저히 거절할 수가 없어 두 번 만났어요. 마지막 만남 때, 이제 다시는 만나지 않겠다고 강하게 말하고 그 후로는 만나지 않았죠."

"상대방이 용케 동의했네요."

"그의 조건에 응했으니까요."

"조건이요?"

짧은 침묵이 이어졌다. 말을 할지 말지 망설이는 것이다.

"마지막 추억으로 간직하겠다면서 저랑 딱 한 번만 자고 싶다고……."

가냘픈 목소리였다. 나는 깜짝 놀랐다. 처음 만난 내게 그런 고백을 하다니.

"응하셨나요?"

"네, 낮이었지만 우메다 근처의 러브호텔에 갔어요. 그렇게 할 수밖에 없었죠. 아이나 남편에 대한 배신이란 건 알고 있지만, 그를 떼어내려면 다른 방법이 없었어요."

"그렇게 해도 아사노가 약속을 지키리란 보장은 없지 않았나요?"

"아뇨, 저는 그 사람 성격을 잘 알아요. 어이없을 만큼 허세가 강해, 한번 입에 담은 말은 지키는 편이거든요. 그래서 그를 믿었고, 그걸 마지막 만남으로 해달라고 부탁했죠. 그에게선 더 이상 연락이 없었어요."

다시 침묵이 찾아왔다. 게이의 얼굴에 붉은 기운이 감돌았다. 굳이 할 필요가 없는 고백이었다. 스스로에게 벌을 주기 위해 일부러 이야기한 걸까? 하지만 아사노가 앞으로 계속 게이에게 연락하지 않는다곤 장담할 수 없었다.

"잠시 과거 사건에 대해 말씀해주시겠습니까? 떠올리고 싶지 않겠지만, 아사노라는 사람을 알기 위해 꼭 듣고 싶습니다."

어색한 분위기를 바꾸려고 나는 화제를 돌렸다. 하지만 지금부터 하려는 말이 분위기를 한층 어둡게 만들 가능성도 있다.

"네, 뭐든지 말씀하세요. 제가 알고 있는 건 전부 말씀드릴게요."

게이는 진지한 표정으로 대꾸했다.

"실은 게이 씨를 만나기 전에 미쓰이케 신야를 만났습니다. 그의 말에 따르면, 아사노의 죄는 주범인 노노미야와 거의 같거나 어떤 의미에서는 그 이상이라고 하더군요. 하지만 검찰 측에서 신뢰한 당신의 증언이 아사노에게 호의적이었기 때문에 아사노의 죄가 실제보다 낮게 평가됐다고 하던데요……."

게이는 한동안 대답하지 않았다. 내 말의 의미를 차분히 곱씹어보는 듯한 표정이었다.

"그럴지도 몰라요. 그때만 해도 아사노를 깊이 사랑했으니까요. 일부러 거짓말할 생각은 없었지만, 아사노를 감싼 것일 수도 있다는 건 부정하지 않아요. 다만 그 사건의 피해자인 두 분에 대해 저희 모두가 똑같이 무거운 벌을 받아야 한다고 생각했어요. 저 자신도 노노미야처럼 사형을 받아야 한다고 말이에요."

"그건 너무 지나친 생각 아닌가요? 아무리 생각해도 피고인 여섯 명 중 당신만 유일하게 정상참작의 여지가 있어 보이더군요. 쓰치다 유리 씨를 놓아주려 했으니까요."

"아니에요. 저는 그 상황을 지나치게 높이 평가하는 게 싫었어요. 제가 유리 씨를 놓아주려 했던 건 사토 씨를 죽인 뒤 계속 유리 씨를 괴롭히며 윤간한 남자들에 대한 혐오감 때문이지, 결코 그 상황을 후회했기 때문이 아니에요. 사토 씨가 살해되기 전 두 사람을 놓아줬어야 했는데……."

"그럴지도 모르지만 당시 역학관계상 어렵지 않았을까요?"

내 눈에는 게이가 일부러 자신을 궁지에 몰아넣는 것처럼 보였다. 사건에 관여한 모든 사람이 주범과 동등한 죄가 있다는 생각은 근대 형법의 원리에 어긋난다.

게이는 내 말에 빈박하지 않았다. 하지만 수긍하는 것 같지도 않았다.

"체포될 때의 상황을 말씀해주시겠습니까?"

나는 화제를 바꾸었다. 게이가 가볍게 고개를 끄덕였다.

"체포의 계기가 된 건, 사건이 일어난 빌라 근처의 편의점 앞 공중전화에서 여자 목소리로 '가누마 2번가의 허밋 빌라 401호에서 살인이 벌어지고 있다'는 신고가 들어왔기 때문이에요."

재판에서는 그것 역시 쟁점이 되었다. 게이의 변호사는 경찰에 신고한 사람이 게이라고 주장했지만, 그녀 자신은 아무 말도 하지 않았다. 그리하여 법원에서는 그 사항을 게이의 형량에 반영하지 않았다.

"당신이었나요?"

게이는 말없이 고개를 끄덕였다.

"재판에서는 왜 확실히 말하지 않았죠?"

"저만 착한 사람이 되고 싶지 않았어요. 마음이 복잡했죠. 물론 두 피해자에게는 미안한 마음이 가득했어요. 그와 동시에 아사노를 배신했다는 죄의식도 강했고요. 지금 생각하면 정말로 잘못된 생각이었지만요……."

"유리 씨를 살해한 뒤에도 피고인 여섯 명은 사흘간 그 빌라에서 생활했어요. 그 무렵, 당신은 아사노나 노노미야에게 영합하는 말을 했다고 하더군요. 예를 들면, 이미 썩는 냄새가 나기 시작한 시신을 어떻게 처리할지 적극적으로 말했다죠. 변호사는 당신 자신도 살해될지 모른다는 공포 때문에 협조하는 척한 거라고 주장했고, 법원에서도 그 의견을 어느 정도 받아들였습니다. 하지만 내 눈엔 당신 혼자 편의점에 다닐 정도로 그들의 신뢰를 회복하기 위한 것으로 보이더군요. 즉, 식료품을 사러 갈 때 공중전화로 신고하려고 처음부터 계획한 것 아닌가요?"

사건 당시, 휴대전화가 상당히 보급되어 게이도 소지했을 가능성이 있다. 하지만 밖에 나갈 때는 휴대할 수 없었을지도 모른다. 빌라에 집전화가 있었겠지만, 그것을 이용해 경찰에 신고하기란 불가능했을 것이다.

"그 말은 정확하지 않아요. 처음에는 편의점에 가는 게 제 역할이었지만, 유리 씨를 놓아주려 한 다음에는 다른 사람으로 바뀌었어요. 하지만 다시 신뢰를 회복하고 편의점에 갈 수 있었는데, 문득 공중전화가 눈에 띄어 신고할 마음이 든 거죠. 처음부터 신고를 결심했던 건 아니에요."

"그건 게이 씨 마음의 문제니 나로서는 뭐라고 할 수 없지만, 경찰이 빌라에 뛰어들어 당신의 신병을 구속했을 때 아사노가 뭐라던가요? 아사노는 당신이 신고했다는 걸 아는 듯하던데……."

"아사노가 알았는지 몰랐는지는 모르겠어요. 경찰이 왔을 때 그 사람이 계속 저를 노려보았으니 알고 있었을지도 모르겠네요. 어쨌든 제가 편의점에 다녀오자마자 경찰이 들이닥쳤으니까요. 그때 작은 목소리로 아사노에게 이렇게 말했어요. '아쓰시,

우리는 이렇게 되어야 했어'라고요."

"그 말에 대해 그가 뭐라고 하던가요?"

"아무 말도 하지 않았어요. 저를 계속 날카롭게 노려볼 뿐이었죠."

"2년 전 아사노와 만났을 때, 혹시 무슨 말을 하던가요?"

"아니요. 사건 자체에 대해 언급이 전혀 없었어요. 마치 까맣게 잊은 것처럼 행동했죠. 전 그걸 용서할 수가 없었어요. 그런데 그런 남자에게 몸을 다시 허락하다니, 제정신이 아니죠."

마지막은 혼잣말처럼 중얼거렸다. 아사노에 대한 게이의 감정은 예상보다 훨씬 복잡했다. 어쩌면 지금도 아사노를 사랑하고 있을지 모른다는 생각이 문득 들었다.

아사노는 악의 화신이다. 그런 아사노를 보통 사람보다 윤리관이 강한 게이가 여전히 사랑하다니. 이상하다는 생각은 들지 않았다. 사랑이란 그런 거니까.

다만, 아사노가 다시 게이에게 연락할 가능성은 충분히 있다는 생각이 들었다.

10

오후 7시에 신칸센을 탔다. 신오사카에서 출발하는 자유석이라 편안히 앉을 수 있었다.

열차 안에서 맥주를 구입해 마시고 샌드위치를 먹었다.

복잡한 마음을 껴안고 뒤쪽으로 멀어지는 풍경을 보았다. 여름의 기나긴 햇살이 저물기 시작했다. 점점이 켜지는 오사카 근교의 불빛이 쓸쓸한 분위기를 자아냈다. 게이의 말이 머리에서 떠나지 않았다.

아쓰시, 우리는 이렇게 되어야 했어.

이 말을 들은 순간, 1969년 미국 캘리포니아에서 일어난 '찰스 맨슨 사건' 때 검찰 측에서 증언한 젊은 여성이 떠올랐다.

린다 카사비안. 그녀는 맨슨의 명령을 받고 할리우드 근교의 고급주택가인 시엘로 드라이브에서 여배우 샤론 테이트 등을 살육한, 네 명으로 구성된 살인집단의 멤버였다.

하지만 린다는 밖에서 망을 봤을 뿐 살인행위에는 가담하지 않았다. 린다와 게이의 공통점은 자신이 저지른 행위에 강한 죄의식을 가진 유일한 가해자였다는 점이다.

린다는 구성원으로 들어간 지 얼마 안 되어 맨슨의 신뢰가 크지 않았다. 그럼에도 살인 멤버가 될 수 있었던 이유는 그녀가 정식 운전면허증을 가진 유일한 인물이었기 때문이다. 더구나 맨슨의 마인드 컨트롤이 나머지 멤버들에 비해 가벼웠다.

황당무계한 '헬터 스켈터'의 망상. 맨슨에게 헬터 스켈터란 무질서를 의미했다. 그 무질서의 혼란 속에서 백인과 흑인 사이에

인종전쟁이 일어난다고 맨슨은 예언했다.

"승리하는 건 흑인이다. 하지만 흑인에게는 정권유지 능력이 없기 때문에, 우수한 백인인 나에게 지배권이 넘어온다. 샤론 테이트 일행을 살해하는 건 헬터 스켈터를 위한 시작이다!"

이것은 '무질서 동기'로 불리며 당시 미국 사회를 전율케 했다. 맨슨이 이런 영감을 얻은 계기는 당시 최고의 인기를 구가하던 비틀즈의 노래 '헬터 스켈터'였다.

어린애 장난 같은 유치한 망상을 교양 있는 사람들까지 너무 쉽게 믿은 건 1960년대 또는 1970년대의 좌익적인 정치풍토와 관계있지 않을까?

나는 30여 년 전 이 사건을 취재하기 위해 미국으로 날아갔었다. 맨슨 사건이 일어난 지 10년이 넘었지만, 미국 사회의 관심은 여전했다.

그 취재기가 『시야』에 실리고, 저널리스트로서 내 처녀작이 되었다. 편집장인 기무라는 아직 교유샤에 들어오지도 않았던 시절의 이야기다.

그 기사에서 나는 린다에 대해 자세히 언급했다. 『시야』의 취재 요청은 원래 맨슨 사건이 아니라 미국의 사법제도에 관한 것이었다. 하지만 나는 그 당시 편집장을 설득해 맨슨 사건에 대해 썼다.

린다 카사비안은 검찰 측의 '완전면책'을 받았다. 재판에서 검찰 측 증인으로 증언하는 대신 린다를 기소하지 않기로 약속한 것이다.

미국에서는 이런 사법거래가 공공연하게 인정되지만, 일본에서는 통용되지 않기에 그 제도가 기이하고 부당하게 여겨진다. 특히 맨슨 사건을 기소한 주임 검사관 빈센트 불리오시가 범죄자에게 '완전면책'을 주기 위한 조건으로, 다른 피고에 비해 범죄가 가볍다는 것 외에 사법거래 대상자의 윤리관을 강조한 것이 인상적이었다.

린다는 그날 시엘로 드라이브에 가는 목적을 몰랐다. 실제로 린다의 일은 운전과 밖에서 망을 보는 것으로 한정되어 있었다.

하지만 샤론 테이트의 저택에서 광대한 정원으로 비명을 지르며 도망치는 피범벅이 된 커피왕의 딸 아비게일 폴더와 그의 애인 프라이코스키를 목격하고, 린다 또한 비명을 질렀다. 그들을 칼과 총으로 공격한 사람은 분명히 자신의 동료들이었다. 그녀의 양심에서 나오는 비명은 맨슨의 마인드 컨트롤에 넘어간 텍스 왓슨과 수잔 앳킨스에게는 들리지 않았다.

린다는 맨슨 재판에서 검찰 측 '주요 참고인'으로 등장했으며, 당연히 맨슨 측 변호인의 극심한 반대신문에 시달렸다. 특히 그녀의 임신에 대해 성적 문란과 윤리관 결여를 비난했고, 증인으로서 그녀의 신뢰성을 폄하하는 질문을 퍼부었다.

린다는 눈물을 흘리면서도 악의에 가득 찬 질문에 진지하게 대답했다. 또한 자신이 상습적인 마약 흡인자였다는 사실, 몇몇 남자들과 육체관계를 가진 것까지 고백했다. 아이러니하게도 그녀의 정직함은 배심원의 공감을 샀고, 증인으로서 그녀의 신뢰성을 담보하게 만들었다.

맨슨이 한 남자의 살해를 지시하며 주머니칼을 주었을 때, 린다가 내뱉은 말은 유명하다.

찰리, 난 당신이 아니야. 아무도 죽일 수 없어.

"나는 너이고, 너는 나다"라는 맨슨 특유의 입버릇에 대한 도전이었다.

나는 게이가 한 말에서 린다 카사비안의 이 말을 떠올렸다. 물론 사건의 형태도 상황도 다르다. 애초 다카라즈카 살인사건은 맨슨 사건처럼 종교성이나 정치성과 관계가 없다.

하지만 게이와 린다는 비슷한 점이 있었다. 흉악하다는 면에서는 두 사건이 우열을 가리기 힘들다. 하지만 아무리 처참한 사건에도 희미한 빛이 존재한다는 의미에서 게이와 린다는 한 줄기 빛이라고 할 수 있었다. 너무도 미약했지만.

잠시 깜빡 졸았다. 눈을 뜨자 밖으로 칠흑 같은 어둠이 펼쳐져 있었다. 잠시 그 어둠에 시선을 고정했다.

불빛과 함께 장어 양식장이 보였다. 하마마쓰 주변을 지나는 듯했다. 잠시 게이의 얼굴을 떠올리려 했다. 하지만 윤곽이 무너지면서 기억 저편으로 사라졌다. 오직 열차 달리는 소리만이 고막의 안쪽에서 이명처럼 들렸다.

3장

사인

死因

1

아파트 입구에서 류노스케 자매를 만났다. 오후 5시가 넘은
시각이었다.

나는 근처의 마트에 들렀다 들어가는 길로, 오른손에 물건
이 든 비닐봉투를 들고 있었다. 류노스케 자매는 막 외출하려
는 참이었다.

"그 후로 다쿠마에게 연락은 없었지?"

"네, 전혀 없어요. 미도리카와 씨 덕분에 사건이 해결된 것 같
아요. 역시 경시청 형사님이네요."

'그것뿐인가? 그것 말고 할 말이 더 있을 텐데.'

나는 마음속으로 그렇게 중얼거렸다.

"다쿠마를 만나고 싶은데, 연락할 방법이 없을까?"

"명함에 적힌 회사 번호로 연락해보시면 되잖아요."

"그렇게 했는데 전화를 안 받더군. 그런 사기꾼 회사의 전화번호는 대부분 가짜거든. 혹시라도 전화번호를 아나 했더니……."

"그런 걸 어떻게 알아요? 저희가 먼저 연락한 적은 한 번도 없어요."

약간 불쾌하다는 말투였다. 말투도 그렇지만, 내게 그토록 민폐를 끼쳐놓고 고맙다는 말 한마디 하지 않는 게 이해하기 힘들었다. 미도리카와에게 고맙단 말을 내 앞에서 해봤자 미도리카와와 나는 별개의 사람이다.

아무리 예의바르게 보여도 어차피 세상의 상식을 모르는 연예인이다. 나는 문득 그렇게 유치한 생각을 했다.

"실은 다른 건으로 다쿠마에게 물어보고 싶은 게 있어. 그대들과는 관계없는 일이지만."

다쿠마에게 연락할 방법은 미도리카와에게 물어보면 된다. 하지만 미도리카와를 거치지 않은 채 다쿠마를 만나고 싶었다. 모든 것을 경찰 정보에 의지하면 저널리스트로서 자격이 없다.

"그럼 저희랑 상관없이 해주시겠어요? 그 사람들과는 더 이상 엮이고 싶지 않고, 다른 일에도 휘말리고 싶지 않으니까요."

이렇게 말한 사람은 후유코였다. 어처구니가 없었다.

이게 무슨 말도 안 되는 궤변인가? 애당초 나를 끌어들인 사람은 그쪽이잖아! 이렇게 소리치고 싶었다.

불쾌감을 넘어 분노가 솟구쳤다. 그것을 억누르느라 나는 잠시 말을 잇지 못했다.

"급한 일이 있어서 그만 가볼게요."

후유코가 말했다. 얼굴이 경직돼 있었다. 자신의 말이 내 기분을 상하게 만들었다는 건 아는 모양이었다.

후유코의 말을 뒤덮듯이 "그만 실례할게요" 하는 류노스케의 밝은 목소리가 들렸다. 류노스케만이 그 썰렁한 분위기를 알아차리지 못한 듯했다.

나는 말없이 두 사람의 뒷모습을 바라보았다. 신뢰할 수 없는 사람들이다. 내가 눈앞에서 심장발작을 일으켜도 똑같은 말을 남기고 사라지지 않을까? 그만 실례할게요…….

집에 도착했다. 들고 있던 비닐봉투를 싱크대 위에 놓았다. 카레를 만들 생각으로 구입한 감자와 당근, 양파가 이상하리만큼 무거웠다.

드립 방식으로 커피를 내렸다. 어떻게든 불쾌한 기분을 가라앉히고 싶었다. 류노스케 자매와 친해질 수 있다고 생각한 건 환상이었다. 애당초 그렇게 젊은 여자들이 나 같은 중년남자에게 관심을 가질 리 없다. 결국 그들도 나와는 관계없는 인간이다.

커피가 추출되기를 기다리며 주방 벽에 걸린 달력을 보았다. 벌써 8월 말이다. 오사카에서 돌아온 지 2주가 넘었다.

그 사이 미도리카와와 만나 보고를 마쳤다. 게이가 아사노를 만났었다는 정보에 그는 기뻐했다. 형식적인 경시청 형사의 보고보다 훌륭하다고 말했다.

나는 경시청에서 다시 게이에게 접근하는 일은 없게 해달라고 요청했다. 허위 증언을 이유로 그녀를 윽박지른다면 게이는 내게도 마음을 닫을 것이다. 그렇게 되면 아사노가 다시 연락했을 때 내게 찾아올 기회의 싹이 꺾이게 된다.

실제로 게이는 아사노가 다시 연락해오면 반드시 내게 알리겠다고 약속했다.

그녀가 그렇게 협조하는 건 나를 믿기 때문이다. 미도리카와는 내 요청을 받아들이겠다고 약속했다.

"경시청에 그런 말을 전하면 '엉덩이를 씻었다'는 게 들통나잖아."

'엉덩이를 씻다'란 말은 경찰의 독특한 용어로, A형사가 조사한 사항을 B형사가 다시 조사하는 것을 의미한다.

게다가 미도리카와가 민간인인 내게 조사를 의뢰한 게 드러나면 조사1과의 인간관계가 나빠지는 것으로 끝나지 않고, 경시청 내부의 정보 누설까지 도마에 오르게 된다.

내가 조사한 내용을 미도리카와가 수사에 참고하는 건 틀림없지만, 그 일을 공공연하게 떠벌리지는 않을 것이다. 그 정도 지혜와 상식은 갖추고 있다.

거구에 어울리지 않게 의외로 섬세한 사람이라는 사실 또한 알고 있다. 다만 그의 말에 따르면, 젠푸쿠지 사건도 그 밖의 사건도 지금으로선 별 진전이 없는 듯했다.

식탁에 앉아 커피를 마셨다. 블랙이다. 설딩은 넣지 않고 우유만 넣는 것이 내 방식이지만, 마침 냉장고에 우유가 없었다.

"화이트 커피인가?"

나는 아무 맥락 없이 소리를 내어 중얼거렸다. 과거 취재차 런던에 갔을 때, 그런 영국식 영어를 듣고 깜짝 놀랐다. 미국이라면 '커피 위드 크림(coffee with cream)'이라고 했을 것이다.

그런 관계없는 연상이 '헬터 스켈터(helter skelter)'란 단어를 떠올리게 했다. 맨슨은 비틀즈의 발상지인 리버풀의 '미끄럼틀'이란 뜻의 헬터 스켈터를 '무질서'라는 형이상학적 단어로 착각했다. 실제로 미국에서 'helter skelter'는 '무질서'를 의미한다.

나는 다시 게이와 린다 카사비안을 떠올렸다. 린다는 미국 사회에서 이미 신화가 되었다. 하지만 게이 이야기는 아직 끝난 것처럼 보이지 않았다.

몸이 무거워 카레를 만들기 위해 일어설 기력조차 없었다. 여름의 저녁 햇살이 거실 블라인드에서 검은 그림자를 드리우기 시작했다.

2

2학기에도 출석생은 120명 정도였다. 미국 저널리즘. 내가 도라쿠대학 영문과에서 담당하는 유일한 전공과목이다.

이 과목은 학생들 사이에서 상당히 인기가 많았다. 하지만 입시학원과 달리 대학에서는 인기 있다고 학생들이 강의실을 가득 메우지 않는다. 등록생은 200명이 넘지만, 실제로는 절반 정도 출석했다.

대학에서는 이런 일이 흔하므로, 가르치는 사람으로서 그렇게 부끄러운 상황은 아니다. 학생들 사이에 돌아다니는 강의 평가가 있는데, 내 과목은 '아주 편한 과목'으로 분류되는 모양이다.

내 수업을 듣고 싶어하지 않는 학생이 마지못해 출석하는 것보다 원하는 학생에게만 강의하는 편이 좋다는 사실은 알고 있다. 하지만 수업에 출석한 모든 학생이 내 강의에 관심이 있는 건 아니다. 개중에는 조는 학생도 있고, 잡담하는 학생도 있다. 요즘 대학 교수에게 필요한 건 지식이 아니라 인내심이다.

그런데 맨 앞줄 오른쪽 끝에 오도카니 앉아 있는 여학생이 마음에 걸렸다. 내 수업은 1년짜리지만, 한 학기만 수강할 수도 있다. 실제로 많은 학생들이 그렇게 했다.

그 학생은 1학기에 본 적이 없다. 2학기만 수강하는 학생인가? 수강 등록은 아직 마감되지 않았으므로, 첫 수업인 경우 수강과목을 정하지 못한 학생이 상황을 살피러 오는 일도 적지 않다. 미국 대학에서는 이를 쇼핑에 비유해 '윈도 숍(window shop)'이라 표현하기도 한다.

300명쯤 앉을 수 있는 커다란 강의실이었다. 그곳에 120명 정도가 자리하며, 앞줄에 앉는 학생은 손으로 꼽을 정도다. 수강생도 많고 수업 중 지명을 당해 대답해야 할 가능성은 제로에 가까운 과목이다. 그럼에도 학생들 심리는 참으로 이상해, 만약의 사태를 방지하기 위해 앞줄 자리를 피하려 한다.

어쩌면 그것만이 아닐지도 모른다. 수업 중에 졸음이 쏟아질 경우, 역시 앞줄은 곤란하다고 생각하지 않을까?

하지만 그 학생은 줄곧 진지한 표정으로 내 강의를 들었다. 감색 바탕에 하얀색 나비 자수가 놓인 티셔츠, 베이지색 짧은 반바지에 검은색 타이츠 차림이었다. 어디서나 흔히 볼 수 있는 여대생 모습이었다.

다만 맑은 눈과 매끄러운 콧대가 요즘 옷차림과 어울리지 않는다는 인상을 주었다.

수업이 끝나고 책과 노트를 가방에 넣으려는데 그 학생이 다가왔다.

"죄송한데, 잠깐만 시간을 내주실 수 있을까요?"

예의 바른 표현이었다. 내 수업을 듣는다면 틀림없이 활력을 안겨줄 것 같은 학생이다.

"뭐지?"

나는 빙긋이 웃으며 대답했다. 어느 정도 영업적인 미소를 지었음은 부인하지 않는다. 시간강사의 경우 원칙적으로 1년 계약이다. 따라서 수강생이 극단적으로 적으면 해고 사유가 될 수도 있었다.

입시학원만큼 엄격하지는 않지만 대부분 대학에서 학생의 교수평가제를 도입했다. 그로 인해 크든 작든 대학 교수들도 학생이 곧 고객이라는 자세를 갖기 시작했다. 미도리카와라면 그래서 변변한 학생이 커나가지 못하는 거라고 말할지도 모른다.

"저는 사실 도라쿠대학 학생이 아니에요. 게이가쿠여대 4학년인데, 교수님 수업을 들을 수 없을까 해서요."

도라쿠대학에는 청강생 제도가 없다. 하지만 다른 대학 학생이 수업을 듣고 싶어할 경우, 대부분의 교수는 거부하지 않는다. 더구나 게이가쿠여대는 남녀공학인 도라쿠대학만큼은 아니지만, 일단 이름이 있는 데다 학생 수준도 나쁘지 않다.

"상관없지만, 내 수업을 어떻게 알고 왔지?"

"『시야』에 실린 「악의의 어둠」을 읽었어요. 제가 저널리스트 지망생이라서 그런지 큰 감동을 받았죠. 장차 그런 기사를 쓰고 싶어 교수님에 대해 알아보다 여기서 강의하신다는 걸 알게 됐어요."

그런가? 실제로 인터넷에서 내 이름을 검색하면 도라쿠대학에서 강의한다고 나와 있다.

그나저나 『시야』처럼 지식인을 위한 잡지를 봤다는 말에 놀라지 않을 수 없었다. 만화책 말고는 무서울 정도로 활자를 보지 않는 평범한 대학생들은 『시야』라는 잡지가 있다는 사실조차 모르지 않을까?

"그래? 그거 영광이군. 시간이 맞을 때 수업을 들으러 와도 좋

아, 그런 잡지를 보는 학생이 청강한다면 나도 수업하는 보람이
느껴질 테니."

이렇게 말한 데는 나름대로 이유가 있었다. 다른 대학 학생에
게 청강 신청을 받는 일이 가끔 있지만, 학점 취득 목적이 아닐
경우 끝까지 이어지기가 어려웠다. 따라서 마음 편하게 수업을
들으라는 의미였다.

"아니에요, 전체 수업을 다 들을 생각이에요. 저는 시나가와
미사키라고 합니다. 앞으로 잘 부탁드리겠습니다."

미사키는 맑은 눈으로 나를 보며 진지한 표정으로 말했다. 한
순간 내 마음에 밝은 빛이 비치는 듯했다.

3

미사키와 이야기를 나눈 후 나는 『시야』 편집부로 향했다. 오
후 4시에 기무라와 만나기로 되어 있었다.

마음이 무거운 만남이었다. 방문판매 살인사건에 관한 기사
의 게재 일정을 둘러싸고 서로 의견이 충돌했다.

400자 원고지 50매 정도의 원고는 대충 마무리되었다. 기무
라는 웬일인지 몹시 서두르며 당장이라도 원고를 싣고 싶다고
했다. 위쪽에서도 그렇게 하기를 원하는 듯했다.

출판이 불황의 늪에 빠진 지금, 『시야』의 판매량을 무시하고

배부른 장사를 할 수는 없었다. 신문에서도 파악하지 못한 살인 사건에 관한 정보는 당연히 세상의 주목을 받을 것이다.

하지만 문제는 미도리카와와 그 배후에 있는 경시청이다. 실제로 내가 기사를 내보내겠다고 하자 미도리카와는 안색을 바꾸며 펄쩍 뛰었다.

"농담하지 마! 지금 그런 기사가 나가면 어떻게 되는지 알아? 뻔히 눈을 뜬 채 범인들을 놓치게 된다고! 내가 뭣 때문에 선생에게 정보를 주는지 몰라서 그래?"

이런 상황에서는 기사로 내보내겠다는 말을 취소하지 않을 수 없었다. 지금 그와 관계가 틀어지면 취재가 좌절될 것은 불을 보듯 뻔한 일이었다. 따라서 그의 허락이 떨어지기를 기다리는 수밖에 없다.

하지만 내 전화에 기무라 역시 강경한 자세를 취했다. 우리의 주장은 계속 평행선을 달렸고, 결국 오늘 만나 이야기를 나누기로 했다.

"저널리스트가 일일이 경시청 눈치를 볼 필요는 없습니다. 그들이 정보를 관리하고 싶어하는 건 당연하고, 우리는 그걸 뛰어넘어야 합니다."

나와 기무라는 평소처럼 다갈색 소파에 앉아 이야기를 나누었다. 평소 조용조용 말하는 기무라지만 오늘은 흥분했는지 목소리 톤이 높았다.

"하지만 미도리카와 씨 기분을 상하게 하면 더 이상 취재가 어렵습니다. 지금으로선 좀 더 기다리는 편이 좋겠어요. 그리고 주간지들처럼 억측 기사를 내보내기보다 확고한 증거를 보여주고 싶습니다."

직접 만나서 이야기해도 결국 똑같은 결론의 반복이었다.

"확고한 증거가 뭐죠? 그런 걸 기다리면 범인이 체포될 때까지 아무것도 할 수 없잖아요? 더구나 어떻게 쓰느냐에 따라 미도리카와 씨의 분노를 억누를 수도 있지 않을까요?"

"어떻게요?"

"기본은 지금 다지마 씨가 쓴 원고도 괜찮아요. 표면적으로는 니가와 사건의 검증 형식을 취하는 거죠. 마지막 4분의 1 정도에서 현재 일어나고 있는 방문판매 살인을 언급해 니가와 사건과 관련이 있다는 식으로 냄새를 풍기면 어떨까요?"

기무라가 도전적으로 말했다. 그 카리스마에 압도되어 나는 순간적으로 되물었다.

"제목은요?"

"방문판매 살인마의 공포. 니가와 사건이 되살아나다!"

역시 그렇게 나오는가? 이래서는 타협이 되지 않는다. 니가와 사건의 검증이라면서 결국 현재의 공포를 부채질할 셈이다. 과거 사건의 검증이라는 말은 나를 설득하기 위한 방편에 지나지 않는다.

"그러면 똑같잖아요? 중심에 있는 건 미도리카와 씨에게 얻은 정보고요."

"다지마 씨. 결심해주세요. 안 그러면 앞으로 다지마 씨와 일하기 힘들어집니다."

기무라의 말투에 조바심이 잔뜩 묻어 있었다. 그 말에 나는 발끈했다.

하지만 그건 무서운 협박이기도 했다. 기무라는 이렇게 노골적으로 말하는 사람이 아니었다. 그 자신이 몹시 초조해 있다는 반증이었다.

지금까지 내게 쏟은 비용과 노력을 저울에 올리고, 이제 슬슬 결과를 내야 할 때라고 생각했으리라. 그 마음을 모르는 것은 아니다. 이 사건에 대해 그 어떤 신문이나 잡지보다 정보를 많이 확보한 건 틀림없는 사실이다.

다만 그것은 내 힘으로 얻은 게 아니다. 우연히 류노스케 자매의 옆집에 살아서 얻은 행운이었다.

내가 확보한 정보를 다른 곳에서 언제 알아낼지 모른다. 실제로 미도리카와는 각 신문사의 경시청 출입기자들이 젠푸쿠지 사건 보도에 힘을 쏟기 시작했다고 은근슬쩍 흘렸다. 내게 기사를 내지 못하게 하면서 다른 기자에게 정보를 누설하지는 않을 것이다. 하지만 수사1과의 다른 형사가 친한 기자에게 정보를 말해줄 가능성은 배제할 수 없다.

실제로 수사가 벽에 부딪칠 경우, 형사가 매스컴에 일부러 정보를 누설해 국면을 타개하려는 전략은 흔히 있는 일이다. 내가 기사를 내면 미도리카와 역시 처음에는 화를 내겠지만 결국 나를 이용하려 하지 않을까?

나는 그런 식으로 스스로를 설득해야 했다. 기무라와 관계가 악화되는 일은 어떻게든 피하고 싶었다.

"알겠습니다. 그럼 일주일만 시간을 주세요. 기무라 씨 의견에 맞춰 원고를 손봐야 하니까요."

"그래주시겠어요? 말이 심했다면 죄송합니다만 잘 부탁합니다. 다지마 씨 원고를 특종으로 실을 생각이라, 다지마 씨에게 많은 기대를 걸고 있습니다. 이 원고는 다음 달에 꼭 싣고 싶습니다. 일주일 안에 수정해주시면 충분히 맞출 수 있습니다."

기무라의 얼굴에 안도감이 번져나갔다. 내 허락을 끌어냈으므로 조바심이 묻어 있던 말투를 황급히 수정하는 것도 느낄 수 있었다.

나는 반대로 분노한 미도리카와의 표정을 떠올렸다. 기무라와의 관계는 유지할 수 있어도 미도리카와와는 최악으로 치달을 것이다. 하지만 어쩔 수 없는 노릇이다.

지금 내게 중요한 건 생활이다. 나는 그렇게 마음먹기로 했다.

"참, 다지마 씨에게 전해드릴 게 있었는데 깜빡했군요."

어색한 분위기를 바꾸려는 듯 기무라가 말했다. 그리고 자신의 책상으로 가더니 서랍에서 하얀 봉투를 꺼냈다.

그는 소파로 돌아오는 도중 지나가던 여성 편집자와 잠시 이야기를 나누었다. 시계를 보자 6시가 조금 넘어 있었다. 퇴근시간이 다가와서인지 편집부 안이 조금 어수선해졌다.

"「악의의 어둠」에 관한 건인데, 다지마 씨 앞으로 이런 게 왔습니다. 익명에다 그쪽 주소도 쓰여 있지 않아 기분이 찜찜하지만요."

하얀 봉투 겉면에 『시야』 편집부와 내 이름이 적혀 있었다. 검은색 펜글씨였다. 이미 개봉되어 있었는데, 이것은 흔히 있는 일이다.

기사와 관련해 편집부로 오는 우편물은 편집자가 미리 열어 보는 게 관행이다. 개중에는 심한 욕설이 적힌 편지도 있었다. 그런 경우 편집자 판단으로 필자에게 전달하지 않기도 했다.

기무라는 봉투에서 몇 번이나 접힌 복사용지를 꺼내 나에게 내밀었다.

"그것만 들어 있었습니다."

나는 종이를 펼쳤다. A3 정도의 크기였다.

다음 순간, 나는 눈을 크게 떴다. 왼쪽이 사망신고서 복사본이고, 오른쪽이 사체검안서 복사본이었다. 이름은 양쪽 모두 마쓰모토 요시코라고 되어 있었다. 요시코가 누구인지는 금방 알 수 있었다.

사망신고서는 구청이나 시청 등 공공기관에 제출하는 것으로, 유족이 처리하든지 장례업체에서 대행한다. 사체검안서는 대학 법의학연구소가 유족에게 주는 서류다. 실제로 복사용지 오른쪽 위에 유족용이라고 쓰여 있었다.

"이것만 왔나요? 그것도 익명으로요?"

나는 기무라가 아니라 나 자신에게 말하듯 중얼거렸다.

기무라가 물었다.

"이런 걸 손에 넣을 수 있는 사람이 누구죠?"

"일반적으로 유족이겠죠. 이 두 가지가 세트로 되어 있다는 건 장례업체에서 이런 형태로 유족에게 줬다는 의미일 겁니다."

그렇게 대답하며 나는 5년 전 일어난 형의 죽음을 떠올렸다. 그때 사망신고서와 사체검안서가 세트로 된 복사본 몇 통을 장례업체에서 받았었다.

혼자 살던 형이 사망한 지 일주일 후 발견되었고, 행정해부가 이루어졌다. 사인은 부정맥, 즉 심장마비로 추정되었다. 하지만 병력도 입원 경력도 없었으므로 검시청 검시관은 판단자료가 없다는 이유로 행정해부를 지시했다.

대학병원의 행정해부에는 내가 입회했다. 해부의에게 사체검안서를 받고 유족 대표로 설명을 들은 사람도 나였다. 나는 사체검안서와 사망신고서를 장례회사 담당자에게 주고, 가족을 대신해 구청에 신고해달라고 부탁했다.

"마쓰모토 요시코와 딸도 행정해부했지요?"

기무라가 기억을 확인하듯 눈을 가늘게 뜨고 말했다.

"그래요. 그래서 나도 사건성이 없다고 판단했어요. 사법해부가 아니었으니까요."

행정해부란 사건성은 없다고 판단되지만 사인을 특정할 수 없는 경우, 유족의 동의하에 이루어지는 부검이다. 한편 사건성이 있다고 판단되는 경우에는 사법해부로 넘어간다.

"이걸 보낸 사람은 사인에 의문을 가진 게 아닐까요?"

나는 기무라의 질문에 대답하지 않고 사체검안서의 사망원인 항목을 보았다. '직접 사인' 란에 '불상(不詳, 검사대기)'이라고 적혀 있었다.

'부검' '유' 항목으로 시선을 옮겼다. 부검 소견에는 '심비대, 관상동맥 협착'으로 쓰여 있다.

다시 '사인의 종류'를 보았다. 병사 및 자연사. 그리고 외인사. 외인사는 다시 크게 두 개로 나뉘어 있었다. '불의의 외인사'와 '기타 및 불상 외인사'였다.

'불의의 외인사' 옆에는 교통사고, 추락, 익사, 연기, 화재 및 화염에 의한 상해, 질식, 중독, 기타 항목이 적혀 있었다. 그리고 '기타 및 불상 외인사'에는 자살, 타살, 기타 등의 항목이 적혀 있었다.

그런데 요시코의 경우, 항목 어디에도 동그라미 표시가 없었다. 끝부분에 있는 '불상의 죽음'에 동그라미 표시가 되어 있을 뿐이었다.

형의 경우와 똑같았다. 요컨대 부검 시점에는 사망의 외적 요인을 단정할 수 없다는 뜻이었다. 하지만 형의 경우 심장비대와 관상동맥 협착 외에 폐와 신장에도 종양이 있어, 주요 사망원인이 무엇인지 다시 검사할 필요가 있다는 게 부검의의 설명이었다.

그 검사결과가 나올 때까지는 30일에서 45일이 걸린다고 했다. 그것이 '검사대기'란 단어의 의미였다.

형의 주요 사인은 결국 알 수 없었다. 유족이 문의한 경우에만 검사결과를 가르쳐주고, 병원 측에서 먼저 유족에게 연락하는 일은 없다고 부검의에게 들었다.

당시 부검의의 말투에서 형은 언제 죽어도 이상하지 않은 상태였다는 느낌을 받았다. 그렇다면 주요 사인을 알아도 의미가 없지 않을까?

그래서 나는 부검을 진행한 법의학실에 사인을 물어보지 않았다. 물론 물어봤으면 형의 사인이 단순한 병사로 바뀌었을지도 모른다. 하지만 여전히 '불상'일 가능성도 부정할 수 없었다.

"글쎄요. 불상의 죽음으로 검사대기라고 돼 있는 걸 보면, 사망신고서를 제출한 시점에 불상이었다는 뜻이겠죠."

"그렇다면 나중에 평범한 병사가 될 가능성도 있다는 건가요?"

"그렇지요. 하지만 이런 걸 보낸 걸 보면, 누군가 사인에 의문을 가졌을지도 모르겠네요. 일이 늘어날지 모르겠지만, 조사해볼 필요가 있겠군요."

"아닙니다. 이건 일단 제쳐두고 이번 원고를 마무리해주십시오."

기무라가 당황한 얼굴로 급히 말했다. 마치 내 관심이 다른 곳으로 향하는 걸 막으려는 것 같았다. 마음은 충분히 이해할 수 있다. 지금 그의 최대 관심사는 방문판매 살인이니까.

나는 말없이 고개를 끄덕였다. 하지만 내 마음속에서 색이 바랬던 미타카 아사사건이 다시 선명한 그림을 그리기 시작했다.

4

가구라자카의 이자카야에서 스구로를 기다렸다. 예전에 한 번 왔던 곳이니 스구로가 길을 헤맬 리는 없다. 평일 오후 7시에 만나기로 했다.

미리 좌식 테이블을 예약해놓았다.

나는 5분 전에 도착해 병맥주를 주문했다. 스구로가 올 때까지 맥주를 마시며 시간을 보낼 생각이었다. 그는 회의가 길어질 가능성이 있어 약속시간보다 조금 늦을 수 있다고 이야기했다.

이자카야에는 사람들이 제법 많았다. 하지만 이자카야치고 고급스러워서 그런지 비교적 조용했다.

스구로와 이야기 나눌 내용을 떠올리자 조용한 분위기가 오히려 거북스러웠다.

이날은 스구로가 먼저 만나자고 했다. 그가 이야기할 내용은 알고 있었다.

"실은 어제 유리코 씨에게서 전화가 왔었네."

'유리코 씨'라고 말할 때, 스구로의 말투에서 약간 머뭇거리는 느낌이 전해졌다.

기우치 유리코. 내 전처다. 나와 유리코는 법적으로 완전히 이혼했다. 이혼한 다음에는 한 번도 만난 적이 없다. 나이가 나보다 열 살 적으니 유리코는 현재 마흔여섯이다.

유리코가 스구로에게 전화해 나와의 관계에 대해 뭔가를 의논한 모양이다. 이혼하기 전에는 두 가족이 종종 만나곤 했다. 따라서 유리코가 스구로에게 중재를 부탁하는 일은 그렇게 부자연스러운 일이 아니다.

하지만 어떤 내용인지 짐작도 되지 않았다. 나와 유리코 사이에 이혼을 둘러싼 금전적인 문제는 없었다. 심리학 박사학위를 받은 유리코는 어느 대학원의 전임 심리 카운슬러로 근무해 경제적으로 곤란할 리가 없었다.

이혼에 관한 위자료는 양쪽 다 청구하지 않기로 했다. 유리코는 딸의 양육비도 요구하지 않았다. 내가 경제적으로 힘들다는 사실을 알고 있었기 때문이었다.

다만 현재 유리코와 딸이 살고 있는 집 명의를 내 이름에서 유리코로 변경했다. 대출의 절반 정도는 나보다 수입이 안정적인 그녀가 냈으므로 내가 양도했다고 할 정도는 아니었다.

이별의 형태는 최악이었다. 이혼하기 직전에 우리는 고등학생 딸인 지구사 앞에서까지 증오를 드러내며 서로 으르렁거렸다. 특별한 문제가 있었던 것은 아니다. 다만 한 번 어긋난 톱니바퀴는 영원히 제대로 맞물리지 않는 듯했다.

서로의 입에서 나오는 말 하나하나가 증오를 팽창시키고, 눈에 보이지 않는 응어리가 되어 쌓이고 또 쌓였다. 성격 차이. 결국 이런 평범한 이혼 사유가 우리에게도 해당되었다.

나는 이혼하고 싶지 않았다. 특히 딸과 헤어지는 건 크나큰 고통이었다.

반면에 아내는 무조건 헤어지고 싶어했다. 헤어지는 것 자체가 최대 목표이며, 그것 말고는 모든 것을 양보할 수 있다는 식이었다. 나는 결국 딸을 포기한 채 이혼에 동의했다.

스구로는 30분 늦게 나타났다.

"미안하네. 예상대로 회의가 좀 길어졌어."

우리 자리는 통로와 가장 가까운 곳에 있어, 스구로는 신발을 벗자마자 내 앞에 앉았다.

"먼저 마시고 있었어."

나는 맥주가 남은 컵을 스구로 쪽으로 살짝 들었다.

"그래, 나도 맥주 마실게."

스구로는 나와 달리 술이 센 편은 아니었다. 고작해야 병맥주 한 병 정도였다.

종업원에게 술잔을 하나 더 달라고 요청하면서 회는 무엇이 좋으냐고 물었다. 종업원은 성대와 방어를 추천했다. 교육을 잘 받았는지 무턱대고 '모둠'이라고 대답하지는 않았다.

"「악의의 어둠」, 읽어봤네."

맥주로 목을 축이고 요리를 한입 먹었을 때 스구로가 말했다.

즉시 본론으로 들어갈 생각은 없는 것 같았다.

"아주 훌륭한 원고였네. 자네답게 세세한 부분까지 신경썼더군. 사회적 문제로써 호소력도 충분하고. 꽤 이슈가 되지 않았나?"

「악의의 어둠」뿐만이 아니다. 스구로는 잡지에 발표한 내 원고를 거의 찾아 읽는다. 그의 세심한 배려를 엿볼 수 있는 부분이다.

"뭐 사건 자체가 워낙 화제였으니까. 아이와 같이 굶어죽다니 엄청난 충격이었지. 대부분의 일본인은 굶어죽는 걸 다른 나라의 빈곤지역이나 분쟁지역 이야기라고 생각하는데, 일본에서도 흔히 일어나고 있거든. 길에 쓰러진 노숙자들의 경우 대부분 굶어죽어. 다만 이번 사건에서는……."

나는 잠시 말을 끊었다. 문득 내게 도착한 사체검안서 복사본이 떠올랐다. 생각해보면 그것은 일급비밀에 속하는 극비정보였다. 아무리 친하다곤 하지만 삼자인 스구로에게 말해야 할지 한순간 망설여졌다.

하지만 결국 말했다. 그가 그런 이야기를 흥미 위주로 다른 사람에게 전달할 리는 없었다.

"행정해부는 사건성이 없는 경우에 하는 거잖아."

내 이야기를 대강 듣더니 스구로가 냉정하게 말했다.

"보통은 그렇지. 가끔 행정해부로 시작해 사법해부로 바뀌기도 하지만 말이야. 하지만 그런 경우 '컨베이어 작업'처럼 되어

버리지."

"컨베이어 작업?"

"그래. 예를 들면 도쿄 도내에서 사인을 알 수 없는 시신이 발
견되는 건 그렇게 드문 일이 아니네. 시신이 발견되었다고 하면
흔히 살인사건을 떠올리지만 그건 상당히 특수한 경우지. 조금
전에도 말했듯이 자살이나 길에서 쓰러져 굶어죽거나 혼자 사
는 노인의 고독사, 가스중독, 익사, 추락에 의한 사고사 등 여러
가지 원인이나 상황을 생각할 수 있거든. 시신이 발견되면 제일
먼저 관할서의 담당 형사가 현장으로 달려가네. 원래의 건강상
태를 몰라 사인을 알 수 없는 경우 경시청에서 파견한 검시관
이 부검 여부를 판단하지. 현장을 보고 사건성이 없는 것 같지
만 사인이 불분명한 경우에는 대부분 기계적인 판단하에 행정
해부로 넘기네. 한 검시관이 하루에 시신을 몇 구씩 봐야 하는
경우도 있어 시간을 오래 끌기는 어려워. 그래서 비교적 간단히
행정해부 쪽으로 판단을 내리는 편이지. 물론 그때 유족의 동의
서가 필요하지만 말이야."

실제로 이것은 형이 죽었을 때 관할서 형사에게 들은 설명이
었다. 물론 '컨베이어 작업'이란 말은 하지 않았지만, 나는 그의
말을 들으면서 그런 인상을 받았다.

"그런데 아사 사건에서 그런 서류를 받은 이상 조사하지 않
을 수 없지 않나?"

"물론 내버려둘 수는 없네. 다만 시간이 없어."

"시간이 없다고?"

"그래, 지금 굉장한 살인사건을 쫓고 있거든. 이것도 『시야』에 발표될 예정이네. 자네도 알고 있는 기무라 편집장이 그 사건에 상당히 빠져 있어. 그런 잡지에서는 드물게 특종을 원하고 있지. 지금은 그 일에서 손을 뗄 수가 없으니, 미타카 사건은 나중에 재조사하는 수밖에 없겠어."

잠시 침묵이 이어졌다. 스구로는 '굉장한 살인사건'이 무엇인지 묻지 않았다. 자신이 어떻게 처신해야 할지 아는 사람이다.

회가 나오고 맥주를 추가로 주문했다.

"그나저나 유리코가 왜 자네에게 전화했지?"

내가 먼저 말을 꺼냈다. 스구로를 더는 불편하게 만들고 싶지 않았다. 내 쪽에서 솔직하게 말하는 편이 스구로도 말하기 쉬우리라 생각했다.

"아아! 실은 말이야, 유리코 씨가 자네를 만나고 싶어하네."

"나를 만나고 싶어한다고?"

나는 그대로 말을 집어삼켰다. 너무도 갑작스러워 믿기지 않았다. 이혼 당시, 그녀가 내게 보였던 격렬한 혐오감이 되살아났다. 내 얼굴은 평생 보고 싶지 않아하는 분위기였다. 딸이 내게 가까이 오는 것조차 끔찍해했다. 그로 인해 나는 이혼 후 딸을 한 번밖에 만나지 못했다.

그런 유리코가 나를 만나고 싶어하다니. 왜 마음이 바뀌었는지 이해가 되지 않았다.

5

휴대폰이 울렸다. 오전 10시가 지난 시각이었다. 나는 주방에서 커피와 토스트로 늦은 아침을 먹고 있었다.

이미 9월 중순에 접어들었지만 여름 무더위는 계속되었다. 냉방을 끄고 창문을 활짝 열자 온몸을 휘감는 묵직한 열기가 집으로 쏟아져 들어왔다. 휴대폰 수신 버튼을 눌렀다.

"선생?"

수화기 너머로 굵고 나지막한 목소리가 들렸다. 미도리카와였다. 흠칫 놀랐다. 오늘은 『시야』 발간일로 이미 서점에 배본되었을 것이다. 불길한 예감이 밀려들었다.

"다쿠마가 없어졌네."

내 예감은 빗나갔다. 미도리카와는 방문판매 살인사건 기사가 『시야』에 실린 걸 아직 모르는 듯했다. 그래서인지 기분이 그렇게 나쁘지 않아 보였다. 안도감을 느낀 동시에 꺼림칙함이 증폭되었다.

그의 기분이 무너지는 건 시간문제다. 하지만 일단은 모르는 척할 수밖에 없었다.

"없어졌다니, 무슨 뜻이죠?"

"연락이 안 돼. 지금까지 통화했던 휴대폰을 안 받지 뭐야? 그러니까 선생, 당신이 좀 찾아봐주지 않겠어? 다쿠마에게 아직 캐낼 게 많거든. 요즘 일이 워낙 많아 녀석을 찾아다닐 시간이 없어서 말이야."

"단서는 있나요?"

"그런 건 없어. 기본적으로 휴대폰으로 연락했고, 어디에 사
는지 주소까지는 안 물었거든. 일정한 주거지 없이 여기저기 떠
돌아다니는 느낌이었지만 말이야. 롯폰기에 '샤토'라는 클럽이
있는데, 거기 호스티스로 있는 사오리라는 여자가 다쿠마 애인
이라고 하더군. 거기 가서 알아봐주지 않겠나? 아마 그 여자는
다쿠마가 어디 있는지 알 거야. 이건 다른 쪽에서 알아낸 상당
히 확실한 정보야."

기분이 무거워졌다. 클럽 탐색. 내 특기가 아닌 영역이다. 하
지만 나도 다쿠마를 만나고 싶었기에 미도리카와의 부탁을 거
절하지 못했다.

"다쿠마가 왜 미도리카와 씨와 연락을 끊었을까요?"

"이유는 간단해. 나와 연락을 취하는 게 동료들에게 알려진
것 같아. 특히 아사노와 자주 일하는 시미즈란 녀석에게 연락하
라고 압박할 때부터 다쿠마가 좀 이상해졌거든. 왠지 겁을 먹
는 것 같았어. 하지만 시미즈가 어디 있는지 입을 열지 않았지.
그걸 알면 아사노가 있는 곳도 알 수 있을 거야. 내가 우려하
는 건 녀석들이 다쿠마를 없앨 수도 있다는 점이야. 그러니 서
둘러주면 좋겠어."

"알겠습니다. 어쨌든 샤토라는 클럽에 가보죠."

"고마워. 경시청 일손이 부족해서 말이야. 그리고 선생, 한 가

지 충고할까?"

나는 흠칫했다. 『시야』가 머리에 떠올랐다. 어쩌면 미도리카
와는 이미 알고 있을지도 모른다. 이제는 알아도 상관없지만.

"샤토는 최고급 클럽이라 신용카드를 가져가는 게 좋을 거
야. 양주도 고급이어서 한 시간 앉아 있으면 5만 엔쯤 나온대."

입에서 한숨이 새어나왔다. 몇 시간 동안 죽치고 있으려면 8
만에서 10만 엔은 있어야 하지 않는가? 내 생활수준과는 동떨어
진 곳이다. 더구나 지금은 주머닛돈을 털어야 한다. 미도리카와
는 내가 출판사에 경비로 청구할 수 있다고 여길지도 모르지만.

『시야』에 원고를 넘겨준 시점에 내 취재는 일단 끝났다고 할
수 있다. 따라서 이제 와 경비를 청구하기는 어렵다. 겉으로 보
기에는 클럽에 놀러 간다고 여겨질 테니 더욱 그러하다.

"알고 있겠지만, 그런 경우에는 손님으로 가는 편이 좋은 증
언을 끌어낼 수 있지. 장내지명으로 사오리를 말하면 돼. 장내
지명이 본지명보다 싼 것 같으니까."

미도리카와가 연달아 추격하듯 말했다. 그렇게 비싼 가게라
면 노골적으로 취재라고 밝히는 편이 좋지 않을까? 그러면 돈
을 안 써도 될 테니까.

그나저나 미도리카와가 고급 클럽 이용법까지 알고 있다니
뜻밖이었다.

나는 그가 기혼인지 독신인지도 모른다. 자기 이야기는 거의
하지 않는 사람이다. 독신이라면 밤에 놀러 다닐 수 있겠지만,

형사 월급으로 롯폰기의 고급 클럽에 길 수 있을까?

6

밤 10시가 넘어 샤토에 들어갔다. 지하철 히비야 선 롯폰기 역
에서 가까운 건물 8층에 있어 금방 찾을 수 있었다.

미도리카와의 말처럼 장내지명으로 사오리를 불렀다. 검은 옷
을 입은 웨이터가 클럽 시스템과 술에 관해 설명했다. 고급 클럽
답게 응대가 정중했다.

거품경제 시절 출판사 접대로 고급 클럽에 가본 적이 있었
다. 하지만 샤토는 내가 가본 어느 클럽보다 고급스러워 보였다.

넓고 세련되고 안정된 객석. 조명은 최대한 약하게 해놓았는
데, 높은 천장과 화려한 샹들리에가 눈에 띄었다. 소파에 앉자
몸 전체가 쿠션에 파묻혔다.

술값도 상당했다. 다시 오기 어려운 곳이다. 나는 가장 저렴
한 히비키를 주문했다.

사오리는 즉시 나타났다. 키가 큰 20대 초반의 여성이었다. 짧
은 검은색 미니스커트에 장미 무늬가 들어간 검은 스타킹. 신발
은 금색과 은색이 빛나는 화려한 하이힐이었다.

사오리가 내 옆에 앉았다. 이목구비가 뚜렷한 아름다운 여성
이었다. 천진난만한 느낌이 얼굴에 어렴풋이 남아 있었다.

"예전에 온 적 있으세요?"

그녀는 친구처럼 편하게 말을 걸었다. "어서 오세요"란 말도 없었다. 그런 말은 이미 케케묵었는지도 모른다. 손님과의 거리를 단숨에 줄이는 편안한 대응. 이게 요즘 클럽의 기본일까?

"아니, 처음이야."

"그런데 왜 나를 장내지명하셨죠?"

"다른 자리에 있을 때 눈에 띄어서."

이렇게 오글거리는 말을 하기는 처음이었다. 곧바로 다쿠마의 이름을 꺼낼까도 생각했지만, 일단은 평범한 손님으로 가장해야 한다고 판단했다.

"어머나! 진짜예요? 아이, 좋아라! 고마워요."

주변을 잠시 살펴보았다. 객석이 거의 차 있었다. 이런 고급 클럽에 사람이 많은 걸 보면 일본 경기가 생각보다 나쁘지 않을지도 모른다.

손님의 연령대는 꽤 높았다. 다만 나와 20미터쯤 떨어진 곳에 자리한 10여 명의 단체손님 가운데 20대로 보이는 남성이 세 명 섞여 있었다. 상사에게 끌려온 젊은 사원처럼 보였다.

"손님은 젊은 층이 많아?"

사오리가 내 술잔에 물과 얼음 넣는 것을 보며 물었다. 그렇지 않다는 걸 알면서 일부러 물은 것이다. 다쿠마를 주제에 올리도록 대화 흐름을 끌어가기 위해서다.

"전혀요. 대부분 4, 50대 이상이에요."

"하긴 그렇겠지. 이렇게 비싼 곳에 젊은 사람들이 어떻게 오겠어?"

"하지만 가끔 20대 젊은 손님도 와요."

"그래? 그런 사람들과 어울리는 게 더 즐겁겠군."

"오히려 반대예요. 이런 곳에서 일하는 여자라면 다 그럴 거예요. 젊은 사람들 옆에 앉기 싫어하는 경우가 많거든요. 나이 지긋한 분들과 같이하는 게 마음 편하고 좋아요. 더구나 젊은 남자들은 신주쿠 주변의 싸구려 클럽에서 노는 게 보통이잖아요. 이렇게 비싼 클럽에 오는 사람들은 뭘 해서 돈을 벌었는지 모르니까 이상하게 긴장이 돼요. 직업을 물으면 금융 쪽이라고 대답하는 사람이 많은데, 금융에도 여러 가지가 있잖아요. 다지마 씨는 뭐하는 분이세요?"

술병에 쓰여 있는 내 성을 보며 사오리가 물었다.

"저널리스트."

"와아, 멋있어라. 신문기자? 아니면 잡지?"

"더 수수한 쪽. 프리랜서 작가."

"아하."

그렇게 대꾸했지만 프리랜서 작가가 무엇을 하는 사람인지 모르는 듯했다.

"저기요, 뭐 좀 마셔도 돼요?"

순간적으로 얼굴에 경련이 일어날 뻔했다.

"아아, 물론이지."

나는 마음을 가라앉히고 웃는 얼굴로 대꾸했다. 아마 한 잔에 수천 엔씩 하는 칵테일을 주문하리라. 매상을 올리기 위해 마시고 싶지 않더라도 말이다.

문득 대학 시절 친구와 취해서 들어간 신주쿠의 바가지 술집이 떠올랐다.

둘이 맥주 한 병을 마셨을 뿐인데 2만 엔을 청구했다. 우리는 1만 엔만 놓고 꽁지가 빠지게 도망쳤다. 그런 술집은 부당하게 비싸지만 이 클럽은 정당하게 비싸다.

사오리의 음료가 나오자 우리는 건배했다. 그 직후 웨이터가 다가와 그녀에게 신호를 보냈다. 자리를 옮기라는 지시로 보였다. 내 옆에 앉은 지 10분밖에 지나지 않았다.

"죄송해요. 오라고 하네요."

"뭐? 벌써?"

"금방 올게요."

"난 오래 있지 못하는데."

"그럼 죄송하지만 장내지명을 본지명으로 바꿔주실래요? 그러면 다른 자리에 20분쯤 있다가 올 수 있거든요."

흔히 사용되는 테크닉이다. 요금 시스템은 시간제이므로 손님이 마음에 들어하는 호스티스를 잠시 연결했다 다른 자리로 이동시킨다. 손님의 목적은 그 호스티스이기 때문에 시간을 연장해서라도 그녀가 오기를 기다린다는 게 클럽의 판단이었다.

요컨대 손님을 오래 붙잡아두려는 속셈이자 흔한 영업방침이었다. 그로 인해 매상이 오르는 것도 사실이었다. 하지만 내 경우는 특별히 사오리가 마음에 들었던 게 아니라 구체적인 볼일이 있는 것뿐이었다.

나는 어쩔 수 없이 사오리의 제안을 승낙했다. 지불해야 할 만엔짜리 지폐가 한 장 더 늘어났다.

사오리는 20분 만에 내 자리로 돌아왔다. 사오리가 돌아오자 대신 앉아 있던 호스티스가 다른 자리로 이동했다.

하지만 사오리가 언제까지 앉아 있을지는 모른다. 똑같은 상황을 반복할 수도 있다. 나는 단숨에 본론으로 들어가기로 결심했다.

"실은 내가 여기에 온 건 물어볼 말이 있어서야."

"그래요?"

사오리가 깜짝 놀라며 눈을 크게 떴다.

"다쿠마 준이치에 관해서인데……."

"어머나, 손님도 경찰이에요?"

사오리의 얼굴에 극도의 불안이 번져나갔다.

"아니야. 저널리스트라고 했잖아."

"진짜요?"

"정말이야. 난 경찰과는 관계가 없어. 그런데 다쿠마라는 이름을 꺼내자마자 왜 경찰이냐고 물은 거지?"

"다쿠마는 위험한 사람이잖아요. 그게 싫어서 헤어졌어요."

"헤어져?"

맥이 탁 풀렸다. 그렇다면 다쿠마가 현재 어디 있는지 모를 수 있다.

"네. 계속 이상한 일에 휘말렸거든요. 내 친구도 몇 명이나 당했어요. 다단계라고 하나요? 처음에는 아무것도 모르고 친구를 소개해줬는데, 억지로 회원에 가입시켜 돈을 가로채더니 결국 아무것도 안 주었대요. 한번은 친구를 부르라고 해서 친한 친구를 커피숍에 불렀는데, 다쿠마의 동료들이 번갈아 나타나 친구를 에워싸지 뭐예요? 회원이 되겠다는 계약서에 사인하고 돈을 낼 때까지 몇 시간이나 붙잡아두는 거예요. 마음이 약한 사람은 울음을 터트리기도 했어요. 처음에는 돈을 벌 것 같아 나도 동참했는데, 도중에 완전히 엉터리란 걸 알았죠. 친구들에게도 얼굴을 들 수가 없고, 얼마나 미안했는지 몰라요."

다쿠마가 다단계까지 손을 내밀었는지는 몰랐다. 하지만 사람을 속이거나 협박해 경제적 손실을 안긴다는 점에서, 다단계와 불법 방문판매는 종이 한 장 차이다.

"다쿠마가 방문판매 일을 한다는 것도 알고 있어?"

"네, 알고 있어요. 나는 안 샀지만, 내 친구는 엄청나게 비싼 정수기와 이불을 구입했죠. 친구 주소를 말해줬더니 남자들을 우르르 데려가, 내 이름을 대고 억지로 사게 만든 것 같아요."

"다쿠마와는 처음에 어디서 만났지?"

"여기요. 손님이었어요. 1년 전부터 일주일에 한 번쯤 젊은 사람들끼리 왔어요. 아까 말한 것처럼 금융 관련 일을 한다면서요.”

“몇 명이 왔는데?”

“대여섯 명쯤 될까요? 돈을 물 쓰듯 펑펑 써서, 하룻밤에 백만 엔을 쓸 때도 있었어요. 성실한 사람은 아니라고 생각해 경계했지만, 어느덧 유혹에 넘어가 그런 관계가 됐죠.”

“사귄 다음에는 어땠나?”

“생각보다 잘해줬어요. 내 친구에게는 이런저런 물건을 팔아 돈을 가로챘지만, 난 다단계 회원이 된 것 말고는 별일 없었어요. 더구나 얼굴이 괜찮게 생긴 덕에 그는 여자들에게 인기가 많았죠. 그런데 다쿠마가 무슨 짓을 저질렀나요?”

“아니, 그런 건 아니야. 다른 사람에 대해 물어볼 게 있어서 그래. 다쿠마 주소 좀 가르쳐줄 수 있어?”

“주소는 몰라요. 전화번호는 알지만요.”

“휴대폰 번호야?”

나는 속으로 한숨을 쉬었다. 미도리카와가 아는 휴대폰 번호라면 의미가 없다.

“아뇨. 집 전화번호예요. 새로운 여자와 같이 사는 곳 전화번호 같아요.”

“그 번호로 통화한 적은 있나?”

“없어요. 어려운 일이 생기면 전화하라고 했지만, 아직 건 적은 없어요. 다른 여자와 같이 사는 곳에 전화하고 싶진 않거든요. 더구나 다쿠마와는 더 이상 연결되고 싶지 않고요.”

"그 여자를 만난 적은 있어?"

"물론 없어요. 방문판매로 만난 사람 같아요."

"같이 일했던 동료라는 뜻인가?"

"그건 몰라요. 하지만 다쿠마가 손님으로 왔을 무렵, 같이 온 사람 중에 여자는 없었어요. 예전에 언뜻 들었는데, 방문판매 피해자를 자기 여자로 만들어 다단계에 끌어들이는 것 같더라고요."

그 말을 듣고 수십 년 전 사회문제가 되었던 들판 사기사건의 2차 피해가 떠올랐다. 경제적 가치가 없는 홋카이도의 들판을 팔아치운 뒤, 그 땅을 처리하지 못해 전전긍긍하는 피해자에게 접근해 땅을 팔아주겠다면서 다시 돈을 끌어내는 악질 사기사건이었다. 다쿠마가 하는 일이 그와 비슷할지도 모른다.

나는 여성을 유혹하기에 적합한 다쿠마의 매력적인 용모를 떠올렸다. 그 얼굴이 미도리카와와 내가 쫓고 있는, 아직 본 적 없는 아사노의 얼굴과 겹쳐졌다.

나는 사오리에게 그 집 전화번호를 알아냈다. 사오리는 처음에 떨떠름한 표정을 지었지만, 다쿠마가 위험에 처할 수도 있다고 설득했다. 물론 그녀에게 들었다는 말은 절대로 하지 않겠다고 약속했다.

사오리는 명함에 자신의 휴대폰 번호와 다쿠마의 집 전화번호를 적어주었다. 자신의 휴대폰 번호를 적은 것은 호스티스로서의 영업전략이리라.

이것을 계기로 내가 단골손님이 되기를 기대하는 듯했다. 나도 구태여 부정하지 않았다. 하지만 그럴 가능성은 제로에 가까웠다.

계산서를 확인한 나는 입을 다물지 못했다. 무려 8만 8천 엔이었다. 예상하지 못했던 숫자는 아니다. 하지만 막상 금액을 보자, 당황한 나머지 나도 모르게 손목시계로 시선이 갔다. 이미 12시가 넘었다.

겨우 2시간 있었는데 이 금액이라니. 술값과 지명요금이 포함되었다곤 하지만, 역시 비싸다.

한 가지 다행인 것은 생각보다 사오리 성격이 좋다는 점이었다. 더구나 다쿠마에 대한 대응을 봐도 일반적인 상식의 소유자임이 분명했다.

하지만 그런 판단력과 이성에 대한 마음이 반드시 정비례하는 것은 아니다. 애정이라는 측면에서 볼 때, 사오리가 지금도 다쿠마를 싫어하지 않는다는 느낌을 받았다.

클럽에서 나오자마자 나는 지갑에 있던 사오리의 명함을 꺼냈다. 그리고 사오리가 알려준 번호에 전화를 걸었다.

밤 12시가 넘은 시각. 남의 집에 전화하기는 무례한 시간이다. 하지만 다쿠마의 경우, 이런 시간대에만 통화가 가능할 것 같았다.

"네."

호출음이 세 번 울리고 젊은 여자 목소리가 들렸다.

"늦은 시간에 죄송합니다. 다나카라고 합니다만, 다쿠마 준이치 씨 계시나요?"

일단 가명을 사용했다. 다쿠마가 받으면 본명을 말할 생각이었다.

상대는 약간 망설이는 듯하더니 억양 없는 목소리로 말했다.

"없어요."

"몇 시쯤 오실까요?"

"그건 몰라요."

"그러면 말을 전해주실 수 있나요?"

하지만 뚝 하는 소리와 함께 전화가 끊겼다. 다시 걸었다. 긴 호출음이 이어졌다. 몇 번을 걸어도 응답이 없었다.

지하철 계단을 내려갔다. 오에도 선을 타고 나카노사카우에까지 가서 마루노우치 선으로 갈아탈 생각이었다. 그때까지 마지막 열차가 있을까? 막차를 놓치면 나카노사카우에에서 택시를 타는 수밖에 없다.

플랫폼에서 열차가 도착하기를 기다렸다. 여기저기서 취객이 넘쳐났다. 열차가 들어왔다. 순간 조금 전 통화한 여자 목소리가 되살아났다. 숨을 들이마셨다.

어디선가 들어본 목소리 같았다.

"네." "없어요." "그건 몰라요."

여자가 말한 것은 이 세 마디뿐이다. 누구 목소리인지 판단할 여지를 주지 않으려고 일부러 말을 적게 하는 것 같았다.

하지만 누구 목소리인지는 끝내 기억나지 않았다. 어쩌면 어디선가 들어본 목소리라고 느낀 게 착각이었을지도 모른다.

7

이튿날 오후 1시가 지났을 무렵, 집이 떠나가도록 인터폰이 울렸다. 나는 도어스코프를 들여다보았다. 조바심이 났다. 렌즈 건너편에 미도리카와의 거구가 보였다.

여느 때와 달리 하얀 반소매 와이셔츠에 수수한 감색 넥타이 차림이었다. 겉옷은 입지 않았다.

순간 없는 척하고 싶었다. 『시야』가 발매된 지 만 하루가 지났기에, 그가 기사 내용을 모를 가능성은 거의 없다.

어쩔 수 없이 문을 열었다. 미도리카와는 씩씩거리며 나를 노려보았다.

"선생, 이게 어떻게 된 거지? 지금 장난해?"

주방 식탁에 앉은 그는 가방에서 이번 달 『시야』를 꺼낸 후 표지를 가리켰다.

방문판매 살인마의 공포—니가와 사건이 되살아나다!

큰 표제가 눈에 들어왔다. 이렇게 제목을 붙인 건 기무라이지

내가 아니다. 하지만 그런 변명은 의미가 없었다.

"죄송합니다."

나는 순순히 고개를 숙였다. 처음부터 이렇게 하려고 한 건 아니지만 지금은 사과하는 수밖에 없었다.

"죄송해? 선생, 죄송하다는 말로 끝날 것 같아? 지금 1과장은 경시청 출입기자들에게 온갖 비난을 받고서 펄쩍 뛰고 난리도 아니야. 기자들도 이상하겠지. 그렇게 중요한 정보를 자기들이 아니라 외부인에게 줬으니. 녀석들과 우리는 서로 돕고 사는 악어와 악어새의 관계야. 가끔은 수사상 정보를 유출해야 할 때도 있어. 그런 경우 거의 녀석들에게 정보를 주지. 기자 클럽에 포함된 이상, 어느 회사에 줬느냐는 문제가 안 돼. 모두 똑같은 조건에서 경쟁하니까, 입으론 추월당했다고 불평해도 결국 '당신들 취재능력이 부족했잖아!'라고 하면 끝이야. 이런 신뢰관계가 있기 때문에 우리가 작은 실수를 하더라도 눈감아주는 거라고. 그런데 이걸로 그 신뢰관계가 완전히 무너지게 생겼어!"

나도 하고 싶은 말이 없는 건 아니다. 애초 미도리카와 역시 일련의 살인사건 수사방침을 둘러싸고 1과 내에서 고립되는 바람에 나를 이용하려 한 것 아닌가? 하지만 이런 반론은 불에 기름을 붓는 꼴이다.

"정말 죄송합니다. 게재를 조금만 더 늦춰달라고 부탁했는데, 편집부에 묵살당했어요. 예전에 넘긴 원고를 내 동의 없이 인쇄한 겁니다."

한심한 변명이었다. 하지만 이건 기무라와 미리 입을 맞춘 시나리오였다. 경시청에서 비난할 경우 『시야』 편집부에 모든 책임을 떠넘기기로 한 것이다.

"그래, 좋아. 당신네 특종 전쟁은 상관없는 걸로 치자고. 문제는 이 기사가 중차대한 수사방해에 해당된다는 거야. 다른 사건은 몰라도 젠푸쿠지 사건은 해결이 코앞이었어! 다쿠마가 시미즈의 행방을 말하기 직전이었다고. 시미즈가 어디 있는지 알면 고구마 넝쿨처럼 아사노가 어디 있는지 알 수 있었고. 그런데 선생 기사가 그들에게 결정적인 경계심을 안겨주었지. 이제는 다쿠마를 체포하는 수밖에 없어."

"다쿠마를 체포해요?"

"그래. 불법 방문판매죄로 끌어내는 수밖에 없다고."

"왜죠?"

"몰라서 물어? 아사노나 시미즈가 다쿠마를 처리할 가능성이 한층 커졌어. 수사가 자신들 신변, 특히 다쿠마 주변까지 다가가 있다는 건 느낌으로 알았겠지만 확신은 갖지 못했을 거야. 그런데 이제는 젠푸쿠지 사건에서 아사노 지문이 발견된 사실이 드러나고 말았어. 결정적인 증거라고. 그와 동시에 다쿠마는 직접 살인에 가담하지 않았지만 방문판매 살인집단의 움직임을 어느 정도 파악하고 있었어. 특히 시미즈의 동향을 꽤 많이 알고 있었지. 수사1과 형사, 즉 나와 다쿠마가 접촉했다는 사실을 녀석들도 알고 있을 거야. 다쿠마가 연락을 끊은 건 그 때문인지도 몰라. 스스로도 위험을 느꼈겠지. 따라서 녀석을 체포해 보호해줄 필요가 있다고."

"그런 거라면 좋은 정보가 있습니다."

미도리카와의 분노는 여전히 가라앉지 않았다. 그렇다면 지금이 최고의 타이밍 아닐까? 다쿠마에 대한 새로운 정보를 이야기하면 분노가 누그러질지 모른다.

나는 어젯밤에 알게 된 내용을 보고했다. 그러자 미도리카와의 태도가 미묘하게 변했다.

"그래? 다쿠마가 이 전화번호에 살고 있단 말이지?"

미도리카와는 사오리의 명함에 쓰여진 전화번호를 수첩에 옮겨 적었다.

"주소는 모르지만요."

"괜찮아. 내 직권으로 전화국에 문의하면 금방 알아낼 수 있어."

미도리카와가 자리에서 일어섰다. 더는 불평할 생각이 없는 것 같았다. 잠시 안도했지만 불안도 솟구쳤다. 이걸로 나와의 관계를 완전히 끊을 생각은 아닐까?

"미도리카와 씨, 이번 일은 정말 죄송합니다. 나중에 꼭 벌충하겠습니다."

벌충이 무엇을 의미하는지는 나 자신도 알 수 없었다. 하지만 이럴 때는 근거 없는 립 서비스라도 하는 게 좋다.

"즐겁게 기다리고 있겠네."

미도리카와가 그렇게 대꾸했지만, 그것은 떠나기 전의 마지막 말처럼 들렸다. 그는 여전히 부루퉁한 얼굴로 내 집에서 나갔다.

그가 나가고 5분쯤 지나 다시 인터폰이 울렸다. 깜빡하고 잊은 게 있어 돌아온 걸까?

도어스코프를 들여다보았다. 뜻밖이었다. 문 밖에 서 있는 사람은 후유코였다. 오른손에 양복 같은 물건을 들고 있었다.

"미도리카와 씨, 계세요?"

문을 열자마자 후유코가 물었다.

"아니, 지금 막 갔는데."

"그래요? 저희 집에 이걸 놓고 가셔서요."

"그래? 여기 오기 전 그 집에 갔었군."

"네. 지난번 방문판매원들이 다시 연락하지 않는지 물으러 오셨어요. 안으로 들어오셔서 잠시 차를 마셨는데, 그때 윗도리를 벗어놓으신 것 같아요."

다쿠마가 류노스케 자매에게 연락처를 남겼을지도 모른다고 생각해 넌지시 물으러 간 걸까?

나는 다쿠마 일행에 대한 후유코의 혐오감을 알고 있지만 미도리카와는 모를 것이다. 후유코는 미도리카와에게 그런 감정을 내보이지 않고 웃으며 행동했음이 틀림없다.

"아마도 다시 찾으러 오지 않을까?"

"그렇겠죠? 그러면 저희 집에 놔둘게요."

후유코는 미소를 지으며 말했다. 지난번의 어색한 분위기를 만회하려는 것처럼 느껴졌다. 그런 의미에서는 현명한 여성이다.

"다쿠마를 체포한다면서요?"

"그걸 어떻게 알지?"

"아까 미도리카와 씨가 그랬어요. 현재 그 사람 행방을 몰라 곤란하다면서요."

역시 다쿠마의 연락처를 묻기 위해 그녀의 집에 간 것이다.

"그건 내가 알아냈어. 집 전화번호를 알았으니 주소를 밝혀내는 건 시간문제지."

"그래요? 다행이네요. 그런 사람들은 한 명도 남김없이 체포하면 좋겠어요."

후유코는 쓴웃음을 지었다. 한 명도 남김없이 체포한다…….그렇게 되면 더 무서운 사회가 나타나지 않을까?

8

시나가와 미사키와 란부르에 들어갔다. 란부르는 도라쿠대학의 반대편 동쪽 출구에 있어 캠퍼스에서 꽤 걸어야 했다.

수업이 끝나고 JR 신주쿠 역을 향해 걷는데, 뒤쪽에서 미사키가 말을 걸었다. 수업 내용에 관해 물어볼 게 있다고 했다.

내가 오늘 강의한 미국 사회의 병소에 관한 일반적인 질문이었다. 미사키도 기노쿠니야 서점에서 책을 사고 싶다고 해, 둘이서 나란히 동쪽 출구로 향했다.

역의 지하도를 지나 동쪽 출구로 나갔다. 기노쿠니야 서점 앞에 도착했지만 내 설명은 끝나지 않았다. 그래서 란부르로 가자고 했다. 원래 그곳에서 원고를 쓸 생각이었기에 내 행동은 예정한 대로였다.

미사키와 마주앉자 가벼운 긴장감이 몸을 휘감았다. 대학 시간강사가 여학생과 일대일로 커피숍에 들어가는 건 그렇게 흔한 일이 아니다.

오늘도 미사키는 요즘 여대생답게 옷깃에 레이스가 달린 핑크색 시폰 원피스를 입었다. 원피스 길이는 무릎 바로 위까지이고, 맨발에 스트랩이 달린 갈색 샌들을 신고 있었다.

오늘 역시 아름답고 청초한 얼굴과 옷차림의 부조화가 느껴졌지만, 어떤 면에서는 오히려 섹시하게 보였다.

"교수님, 저널리스트가 되기 위한 훈련이라 여기고 미타카 사건을 조사해봤어요. 물론 「악의의 어둠」에서 교수님이 쓰신 걸 그대로 따라가본 것뿐이지만요."

종업원이 주문을 받고 돌아가자 미사키는 뜻밖의 말을 꺼냈다.

"오호, 그래서 수확이 좀 있었나?"

"수확이라고 할 정도는 아니지만, 교수님이 만나지 못했던 사람을 만났어요. 마쓰모토 요시코와 직접 상대했던 수도국 직원이요."

"그거 굉장하군!"

내 입에서 탄성이 흘러나왔다.

"조후의 서비스센터에 갔는데, 처음에는 홍보 담당자가 안 된다고 하더군요. 하지만 끈질기게 버티자 그 사람을 만나게 해 줬어요."

그렇다면 내게는 끈기가 없었다는 것인가? 조금 이상했지만, 미사키가 수도국 직원을 만난 경위보다 그 직원이 어떤 이야기를 했는지가 더 중요했다.

"그 사람이 뭐라고 하던가?"

"교수님께서 쓰신 것처럼, 요시코는 정말 수돗물을 끊어도 상관없다고 말한 모양이에요. 더구나 돈이 없어서라기보다 누군가를 곤란하게 만들기 위해 일부러 그런 말을 하는 듯 보였대요. 단식투쟁처럼 말이에요. 일주일이나 아무것도 못 먹었다고 하는데, 그런 것치고 모녀가 입은 옷이 단정하고 집도 깨끗했다고 하더군요. 돈이 없어 수돗물까지 끊길 정도면 집 안이 지저분한 경우가 많다면서요. 더구나 수도국 직원이 집에 갔을 때, 딸이 한 번도 칭얼거리지 않았대요. 정말로 배가 고프면 어린아이니까 말을 하거나 칭얼거렸을 거잖아요. 상태가 나빠 보이지도 않았나 봐요. 그래서 엄마는 일주일 동안 아무것도 안 먹은 게 사실일지 모르지만, 딸에게는 음식을 먹이지 않았을까 생각했대요. 그런 배경 때문에 별다른 저항 없이 수돗물을 끊을 수 있었다고 하더라고요. 요시코가 경제적 궁핍이 아닌 다른 사정으로 요금을 내지 않았다면 경고도 할 겸 급수를 중단해도 좋겠다 싶어서요. 그런데 매스컴에서 인권문제를 거론하며 시끄럽게 떠드는 바람에 몹시 당황했었나 봐요."

흥미로운 이야기였다. 그와 동시에, 내 취재의 치명적 결함을 지적당한 듯한 느낌이 들었다. 역시 수도국 직원을 만났어야 했다.

물론 나는 만나려고 했다. 하지만 만날 수 없었다. 그런데 미사키는 너무도 간단히 만났다. 왜지? 의문이 풀리지 않았다.

"단식투쟁이라⋯⋯."

나는 무심코 중얼거렸다. 미사키의 입에서 흘러나온 이 말이 묘하게 마음에 걸렸다.

어쨌든 미사키의 조사 결과를 보면 사건의 진상이 내 생각과 상당히 달랐다. 애당초 두 사람은 정말로 굶어죽은 걸까?

다시 사체검안서가 떠올랐다. 아사라고 멋대로 떠들어낸 것은 약자의 인권이 무시당했다는 사회적 이슈에 사건을 끼워 맞추려는 매스컴이고, 행정해부 결과는 어디까지나 '불상의 죽음'이다. 아사라는 말은 어느 곳에도 쓰여 있지 않았다.

나는 정체를 알 수 없는 불안에 휩싸였다. 개인적인 일을 사회적 이슈로 바꾸는 것은 매스컴이 저지르기 쉬운 오류였다. 내가 쓴 「악의의 어둠」도 그 오류에 한몫했을지 모른다.

미사키가 물었다.

"생각해봤는데, 과연 누구를 곤란하게 만들기 위해 수돗물까지 끊으라면서 밥을 굶었을까요?"

"모녀가정이었으니, 평범하게 생각하면 같이 살지 않는 아이 아버지일 가능성이 제일 높지 않을까?"

여기에서도 내 취재의 안이함을 뼈저리게 느꼈다. 내 취재는 주변부에 집중되어 핵심인 요시코와 딸의 가족문제까지는 이르지 못했다.

아니, 나만이 아니다. 여러 매스컴에서 이 사건을 다루었는데, 대부분 아사를 전제로 급수를 중단한 수도국을 비판하는 논조였다. 요시코 모녀가 왜 모녀가정이 되었는지 언급한 곳은 한 군데도 없었다.

"그렇다면 왜 아이 아빠가 없는지 조사해볼 필요가 있겠군요."

나도 모르게 미사키의 얼굴을 쳐다보았다. 이미 그 사실을 조사한 다음, 내게 그것을 조사하도록 촉구하는 게 아닐까?

나는 미사키가 일부러 내 수업을 들으러 오는 이유를 이해할 수 없었다. 내 기사에 감동했다는 말은 거짓이고, 오히려 치명적 오류를 지적하려는 것 아닐까?

종업원이 주문한 음료를 가져왔다. 우리는 잠시 대화를 중단했다. 그때 내 휴대폰이 울렸다.

나는 가슴주머니에서 휴대폰을 꺼내 1층으로 올라갔다. 그리고 밖으로 나가 수신 버튼을 눌렀다. 주변의 소란스러움과 뒤섞여 미도리카와의 목소리가 들렸다.

"선생? 녀석은 이미 빠져나가고 집은 텅 비어 있었어. 우리 움직임이 어떻게 새어나간 건지 모르겠군."

한순간 말문이 막혔다.

"집이 비었다고요?"

스스로도 뻔한 질문이라고 생각하며 물었다.

"어제 네리마의 아파트에서 나갔더군. 선생에게 정보를 들은 그날 오후에 말이야. 부동산 중개소에 따르면, 한 달 전 어떤 여자가 집을 얻으러 왔대. 카피라이터라고 자신을 소개하며, 작업실로 사용할 테니 노트북 하나면 충분하고 짐은 거의 없을 거라고 말했다더군. 실제로 짐을 갖고 들어간 흔적은 없어. 거기다계약할 때 다쿠마는 나타나지 않았대. 따라서 녀석이 정말로 거기서 같이 살았는지 확실하지 않아."

하지만 다쿠마는 분명히 그곳에 있었다. 전화를 받은 여성의 반응이 너무도 부자연스러웠다. 내가 누군지 알고 일부러 말을 적게 하는 듯했다. 더구나 전날 통화했는데 다음날 집을 비웠다는 것 자체가 다쿠마가 거기 머무른 증거처럼 여겨졌다.

휴대폰을 끊고 한동안 우두커니 서 있었다. 거리를 지나는 사람들의 풍경이 일그러져 보였다. 마치 무성영화 속에 있는 것처럼 길거리의 혼잡한 소음 또한 들리지 않았다.

집으로 돌아와서도 불안은 사라지지 않았다. 식탁에 앉아 생각에 잠겼다.

온통 이상한 일들뿐이었다. 일단 다쿠마 건이다. 같이 사는 여성이 내 전화를 받은 시점에, 다쿠마가 자신에게 무슨 일이 다가오고 있음을 느꼈을지도 모른다.

하지만 얼마 전까지 경시청 형사인 미도리카와와 계속 접촉해왔는데, 그곳을 떠나기로 한 판단은 너무 성급하지 않은가?

다쿠마가 도망친 건 자신의 체포 정보를 들었기 때문 아닐까? 그것도 어중간한 정보가 들어가, 그를 보호하기 위해 체포하려는 것까지는 몰랐다면.

그것만이 아닐지도 모른다. 다쿠마는 혹시 아사노 일당과 방문판매 살인에 함께 관여한 게 아닐까? 시미즈가 체포되면 자신 또한 살인에 관여했다는 사실이 밝혀질까 봐 미도리카와에게 시미즈 있는 곳을 말하지 않았을지도 모른다.

어렴풋한 의혹이 솟구쳤다. 다쿠마는 어떻게 체포 정보를 알았을까? 그리고 같이 사는 여성은 누구일까? 그런 의문은 일단 머리 한쪽으로 밀어두고, 이번에는 미사키에 대해 생각하기 시작했다.

미사키도 의혹투성이였다. 그녀는 내가 수집하지 못한 정보를 너무도 간단히 알아냈다.

물론 내가 나대졌기 때문이기도 하다. 하지만 오랫동안 현장 경험을 쌓은 저널리스트가 알아낼 수 없었던 정보를 저널리스트 지망생에 불과한 여대생이 어떻게 그렇게 쉽게 알아냈을까?

조후 서비스센터 홍보담당자의 얼굴을 떠올렸다. 너무도 고지식한 남자였다. 아무리 미사키가 매달렸더라도 요시코의 급수 중단을 담당했던 수도국 직원을 가르쳐주었을 리 만무하다.

단, 이것의 전제는 나와 미사키가 같은 조건일 때다. 즉, 둘 다 요시코와 관계없는 삼자라면 그렇다는 것이다. 하지만 미사키의 조건이 나와 다르다면…….

그렇다. 만약 미사키의 조건이 나와 다르다면. 미사키가 요시코의 유족이라면. 그런 경우 홍보담당자의 대응은 달라질 수밖에 없다. 특히 약자에 대한 수도국의 냉담한 대응에 사회의 눈길이 날카롭게 빛나는 상황이니, 유족에게는 최대한 정중하고 친절하게 대했을 것이다.

사망신고서와 사체검안서 복사본이 다시 떠올랐다. 그것을 손에 넣을 수 있는 사람은 고인의 사망신고를 처리한 장례회사나 유족뿐이다. 하지만 신용을 중시하는 장례회사가 개인정보를 함부로 유출하리라곤 생각할 수 없다. 따라서 그 서류를 내게 보내온 사람은 유족이라고 생각하는 편이 타당하다.

요시코와 나이 차이 많은 여동생이 하카타에 거주한다는 사실은 알고 있었다. 그 동생이 도쿄의 대학에 합격해 상경했을지도 모른다. 만약 그녀가 언니의 사인에 의혹을 품고 직접 조사한다면……. 그것은 상상으로 그치지 않고 내 마음속에서 구체적인 형태를 띠기 시작했다.

만약 그렇다면 미사키는 왜 내게 솔직히 말하고 협조를 구하지 않았을까? 내가 「악의의 어둠」을 쓴 작가라는 사실은 알고 있으니, 청강생을 가장할 필요 없이 모든 것을 털어놓고 언니가 맞이한 죽음의 진실에 다가가려 했어야 하지 않을까?

어두운 미로 속에 갇혀 있는 기분이 들었다. 미사키가 요시코의 동생일 가능성이 높다. 하지만 수수께끼는 여전히 남아 있었다.

서재에서 전화벨이 울렸다. 집전화가 울리는 일은 최근에 거의 없었다. 일과 관련된 전화는 거의 휴대폰으로 처리했다. 나는 무거운 허리를 이끌고 서재로 향했다.

"나야, 유리코."

수화기를 들자 전처의 긴장한 목소리가 들렸다. 나도 긴장했다. 유리코의 목소리를 듣는 건 5년 만이다.

만나고 싶다는 유리코의 요청은 스구로를 통해 거절했다. 과거에 서로 증오하며 헤어진 걸 떠올리면 만날 마음이 들지 않았다. 하지만 그런 식으로 말하지는 않았다. 일을 핑계로 대며 지금은 바빠서 시간을 낼 수 없다고 했다.

전처에 대한 시시한 허세가 작용한 것도 부정할 수 없다. 유리코는 내 일이 그렇게 많다고 생각하지는 않을 것이다.

하지만 미타카 아사사건과 방문판매 살인사건 덕분에 내 주번은 평소와 달리 속노삽 있게 흘러가고 있었다. 넉넉한 수입으로 이어지지는 않았지만, 사회적으로 가치 있는 일에 종사하고 있다는 성취감을 느꼈다.

"바쁘다면서?"

"그래. 일이 좀 밀려 있어."

"사실 만나서 이야기하고 싶었는데, 좀 급해서 전화했어."

유리코는 담담하게 말했다. 무엇인가를 떨쳐낸 듯한 느낌이 들었다. 적어도 6년 전 서로 죽일 듯이 싸웠을 때의 부정적인 에너지는 사라졌다.

"무슨 일 있어?"

나도 유리코의 분위기에 맞춰 조용히 물었다.

"다음주부터 ○○병원에 입원해."

유리코가 말한 병원은 스기나미 구에서 가장 큰 종합병원이다. 중증 환자가 들어가는 곳으로 알려진 병원이기도 했다. 불길한 예감이 들었다.

"2년 전 대장암 수술을 받았어. 그런데 재발돼 간에도 전이됐대. 재수술을 받기로 했는데, 이번엔 위험할 것 같아. 살아서 나올 가능성은 아마 없을 거야. 담당의사도 강하게 부정하지는 않고."

숨을 쉴 수 없었다. 형용할 수 없는 복잡한 감정이 가슴을 쥐어뜯었다. 나는 이미 유리코를 사랑하지 않는다. 그런데 온몸을 휘감는 이 황량한 감정은 무엇인가?

"요즘 세상에 암이 죽을병은 아니잖아······."

"종류에 따라 다르지만, 대장암이 간에 전이된 경우 상당히 위험하다고 책에도 쓰여 있었어. 병에 걸리고 암에 관한 책을 많이 봤거든. 어쨌든 내가 죽은 뒤 지구사를 부탁하고 싶어. 지금 국제기독교대학 4학년인데, 대학원에 가고 싶어해."

나는 그런 사실도 몰랐다. 딸을 마지막으로 만난 건 유리코와 정식으로 이혼하고 6개월쯤 후였다. 딸은 그때 고등학교 2학년이었다. 그 후 유리코는 내가 딸을 만나는 것조차 거부했다. 딸도 딱히 나를 만나고 싶어하는 것 같지 않았다.

"지구사 나이가 벌써 그렇게 됐나?"

"그래. 대학원에 가면 가정교사를 하거나 학원에서 강의해 돈을 벌 테니 자기 생활은 어떻게 되겠지. 그래도 부모로서 만반의 준비를 해주고 싶어. 예금통장 명의는 이미 지구사 명의로 바꿔놨어. 생전 증여라 세금은 좀 냈지만. 집 명의도 바꿔놨고. 내가 죽으면 보험회사에서 사망보험금이 5천만 엔 나올 텐데, 이건 죽기 전에 처리할 수 없잖아. 그러니까 지구사가 서류를 만들 때 당신이 도와주면 좋겠어. 생명보험회사의 경우, 사망신고서는 복사본이 안 된다든지 이런저런 복잡한 절차가 있는 모양이야. 그 애는 그런 사무적인 일에 젬병이거든. 당신과 이미 이혼했으니 이런 일은 우리 형제나 친척에게 부탁해야 하지만, 솔직히 돈에 관해서라면 당신이 제일 깨끗하잖아. 돈과 얽히면 부모형제도 인격이 달라진다고 하고 말이야."

나도 모르게 쓴웃음이 났다. 분명히 나는 금전적으로 결백한 편이다. 하지만 유리코는 나보다 더했다.

애당초 모녀간 예금 명의를 바꾸는 데 제대로 세금을 내는 사람이 얼마나 될까? 하지만 나 역시 유리코처럼 처리했을 것이다.

"저기, 도와줄 거야?"

내가 잠시 침묵하자 유리코가 조심스럽게 물었다.

"물론이야. 하지만……."

'당신은 죽지 않을 거야'라고 덧붙이려다 멈추었다. 그렇게 말해봐야 지금의 유리코에게는 위로하는 것으로밖에 여겨지지 않으리라.

"고마워. 이제 안심이야. 사실은 눈감기 전에 당신을 만나고 싶었어. 그래서 스구로 씨에게 다시 설득해달라고 부탁하려다 너무 민폐 같아서. 그 사람이라면 분명히 그렇게 해주겠지만."

그렇다. 스구로라면 분명히 그렇게 했으리라. 유리코가 자신의 입원 사실을 그에게 말했는지는 알 수 없다. 아니, 아마 말했으리라. 하지만 그는 나를 배려해서인지 유리코의 상태를 말하지 않았다.

"만나고 싶지 않다고 한 건 아니야. 당신 사정이 그런 줄 알았다면 만났을 거야."

"아니, 이제 괜찮아. 당신과 이야기를 나누고 나니 마음이 후련해졌어. 어쨌든 지구사를 잘 부탁해. 지구사에게도 힘든 일이 생기면 당신과 의논하라고 말해둘게."

유리코는 "그럼 잘 지내"라고 말하더니 전화를 끊었다. 나는 갈라진 목소리로 "그래"라고 대꾸하는 게 고작이었다.

수화기를 내려놓고 한숨을 쉬었다. 세 여성의 얼굴이 뇌리에 떠올랐다. 미사키와 유리코, 그리고 또 한 사람. 나는 그것이 불길한 연쇄반응처럼 느껴졌다.

10

'기탄당(忌憚堂)'. 블로그 이름이 매우 독특했다. '거리낌 있는 집'이라는 뜻일까? 구성도 복잡해서, 클릭하면 내가 찾는 것과 관계없는 링크로 이동했다.

넓은 바다의 바위 뒤에 숨은 물고기처럼 메인 페이지에는 농밀하고 불규칙한 자기표현이 은밀하게 숨쉬고 있었다. 다른 사람과 이어지기를 바라는 처절한 고독의 그림자가 블로그와 페이스북, 트위터 같은 현대 미디어에서 재생되는 과정은, 그런 것을 하지 않는 내 눈에는 꿈속에서 공허한 공간을 방황하는 것과 비슷해 보였다.

하지만 모든 사람이 고독하다는 현실은 내게 안도감을 안겨주었다. 이 바위 뒤에서도 저 바위 뒤에서도 들리는 고독한 중얼거림과 저주의 목소리. 나는 그 정체를 폭로하고 싶었다.

긴신히 내가 찾는 것에 도착했다. 다행히 단가(短歌, 5, 7, 5, 7, 7의 짧은 시)는 시간 순으로 배열되어 시간의 경과를 알 수 있었다.

2012년 7월. 2수(首).

적막한 밤에 숨쉬기 편합니다
그대 머리칼 살짝 어루만지다 깜빡 잠이 듭니다

만약 그대가 나를 배라 한다면
그 언제라도 날 받아줄 수 있는 항구를 원합니다

이 놀라운 사랑의 고갈. 이 놀라운 치유의 심포니.

'그대 머리칼'과 '받아줄 수 있는 항구'는 행복의 환상이 가득하고, 동시에 영원히 출구가 없는 어두운 늪을 암시하는 것처럼 보였다.

목표물이 가까운 곳에 있는 듯했다. 하지만 이것이 아니다. 가깝지만 이것은 아니다. 이거라고 할 수 있을 만큼 더 정확한 증거가 필요했다.

2012년 8월. 1수.

시시껄렁한 남자에게 반했다
길거리에서 빈 깡통 걷어차는 한심한 남자에게

이거다. 빈 깡통 걷어차는 한심한 남자. 이게 그 남자인가?

모든 게 의식적인 행동이었다. 내게 보여주었던 차갑고 데면데면한 행동. 남자에 대한 혐오감을 표현하느라 내 마음을 배려할 여유가 없었던 것이다.

집에 놓고 갔다던 미도리카와의 윗도리. 그것을 우리집에 올 구실로 이용했다. 그리고 그 전화 목소리와 짤막한 말투. 그 목소리는 분명히 내가 알고 있는 사람이었다.

그런데 왜지? 이해할 수 없는 건 동기였다. 아니, 그것도 엄청난 수수께끼는 아니다. 메마른 사랑의 밭을 촉촉이 적셔줄 물을 끌어오고 싶었던 걸까? 그렇다면 더욱 더 빨리 그자가 살해될 수 있음을 전해야 한다.

어둠의 사냥꾼이 나의 망막에서 다시 광기의 이빨을 드러내기 시작했다.

4장

광기

1

오후 4시가 조금 넘은 시각 기치조지의 선로드를 지나갔다. 내가 쫓는 사람의 뒷모습은 이미 선로드를 지나 히가시초 방면으로 향하고 있었다. 하지만 너무 가까이 접근하면 위험하다. 어쨌든 상대는 내 얼굴을 잘 알고 있다. 더구나 나는 미행의 프로가 아니다.

조시다이 길을 지나 주택가로 들어섰다. 빌라나 아파트가 거의 없는 지역이었다. 의외였다. 단독주택에 살 줄은 상상도 못했다.

미행하는 상대가 점점 멀어졌다. 10미터쯤이던 간격이 다시 벌어져 당장이라도 놓칠 것 같았다. 양쪽으로는 오래되긴 했지만 도쿄치고 넉넉한 부지를 가진 안정된 분위기의 단독주택이 늘어서 있었다.

상대가 오른쪽으로 꺾어져 좁은 골목으로 들어가는 게 보였다. 나도 모르게 종종걸음이 되고 나중에는 거의 뛰다시피 했다. 숨이 찼다.

골목 입구에 도착했다. 주변을 살피며 오른쪽을 보자 막혀 있었다.

안쪽에 예스러운 단층짜리 주택이 있고, 그 오른쪽에 리모델링한 새 건물이 있었다. 2세대 주택이다. 두 집은 거의 붙어 있는 듯했지만 하나로 이어진 것 같지는 않았다.

사람의 그림자는 이미 사라졌다. 현관 옆에서 주차장까지 연결되는 자갈길에 저녁 해가 기다란 그림자를 드리웠다.

가까이 다가가 문패를 보았다. 미우라라고 쓰여 있었다. 흠칫 놀랐다. 본 적이 있는 성이다. 어쩌면 본가일지도 모른다.

2시간쯤 집 앞에 머물렀다. 인적이 드문 곳이라 그 사이 대여섯 명밖에 지나가지 않았다. 사람이 나타나면 전봇대 뒤로 몸을 감추었다.

해가 지기 시작했다. 한여름이 아니라는 게 느껴졌다. 겨우 6시가 지났을 뿐인데 꽤 어두웠다. 피로가 쌓였다. 나이를 실감하지 않을 수 없었다. 예전만 해도 이 정도 잠복은 아무것도 아니었는데.

덜컥 하는 소리에 흠칫 놀라 숨을 들이마셨다. 희미한 어둠 속에 시선을 고정했다. 새 건물의 현관에서 남녀가 모습을 드러냈다. 두 사람은 손을 잡은 채 내가 서 있는 전봇대 쪽으로 다가왔다. 이제 와서 피할 수는 없었다.

나는 두 사람 앞을 가로막았다.

"어떻게 된 거지?"

후유코와 다쿠마가 깜짝 놀라 걸음을 멈추었다. 그리고 반사적으로 잡았던 손을 놓았다. 그 순간, 두 사람의 오른손 약지에서 십자가 모양의 백금 반지가 빛났다.

"그쪽이야말로 왜 여기에 있어요?"

후유코가 나를 노려보며 당돌하게 되물었다. 자신이 미행당한 사실을 알아차렸을까? 다쿠마는 불안한 표정으로 시선을 떨구었다.

나는 단도직입적으로 말했다.

"당신들에게 할 얘기가 있어. 중요한 얘기야."

"미도리카와 씨가 부탁했나요? 아니면 류노스케인가요?"

뒷말의 의미를 알 수 없었다. 하지만 무슨 뜻인지 캐묻지 않았다.

"그것도 그렇지만, 누군가의 부탁을 받지 않고도 꼭 해야 할 말이 있어. 다쿠마 씨, 당신은 지금 위험해. 잠시만 내 얘기를 들어줘."

나는 다쿠마를 똑바로 쳐다보았다. 하지만 그 말에 대꾸한 사람은 후유코였다.

"쓸데없는 참견 마세요. 다지마 씨, 우리는 나쁜 짓을 전혀 안

했어요. 이 사람과 우리 문제는 이미 해결됐고요."

후유코는 다쿠마의 손을 잡고 그 자리를 떠나려 했다. 그것을 말린 사람은 다쿠마였다.

"괜찮아. 잠깐만 얘기를 들어보자."

힘없는 말투였다. 많이 지친 것처럼 보였다. 악질 방문판매업자의 분위기는 이미 자취를 감춘 상태였다.

2

후유코는 나를 리모델링한 집으로 안내했다. 방 두 개에 주방이 있는 구조였다. 우리는 세 평쯤 되는 방에 둘러앉았다. 가운데에 튼튼해 보이는 커다란 좌탁이 있고, 서쪽 벽에는 검은색 무늬가 있는 진홍색 옷장이 위치했다.

나머지 방 하나는 침실인 듯했다. 안쪽에 침대 두 개가 놓여 있는 것이 내가 앉은 곳에서도 보였다.

"여기가 후유코 씨 본가인가?"

일단 스스럼없는 화제부터 시작했다. 후유코가 고개를 끄덕였다.

"그럼 이 집은?"

"저와 류노스케가 부모님과 같이 살았을 때 사용했던 곳이에요. 지금은 오기쿠보의 아파트에 머물러 거의 사용하지 않지만요⋯⋯."

후유코의 말투에서 나에 대한 적의는 찾아볼 수 없었다.

기치조지에 이렇게 큰 집을 소유하고 있으면서 오기쿠보에 아파트를 빌리다니, 류노스케 자매의 양친은 상당한 부자일지도 모른다.

"부모님은 이 사람이 여기에 있는 걸 알고 있나?"

"몰라요. 물론 제가 머무른다는 건 알고 있지만요. 부모님께서 같이 인테리어 회사를 경영해 꽤 바쁘거든요. 두 분 다 아침 일찍 나가 밤늦게 들어오시니까요."

그러고 보니 주차장에 차가 없고, 옆의 안채에도 불이 켜져 있지 않았다.

"류노스케 씨 역시 이 사람이 여기 있다는 건 모르고?"

"네, 아마 그럴 거예요. 하지만 제가 이 사람과 연락하지 않나 의심하는 것 같아요. 이 사람 때문에 요즘 언니와 사이가 안 좋거든요. 우리가 사귀는 걸 강력하게 반대하고 있어요. 언니가 오기쿠보의 아파트에 있을 때는 제가 여기에 있거나, 그 반대일 때도 있죠. 서로 의식적으로 얼굴을 마주치지 않고 있어요."

후유코가 미도리카와의 양복을 들고 우리집에 나타났을 때, 류노스케는 본가에 가서 아파트에 없었던 게 아닐까? 그렇다면 다쿠마가 체포될 거라는 정보를 알았던 건 역시 후유코뿐이었을 것이다.

"언제부터 이런 관계가 됐지? 설마 처음부터 아는 사이였던 건 아니겠지?"

"그건 아니에요. 다지마 씨도 아시는 문제가 발생한 후, 이 사람이 저에게 전화해 지금까지 있었던 일을 사과하고 싶다고 했어요. 이 사람이 티켓을 구입할 때 휴대폰 번호를 주고받아 연락처를 아는 사이였거든요."

"아파트 앞에서 다쿠마 씨 연락처를 물었을 때 모른다고 한 건 거짓말이었나?"

"우리가 사귀는 걸 들킬까 봐 모르는 척했어요. 언니도 사귀는 걸 반대했고, 남에게 알려지지 않는 게 좋다고 생각해 적당히 얼버무렸죠. 하지만 다지마 씨에게 신세를 지고서 거짓말한 건 죄송하게 생각하고 있어요."

"그건 상관없는데, 어쩌다 이런 사이가 됐지?"

"만나서 이야기를 듣다 보니 이 사람이 가엾어졌어요. 미도리카와 씨와 시미즈라는 남자 사이에 끼어 괴롭다고 하더군요. 이런저런 상담을 해주는 사이에……."

동정이 사랑으로 바뀐 것이다. 나는 마음속으로 후유코의 뒷말을 보충했다. 동시에 사오리의 말을 떠올렸다. 사오리는 방문판매 피해자를 자기 여자로 만드는 게 다쿠마의 특기라고 했다. 후유코와 류노스케가 피해자는 아니지만 피해자가 될 뻔한 사람이다.

하지만 인간의 애정 문제는 너무도 복잡해, 후유코가 다쿠마에게 속고 있는지 아닌지는 알 수 없다.

후유코는 분명히 다쿠마에 대해 빈 깡통을 걷어차는 한심한 남자로 생각했다. 그와 동시에 다쿠마는 머리칼 어루만지며 미소를 짓는 상대이고, 자신을 받아줄 수 있는 항구이기도 했다.

두 사람 손에 끼워진 십자가 반지를 쳐다보았다. 십자가를 목걸이로 거는 건 종종 보았지만 반지는 처음이었다. 그것은 마치 두 사람의 기이한 사랑의 상징처럼 느껴졌다. 하지만 젊은 남녀의 애정문제에 깊이 개입할 생각은 없었다.

"미도리카와 씨와 시미즈라는 남자 사이에 낀 상황에 대해 자세히 알고 싶군."

나는 다쿠마를 보며 말했다. 그때까지 나와 후유코의 대화를 다소곳이 듣던 다쿠마가 결심한 듯 고개를 들었다.

"네. 말씀드리겠습니다."

진지한 말투였다. 지난번에 만났을 때와 완전히 다른 사람 같았다. 우수가 깃든 야윈 얼굴이 지적으로 느껴졌다. 원래의 단정한 용모에 새로운 매력이 더해진 듯했다.

"부탁해."

나도 정중히 대꾸했다.

다쿠마는 말을 시작하기 전에 후유코를 보았다.

"배가 고파서 그러는데……, 뭐라도 좀 만들어주지 않을래?"

슬쩍 손목시계를 보았다. 오후 7시가 지나 있었다.

"알았어. 마트에 다녀올게. 한 시간쯤 걸릴 거야. 카레면 되겠어?"

"그래."

다쿠마는 힘없이 대꾸했다. 아무리 봐도 식욕이 있어 보이지는 않았다.

"아까 둘이 마트에 가던 길이었거든요. 잠시 자리를 비워도 될까요?"

후유코가 물었다. 내가 대꾸하기 전에 다쿠마가 대답했다.

"걱정 마. 네가 이미 알고 있는 걸 말하는 것뿐이니까."

다쿠마가 내게 신호를 보내는 것처럼 느껴졌다. 일부러 그렇게 말하는 건, 오히려 후유코 없는 곳에서 내게 하고 싶은 말이 있다는 의미 아닐까?

나는 무표정한 얼굴로 고개를 끄덕였다.

3

"미도리카와 씨가 반쯤 협박하는 바람에, 과거 시미즈 일당과 있었던 일을 말했습니다. 미도리카와 씨가 잡고 싶은 사람은 시미즈가 아니라 미즈노라는 사람 같은데, 저는 미즈노가 어디 있는지 모르고 연락을 취할 방법도 없었어요. 하지만 시미즈는 제 형님 같은 존재로, 옛날부터 잘 아는 사이입니다. 시미즈는 항상 미즈노와 같이 행동했죠."

다쿠마는 피우던 말보로 담배의 재를 황급히 휴대용 재떨이에 털었다. 그것까지는 미도리카와에게 들은 이야기와 거의 같았다.

"미즈노라는 자와 일한 적이 한 번 있는 것 같더군."

나는 다쿠마의 말에 맞춰 아사노라고 하지 않고 미즈노라고 말했다.

다쿠마는 한순간 침묵했다. 그 침묵의 의미는 다음 말을 통해 드러났다.

"한 번이 아니었습니다. 두 번 같이 일했어요. 처음엔 아무 일도 일어나지 않았지만, 두 번째는 끔찍한 일이 발생했죠."

다쿠마의 목소리가 어둡게 가라앉았다.

"미도리카와 씨에게 말한 건 아무 일도 일어나지 않았을 때군."

"그렇습니다. 그 사람에게는 그 정도 정보밖에 줄 수 없었어요. 후유코는 경찰이 체포하려 한다면서 저를 피신시켰죠. 하지만 기본적으로는 도망다니는 것에 반대해요. 미도리카와 씨에게 상황을 제대로 설명하라고 권하죠. 그건 후유코가 두 번째 사건을 모르기 때문입니다."

"왜 나에게 두 번째 사건을 말하려는 거지?"

"다지마 씨가 저널리스트이기 때문이에요. 제게 위험이 닥쳤다는 건 다지마 씨나 미도리카와 씨가 말하지 않아도 알고 있습니다. 어쩌면 어느 날 갑자기 사라지게 될지도 모르죠. 그런 위험성에 대비해 저널리스트인 다지마 씨에게 제가 아는 사건의 진상을 말해두고 싶습니다. 제게 무슨 일이 생기면 그걸 발표해 주세요. 오늘 저희를 찾아온 건 굉장히 급작스러운 일이지만, 다지마 씨를 보자 불쑥 그런 생각이 들었습니다."

"후유코 씨에게는 말하지 않을 건가?"

"네. 그 사실을 알면 후유코도 위험해져요. 후유코는 참 좋은 여자입니다. 마치 가족처럼 제 이야기를 들어주고, 저를 위해 이런저런 조언을 아끼지 않았어요. 먼저 좋아한 건 저였습니다. 그래서 후유코는 절대로 휘말리게 하고 싶지 않아요."

다시 후유코의 단가가 생각났다. 한심한 남자에게 반해버렸다는 노래에 숨겨진 진심은, 자신을 부정하는 게 아니라 그런 자신을 받아들이지 않을 수 없다는 체념이었던가? 어쨌든 두 사람은 서로를 사랑하고 있는지도 모른다. 남녀의 사랑은 참으로 알 수가 없다.

그나저나 또 다른 사건의 진상을 후유코에게는 말하지 않고 내게 말하려 하다니. 나는 위험해져도 상관없다는 뜻인가? 그렇게 생각하자 무심코 쓴웃음이 나왔다.

"알았네. 그 위험은 내가 떠맡지. 솔직히 말해주게."

"그건 나카노 사건이었습니다."

다쿠마는 그렇게 말하고는 생각을 떠올리듯 먼 곳을 바라보았다. 그리고 피우던 담배를 끄더니 새 담배를 꺼냈다. 하지만 입으로 가져가지는 않았다.

나카노 사건이란 대학원생이 부엌칼로 찔려 살해된 일을 가리킨다.

그날 다쿠마는 오후 3시 반 넘어 다섯 남자들과 나카노 구에 있는 '고미네 빌라'를 방문했다.

그 전날 시미즈의 전화를 받았다. 그는 다쿠마에게 한 명을 더 데려오라고 했다. 그때 데려간 사람이 후유코의 집에서 봤던 운동부 남자인데, 이름은 오노다였다.

시미즈와 미즈노 외에 두 명도 지난번에 함께 일해 얼굴은 알지만 이름은 모른다. 같이 일했던 여섯 명 중 한 사람은 모습을 나타내지 않았다.

그들은 고미네 빌라에 가기 전 주택 두 곳을 방문했다. 하지만 인터폰으로 이야기를 나누었을 뿐, 제대로 말도 붙이지 못한 채 거절당했다고 한다.

고미네 빌라는 단층으로 전부 여덟 세대가 살았다. 오른쪽 끝인 8호 거주자가 사건의 피해자인 대학원생이었다. 그들은 1호부터 차례로 초인종을 눌렀지만 8호 말고는 모두 집에 없었다.

평일 오후 3시가 넘은 시간대를 생각하면 당연한 일이었다. 우연히 집에 있던 대학원생에게는 이런 상황 자체가 비극일 뿐이었다.

"초인종을 누르자 마음 약해 보이는 안경 쓴 젊은 남자가 얼굴을 내밀더군요. 미즈노가 정중한 말투로 수질검사를 무료로 해주겠다고 했어요."

대학원생에게 '노'라는 선택지는 없었다. 시미즈 일당이 음침한 미소를 지으며 열린 문을 붙잡은 것이다. 미즈노의 정중한 말투와 나머지 남자들의 난폭한 행동. 그 격차가 피해자의 공포를 더욱 부채질했다.

피해자가 문을 닫기란 실질적으로 불가능했다. 문을 연 순간, 그의 인생은 끝났다고 할 수 있었다.

그 다음 코스는 정해져 있었다. 간이 키트를 이용한 수질검사. 결과는 불을 보듯 훤하다.

"수질검사는 대충 진행됩니다. 약간의 수돗물을 액량계에 넣고 '아아, 이거 정말 심하군요' 하고 말하면 끝이죠. 그때 검사를 실시한 사람은 미즈노였습니다. 실실 웃는 얼굴에서 진실성이라곤 찾아볼 수 없었어요. 그러는 사이 피해자의 얼굴은 경직되고 불안해 보였습니다."

시미즈가 집주인의 동의도 없이 부엌 수도꼭지에 정수기를 부착하고 30만 엔을 청구했다. 더군다나 대출과 연계하지도 않고 현금 지불을 요구했다.

"저도 나중에 알았는데요. 그 당시 신용판매회사에서 그들 회사를 의심하기 시작해, 대출과 연계하기 힘들어진 것 같더군요. 하지만 피해자가 30만 엔이나 되는 현금을 갖고 있을 리 없잖습니까? 그러자 미즈노가 예금통장과 현금인출카드를 내놓으라고 했어요. 그때부터는 불법 방문판매라기보다 완전히 협박이었죠. 여섯 명이 한 사람을 에워싸고 협박한 겁니다. 상대는 말도 못 할 만큼 겁을 먹었죠."

대학원생은 예금통장과 현금인출카드를 내밀었다. 떨리는 목소리로 비밀번호까지 가르쳐주었다. 눈에는 눈물이 고여 있었다. 보통예금만 있었는데 잔액이 겨우 1,750엔이었다. 그것이 미즈노의 분노에 불을 붙였다. 협박당했을 때 돈이 별로 없던 니가와 사건의 피해자들과 비슷한 상황이었다.

미즈노가 황당하다는 듯 소리쳤다.

"이 녀석, 뭐야. 완전히 거렁뱅이잖아? 용서할 수 없어. 죽여버릴까?"

광기가 이빨을 드러낸 순간이었다. 다쿠마에게는 그것이 마치 노랫소리처럼 들렸다고 한다.

"그런 다음 미즈노가 시미즈에게 눈짓하는 걸 봤습니다. 그러자 시미즈가 부엌 서랍에서 식칼을 꺼내더군요. 큰일났다고 생각했습니다. 그때 저와 오노다가 피해자의 팔을 양쪽에서 붙잡고 있었거든요. 저는 시미즈의 시선을 피하려 했지만, 시미즈는 끝까지 저에게 시선을 맞췄습니다. 꽉 붙잡으라고 말하는 것 같았죠. 오노다는 태연했습니다. 저도 당황한 모습을 보이고 싶지 않았어요."

그러자 대학원생이 울며 소리치기 시작했다. 그는 온힘을 다해 다쿠마와 오노다의 손을 뿌리치려 했다.

"저는 손에 힘을 주고 이를 악물며 버텼습니다. 그러자 시미즈가 미친 듯이 칼로 찔렀어요. 잠시 후 피해자가 헉헉거리는 신음소리를 내더군요. 피해자의 몸에서 피가 튀어 시미즈의 몸을 빨갛게 물들였습니다."

다쿠마와 오노다가 손을 떼자 대학원생은 그대로 바닥에 쓰러졌다. 그의 배가 잠시 꿈틀거렸지만 이내 멈추었다. 하얀 티셔츠와 면바지의 윗부분까지 선혈로 새빨개졌다.

한순간 모두 입을 다물었다. 정적을 깬 사람은 미즈노였다. 그가 다쿠마와 오노다의 얼굴을 뚫어지게 쳐다보며 말했다.

"너희 죄도 시미즈와 똑같아. 이런 걸 공동정범이라고 하지."

다쿠마는 미즈노의 다음 말을 듣고 아연실색했다.

"뭐, 난 아무 관계가 없지만."

미즈노의 말에 아무도 반박하지 못했다. 그 역학관계는 매우 기묘했다.

나는 그들의 행동을 객관적으로 확인했다.

"시미즈에게 묻은 피는 어떻게 처리했지?"

"와이셔츠 위에 그 집에 있던 피해자의 스포츠 셔츠를 입어 그럭저럭 감추었어요. 사이즈가 맞지 않아 조금 이상했지만, 근처에 차를 세워놓아 사람들 눈에 띄지 않고 도망칠 수 있었죠."

"그 집에서 뭔가를 훔쳤나?"

"책상 위에 있던 피해자의 지갑을 가져갔습니다. 하지만 천 엔짜리 지폐 석 장과 동전밖에 없더군요. 그것 말고는 눈에 띄는 게 없어 미즈노가 지갑만 들고 튀었습니다. 정말이지 무엇을 위해 살인까지 저질렀는지 알 수 없었어요."

다쿠마는 무거운 한숨을 토해냈다. 그리고 불안한 얼굴로 물었다.

"다지마 씨, 저와 오노다의 죄가 정말로 피해자를 칼로 찌른 시미즈와 똑같나요?"

나는 한순간 침묵했다. 이럴 때는 어떻게 대답해야 할까? 법적으로는 그렇지만, 다쿠마를 자수시키려면 어느 정도 정치적 수사가 필요했다.

"그렇지는 않아. 자네들에게 사람을 죽일 의사가 없었다면 방조죄로 끝날지도 몰라. 적어도 주범과 종범은 구별되지. 더구나 공동정범은 시미즈와 미즈노 사이에 성립할 가능성이 높아."

나는 여기서도 찰스 맨슨 사건을 떠올렸다. 맨슨 재판의 쟁점은 살인 현장에 없었던 맨슨에게 죄를 물을 수 있느냐 없느냐였다. 샤론 테이트를 비롯해 다섯 명을 살해한 사건과 다음날 부유한 슈퍼마켓 사장 부부를 살해한 사건은 피해자의 성을 취해 '테이트 라비앙카 살인사건'이라 불렸다.

맨슨은 테이트 사건의 경우 현장에 나타나지 않았고, 라비앙카 사건에서는 살인 실행범들과 함께 차를 타고 갔지만 살인이 벌어지던 당시 라비앙카 저택에 머물렀는지 명확하지 않다.

이는 일본에서 공모공동정범론(共謀共同正犯論)이라는 형법 이론에 해당되는데, 미즈노의 경우 살인현장에 있었고 살인을 제안했으니 맨슨 사건에 비해 이 이론에 해당될 가능성이 높았다. 하지만 이런 형법이론을 들먹이는 게 의미가 없는 듯해 더 이상 말하지 않았다.

"미즈노라는 자는 어쩌다 그처럼 막강한 영향력을 갖게 되었지? 어떻게 생겼어?"

"스콜피온 같은 녀석입니다."

"스콜피온? 전갈 말인가?"

"네. 갈색 머리칼을 길게 기르고 작은 키에 빼빼 말라, 언뜻 가난에 찌든 것처럼 보입니다. 그런데 가까이 가면 쿡 찔려요. 그 간극이 굉장합니다."

그러고 보니 맨슨도 체구가 빈약했다. 하지만 여성을 끌어들이는 흡인력은 굉장했다. 그런 생각을 하면서 나는 다쿠마의 다음 이야기를 들었다.

"반대로 시미즈는 덩치가 크고 어깨가 떡 벌어져 아주 강해 보이죠. 하지만 미즈노에게는 꼼짝도 못하고 시키는 대로 뭐든 합니다. 시미즈도 그렇게 말했는데, 미즈노의 카리스마는 장난 아니에요. 그런데 미즈노가 여성이나 어린아이에게는 잘해줬던 것 같습니다. 예전에 미타카에서 정수기를 팔려고 어느 집에 갔는데, 그 집에 사는 젊은 엄마와 어린 딸이 전기도 수돗물도 끊겨 곤란한 상황을 보고는 정수기 강매는커녕 감자칩을 봉투째 줬다고 하더군요. 그때 우연히 만난 남편처럼 보이는 중년남자에게 설교까지 하고요."

온몸에 전기가 내달렸다. 미타카. 젊은 엄마와 어린 딸. 감자칩 봉투. 이렇게까지 부합하다니. 다른 사람이라곤 생각할 수 없다.

"그 이야기는 미즈노에게 직접 들었나? 아니면 역시 시미즈를 통해······."

나는 다쿠마에게 몸을 바짝 붙이며 물었다. 그러자 그는 살짝 당황한 표정을 지었다.

"시미즈에게 들었습니다. 미즈노와 일할 때 그런 일이 있었다고 하더군요."

"이자카야에서 미즈노 옆에 앉았는데, 다카라즈카 살인사건에 관여했다고 했다면서?"

"네. 그래서 미도리카와 씨에게 그렇게 말했어요. 자세히 말한 건 아니고, 술에 취해 실수로 입을 놀린 느낌이었습니다. 그 사건 현장에 자기가 있었다면서 실실 웃더군요. 그런 녀석과 더 이상 엮이기 싫어 자세히 묻지는 않았습니다."

"시미즈가 미타카 모녀에 관해 다른 말은 하지 않았나?"

다쿠마는 살며시 고개를 흔들며 의아한 표정을 지었다. 왜 그런 걸 묻는지 이해할 수 없다는 반응이었다.

"그 후 미즈노를 다시 만난 적은 없어?"

"네. 만나고 싶지 않았습니다. 시미즈가 가끔 전화해 나카노 사건에 대해 아무에게도 말하지 말라고 못을 박았어요. 그런데 그런 말을 누구에게 하겠습니까? 제가 먼저 절대로 말하면 안 된다고 오노다의 입을 막을 정도예요. 그 후에 업무 파트너로 오노다를 선택한 건, 녀석을 그대로 두면 어딘가에서 발설하지 않을까 하는 불안감 때문이었어요."

"하지만 후유코 씨 집에 순찰차가 왔을 때 두 사람은 너무도 당당하던걸? 나카노에서 그런 일이 있었다면 경찰과 마주치고 싶지 않았을 텐데."

"나카노 사건이 일어난 지 1년쯤 지나 그런 느낌이 마비되고 있었습니다. 더구나 살인을 경험함으로써 묘한 배짱이 생겼어요. 경찰관을 만난 것 정도론 크게 당황하지 않게 됐죠. 실제로 미도리카와 씨가 제게 접근할 때까지 경찰의 손길이 가까이 다가왔다는 느낌을 전혀 받지 못했으니까요."

다쿠마는 손에 들고 있던 담배를 입에 물고 라이터로 힘들게 불을 붙였다. 그의 표정은 점점 창백하게 가라앉으며 깊은 고뇌의 그림자를 만들어냈다.

4

스구로의 연구실에 가는 건 오랜만이었다. 그가 학부장으로 취임한 후에는 거의 학부장실에서 만났다.

하지만 어제 만나고 싶다고 전화하자 그는 연구실로 오라고 했다. 나는 안도의 숨을 내쉬었다. 전속 비서는 없었지만, 학부장실에는 직원이나 동료 교수들이 자주 드나들어 어쩐지 마음이 불편했다.

나는 가급적 사람들이 드나들지 않는 곳에서 이야기를 나누고 싶었다. 대화 내용이 심각해질 것 같았기 때문이다.

"수술하기 전 유리코 씨를 만나보는 게 어때? 지금은 망설일 때가 아니잖나? 자네만 좋다면 내가 같이 가줄게."

스구로가 웬일로 강하게 말했다. 하지만 말투에 따뜻함이 배어 있어 화가 나지는 않았다.

나는 짙은 갈색 소파에 앉아 스구로의 책장에 꽂혀 있는 방대한 외서들을 바라보았다. 즉답은 하지 않았다. 나도 망설이고 있었다.

"자네에게 그런 것까지 부탁하기는 너무 미안해. 가게 되면 혼자서 갈게. 다만 지금은 시간이 없어."

"그렇게 바쁜가?"

"그래. 그 사건이 생각지도 못한 방향으로 전개됐거든."

오늘 스구로를 찾아온 건 나의 개인사를 말하기 위해서가 아니다. 현재 내가 껴안고 있는 사건을 의논하기 위해서였다. 물론 스구로는 유리코 문제라고 생각해 일부러 연구실로 오라고 했겠지만.

손목시계를 보았다. 오후 2시 20분이었다. 스구로가 3시 반부터 회의라고 했으니 이제 한 시간밖에 여유가 없다. 그가 나와는 비교할 수도 없이 바쁘다는 건 알고 있다. 시간을 많이 빼앗기 미안해 즉시 본론으로 들어갔다.

"실은 말이야, 그 아사사건과 내가 쫓고 있는 방문판매 연쇄 살인사건에 접점이 있다는 걸 알았네."

스구로의 얼굴에 경악의 빛이 떠올랐다. 과거 살인사건을 쫓고 있다는 말은 했지만, 내용까지는 언급하지 않았다. 스구로 역시 구태여 물으려 하지 않았다.

나는 비로소 연쇄살인사건에 관해 이야기했다. 다쿠마에게 들은 내용 역시 대충 이야기했다.

스구로의 얼굴이 눈 깜짝할 사이 진지해졌다. 예상보다 훨씬 심각한 사건에 내가 휘말린 사실을 알았기 때문이다.

"그렇다면 아사노 일당이 아사사건에도 관여했을 수 있다는 건가?"

내 이야기에 어느 정도 마침표가 찍히자 스구로가 목소리를 낮추며 물었다.

"그건 아직 몰라. 다만 지난번 자네에게 말한 사망신고서와 사체검안서를 생각하면, 애당초 미타카 사건이 아사사건이었는지 의심스러워."

미사키에 관해서는 아직 말하지 않았다. 물론 나중에 이야기할 생각이지만, 스구로의 정확한 의견을 듣기 위해 일단 객관적인 정보만 주기로 했다.

"그건 그렇군. 하지만 감자칩 건은 아사노라는 자의 착한 일면을 대변하는 에피소드로 말한 거잖나?"

"지금까지 그자가 저지른 잔인하기 짝이 없는 짓을 생각하면 액면 그대로 받아들이기 어렵네. 어쨌든 녀석들이 미타카의 그 집에 갔던 건 분명해. 그곳에서 아사노는 여자의 남편으로 보이는 중년남자를 우연히 만나 거만하게 실교까지 한 모양이야. 내가 쫓고 있는 아사노라는 자는 어린아이에게 감자칩을 주면서 동시에 태연히 모녀를 죽일 수 있는 인간이거든. 확증은 없지만 왠지 그런 생각이 들어."

"이 이야기를 미도리카와란 형사에게 했나?"

"아니, 아직 안 했어."

"왜?"

"실은 기치조지에 있는 후유코의 본가에서 다쿠마를 만난 것도 아직 말하지 않았네. 그들을 만난 건 그저께야. 당연히 다쿠마에게는 말했지. 한시라도 빨리 미도리카와에게 연락하라고. 실질적으로 자수를 권한 거네. 하지만 다쿠마는 마음을 정리할 테니 며칠만 시간을 달라더군. 옛날부터 함께 일해온 동료이자 같은 처지인 오노다라는 남자와 의논하겠다면서. 가능하면 둘이서 나란히 미도리카와에게 자수하고 싶다더군. 그래서 당분간 그가 어디 있는지 말하지 않겠다고 약속했지. 결심이 굳어지면 내게 전화하기로 했어."

"전화는 아직 안 왔나?"

"그래, 아직 안 왔어. 하지만 시간문제야."

나는 스구로의 얼굴을 가로지르는 불안의 그림자를 놓치지 않았다. 그 마음은 충분히 이해할 수 있다. 스구로가 껴안은 불안과 내가 느끼는 불안이 같으리라.

다쿠마가 반드시 자수하리란 확신은 없다. 어쨌든 이번에는 살인이 얽혀 있어 불법 방문판매의 특별공범으로 체포되는 것과는 차원이 다르다.

살인죄 적용은 피하더라도 상당히 오랫동안 형을 살아야 한다. 머리 좋은 다쿠마는 그런 상황을 정확히 이해했을 것이다.

그럼에도 그의 제안을 받아들인 건 후유코 때문이다. 그녀는 반드시 다쿠마를 자수시키겠다고 약속했다. 현재 그가 처한 상황이 얼마나 위험한지 강조했으니 어떻게든 약속을 지킬 것이다. 애인을 지키려면 경찰 손에 맡기는 수밖에 없다.

"『시야』의 기무라 씨는 이 상황을 당연히 알고 있겠지?"

"그래, 일단 전화는 해놨어. 그런데 취재차 상하이에 갔더군. 그래서 자세한 이야기는 못 나눴어."

공교롭게도 기무라는 출장 중이었다. 중요한 때 즉시 의논할 수 없는 게 안타까웠다. 그의 휴대폰으로 대강의 상황은 이야기했다.

현지 취재가 바쁜지 그는 자세히 묻지 않았다. 어쩌면 특종 기사가 이미 나간 만큼, 같은 소재에 대한 관심이 줄어들었을지도 모른다.

『시야』의 편집장쯤 되면 한꺼번에 스무 건 정도의 일을 껴안고 있을 테니 불만을 가져봤자 소용없다. 일주일 후 귀국한다고 했으니 그때 자세히 이야기 나누는 수밖에 없었다.

"그래? 기무라 씨가 일본에 있으면 자네가 편히 의논할 수 있었을 텐데."

그 말은 '그래서 내게 의논하고 있군'이라는 의미로 들렸다. 그렇지는 않다. 애당초 나는 기무라보다 스구로를 더 믿는다.

"그런데 스구로, 혹시 청강생을 받아들인 적이 있나?"

나는 이야기의 방향을 돌렸다. 예상대로 그는 무슨 뜻인지 모르겠다는 표정을 지었다. 하지만 그것이 이날의 본론이었다. 학부장인 스구로가 우리 학교에 오는 미사키에 대해 특별한 정보를 갖고 있기를 기대한 것이다.

실제로 학내 정보는 모두 학부장에게 모이도록 되어 있다. 다른 대학 학생이 청강을 원하는 경우 강의실로 직접 찾아오는 일은 드물다. 처음에는 학부 교무과로 가는 게 일반적이다. 그리고 그런 정보는 교무과 직원을 통해 학부장 귀에 들어가곤 한다.

"아니, 우리 대학에는 청강생 제도가 없잖아."

"그건 알아. 내가 알고 싶은 건 다른 대학 학생이 강의실로 직접 찾아온 경우, 어떻게 하느냐는 거야."

"그건 교수에 따라 다르지 않을까? 학부장인 나로서는 거절하지 않을 수 없지만 말이야. 치사한 이야기지만 수업료를 안 내는 학생과 수업료를 내는 우리 대학 학생을 똑같이 대할 수는 없거든. 하지만 이건 어디까지나 학부장으로서 하는 말이고, 다른 교수들이 청강생을 받아들이는 것에 이러쿵저러쿵 간섭할 생각은 없네. 내 경우 그냥 거절하는 건 미안하니까 '과목 등 이수생 제도'를 알려주고, 내 수업을 굳이 듣고 싶다면 그 제도를 이용하라고 권하지."

'과목 등 이수생'이란 제도가 있다는 건 나도 알고 있다. 과목 단위로 이수를 허락하고 수업료를 받는 제도다. 유학생이나 어떤 사정으로 특정 과목을 이수해야 하는 졸업생이 많이 이용했다.

"자네 수업에도 청강생이 있나?"

스구로는 크게 관심이 없는 표정으로 물었다.

"그래, 이미 받아들였네."

"그렇다면 그걸로 되지 않았나? 조금 전 내 말은 학부장으로서 공식 의견에 불과해."

"그런데 그 청강생이 문제야."

"수업태도가 나쁜가?"

"아니, 수업태도는 완벽해."

나는 미사키에 대해 말했다. 미사키가 내게 접근한 이유는 「악의 어둠」에 감동해서가 아니라, 미타카 사건의 재조사를 촉구하기 위해서가 아닌가 싶다고 했다.

스구로의 얼굴에 다시 불안의 그림자가 드리워졌다. 왜 이렇게 나한테만 집중적으로 여러 문제가 발생하는지 이상할 것이다. 평온하고 착실하게 학문에 몰두하는 그에게, 나는 말 그대로 문제 덩어리에 불과할 테니.

"그 학생 이름이 뭔가?"

"시나가와 미사키야."

그는 가볍게 고개를 끄덕였다. 물론 알 리 없는 이름이다.

"자네 수업과목이 '미국 서널리즘'이시? 나도 '미국 문화사'라는 과목을 담당하고 있으니 미국이 공통적으로 들어가는군."

스구로가 무슨 말을 하려는지 알 수 없었다. 그는 현재 학부장이라서, 담당과목은 얼마 되지 않는다. 미국 문학 전문인 그는 '미국 문화사' 외에 미국 문학의 전공과목과 토론수업 정도를 담당하고 있지 않을까? 그중에서 내가 맡은 과목과 가장 가까운 것이 '미국 문화사'일지도 모른다.

"그런 식으로 청강을 원하는 학생 중에는 아까 말한 '과목 등 이수생'이 많네. 자신이 배우는 과목과 관련된 과목을 들으려는 거지. 그런데 '과목 등 이수생'은 4월의 정해진 날까지 등록해야 하고, 중간에 다른 과목을 수강할 수 없어. 그래서 담당 교수에게 개인적으로 수강을 요청하는 경우가 많지."

"그럼 이 학생이 자네 수업에 '과목 등 이수생'으로 등록했을 가능성이 있다는 건가?"

"그럴 가능성은 충분하네. 잠시 확인해볼게."

스구로가 창가에 있는 책상으로 향했다. 스구로의 연구실은 학부장실보다 한 층 위인 10층에 있었다. 창밖으로 가을다워진 쾌청한 하늘에 비행선이 둥실 떠 있는 게 보였다.

스구로는 서랍에서 대학 마크가 찍힌 봉투를 꺼내 소파로 돌아왔다.

"자네 과목과 마찬가지로 등록자는 200명쯤 돼. 학생 얼굴과 이름은 서로 다르지만 말이야. 시나가와 미사키라고 했지?"

그는 명단의 맨 마지막 페이지를 보았다. 그곳에 '과목 등 이수생'들 이름이 적혀 있는 듯했다.

"없는 것 같군."

스구로는 내게 종이 한 장을 내밀었다. 예상한 일이기는 했다. 나는 문득 시나가와 미사키란 이름이 가명일 거라는 생각이 들었다. 즉, 명단에 없다고 해서 그녀가 스구로의 수업을 듣지 않는다고는 할 수 없다.

나는 그가 내민 명단을 보다 흠칫 놀랐다. 시나가와 미사키라는 이름은 분명히 없었다. 그런데 마쓰모토 미사키라는 이름이 눈에 띄었다.

"이건……?"

그 이름을 가리키며 나는 스구로를 쳐다보았다.

"그래, 미사키라는 이름이 있군. 하지만 독특한 이름은 아니잖나? 등록자가 이렇게 많으면 두세 명 있어도 이상하지 않은 이름이야."

그의 말은 충분히 이해가 되었다. 성뿐만 아니라 이름까지 일치하는 경우도 그렇게 드문 일이 아니다.

하지만 문제는 성이 마쓰모토라는 것이다. 희미하던 사건의 윤곽이 조금 뚜렷해지는 듯했다.

미사키는 '과목 등 이수생'으로 등록할 때 본명을 사용했다. 그렇게 해도 특별히 문제가 되지 않는다고 판단했을 것이다.

미타카 사건이 세상을 떠들썩하게 만든 건 사실이지만, 사망한 모녀의 이름까지 아는 사람은 거의 없었나. 신문에서는 익명으로 보도했고, 나도 「악의의 어둠」에서 실명 대신 가명을 사용했다. 실제로 나에게 사건의 내용을 듣고 『시야』에서 「악의의 어둠」을 읽은 스구로조차 그 이름이 기억나지 않는 모양이었다.

미사키가 내게 가짜 성을 사용한 표면적인 동기는 확실하다. 「악의의 어둠」을 쓴 작가라면 당연히 모녀의 실명을 알고 있으리라 생각했을 것이다. 그렇다면 이름은 왜 본명을 사용했을까? 거기에서 미사키의 양심이 느껴지는 듯했다. 문제는 가짜 성을 사용하면서까지 신원을 숨기려 한 미사키의 진짜 동기였다.

"마쓰모토는 미타카 사건에서 사망한 모녀의 성이네."

"뭐야!"

스구로는 뒷말을 잇지 못했다.

"놀랐나?"

"그래. 오늘은 자네 말에 계속 놀라기만 하는군."

스구로는 정말로 당황한 것처럼 말했다. 그러더니 손목시계를 보았다. 나도 반사적으로 손목시계를 쳐다보았다. 3시 반까지는 앞으로 20분밖에 남지 않았다. 준비할 것도 있을 테니 이제 그를 놓아주어야 한다. 나는 조금 서두르기로 했다.

"부탁이 있는데, 이 여학생의 신원을 조사해주지 않겠나? '과목 등 이수생'으로 등록하려면 대학에 필요 사항을 기입한 신청서를 제출해야 하지?"

스구로는 잠시 생각에 잠긴 듯 시선을 떨구었다. 그가 무슨 생각을 하는지는 쉽게 알 수 있었다. 아마 개인정보 보호 때문이리라.

최근 들어 개인정보 보호가 엄격해지는 바람에, 대학 측에서는 학생의 명단 관리에 특별히 신경을 썼다. 학부의 최고책임자인 학부장은 당연히 학생의 개인정보를 취득할 수 있지만, 그 취급에는 신중을 기해야 한다.

아무리 나와 스구로가 친하다고 해도, 모든 면에서 결백할 만큼 양심적인 그가 일개 시간강사의 요청에 즉시 동의하리라곤 생각하기 어려웠다.

"하지만 그런 개인정보는……."

예상대로 스구로는 말끝을 흐렸다.

"자네 입장은 충분히 알아. 학생의 개인정보를 함부로 유출하면 당연히 안 되지. 하지만 미사키는 내 수업에서 성을 가짜로 말했네. 이건 큰 문제니 대학 입장에서도 미사키가 누군지 조사할 필요가 있지 않을까?"

"그건 그렇군."

스구로는 중얼거리듯 말했다. 판단이 흔들리는 것 같았다.

"자네에게 화가 미치지 않도록 할게. 정말 기본적인 정보만이라도 좋네. 자네 위치라면 교무과를 통해 미사키가 제출한 신청서를 볼 수 있지 않을까?"

나는 다그치듯 말을 이었다.

스구로가 작게 고개를 끄덕였다.

만 사흘이 지나도록 다쿠마는 내게도 후유코에게도 연락하지 않았다. 이번에는 후유코도 그의 행방을 모르는 듯했다.

"처음부터 하나씩 정리해보자고."

나는 어색한 침묵을 떨치기 위해 그렇게 말했다. 밤 8시가 넘은 시각, 후유코와 류노스케가 우리집 거실에 와 있다. 후유코의 얼굴은 딱딱하게 굳어 있고, 류노스케의 얼굴에는 생기 없는 떨떠름한 표정이 자리했다.

"내가 두 사람을 만난 다음날 아침, 오노다에게 전화가 왔다고 했지? 그와 통화한 뒤 다쿠마는 오노다를 만나러 간다며 외출했고, 2, 3일 걸릴 수 있으니 본인이 연락할 때까지 절대로 미도리카와 씨에게 연락하지 말라고 했단 말이지?"

"네. 미도리카와 씨를 만나기 전 반드시 다지마 씨에게 전화하겠다고 말했어요."

후유코가 대꾸했다. 딱딱하게 굳은 표정은 풀리지 않았다.

"전화 상대는 오노다가 틀림없어?"

"맞아요. 저도 걱정이 돼 여러 번 확인했는데, '몇 년씩 같이 일한 파트너 목소리를 못 알아듣겠어?'라고 하더군요."

나도 전화한 사람이 오노다일 거라고 생각했다. 문제는 오노다가 이미 미즈노, 즉 아사노의 지배를 받을 가능성이었다. 오노다가 미끼라면 다쿠마에게 무슨 일이 일어날 수도 있었다.

또 한 가지 가능성도 부정할 수 없었다. 다쿠마의 도망이다. 하지만 후유코는 그 부분에 대해 강하게 부정했다. 그리고 도쿠마가 말한 기간이 지났는데도 미도리카와에게 연락하는 것을 반대했다. 반드시 자수라는 형태를 취하게 하고 싶다는 것이 그 이유였다.

문제는 다쿠마가 나카노의 대학원생 살인사건에 관여했다는 사실을 그녀는 모른다는 점이었다. 후유코에게 비밀로 해달라는 그의 애원을 외면하기 힘들었다.

나는 두 사람 앞에서 미도리카와에게 전화해 슬쩍 떠보았다. 하지만 『시야』에 특종기사가 나간 후로 그는 무섭도록 냉담하고 퉁명스러웠다. 다쿠마의 체포영장이 발급되었냐고 묻자 "아직이야"라고 떨떠름하게 대꾸했을 뿐이다.

생각해보면 다쿠마가 살인에 관여했다는 사실을 모르니 법원에서 그의 체포영장을 발급받기 어려울 수도 있다. 물론 다쿠마가 류노스케를 협박했던 녹음테이프가 있지만, 판사에 따라서는 그것조차 협박죄를 묻기에 충분하지 않다고 판단할 가능성도 있다.

미도리카와가 후유코와 다쿠마의 관계를 알아차린 기색은 없었다. 내가 기치조지에서 다쿠마를 만난 것도 당연히 모르고 있었다.

"나도 다쿠마를 찾고 있어요. 찾는 대로 연락하겠습니다."

나는 그의 비위를 맞추며 말했다. 다쿠마를 찾는 중인 건 사실이니 현 시점에서 틀린 정보는 아니다. 그는 "알았어"라고 통명스럽게 대답한 후 재빨리 전화를 끊었다. 역시 예전의 그와는 다르다.『시야』특종기사에 대한 대가가 생각보다 비싸게 치러지는 듯했다.

전화를 끊는 순간 서재에 있는 유선전화의 벨이 울렸다.

나는 서재로 가서 천천히 수화기를 들었다. 상대의 목소리는 들리지 않았다. 하지만 전화가 끊긴 것은 아니다. 수화기 너머에서 미세한 숨소리가 들렸다.

"여보세요? 누구시죠?"

긴장한 목소리가 실내의 정적 속으로 스며들었다. 후유코와 류노스케가 굳은 표정으로 나를 쳐다보았다.

전화가 끊겼다. 한숨이 새어나왔다.

"말없이 끊었어."

"다쿠마일까요?"

류노스케가 날카로운 목소리로 말했다.

"모르겠어. 아마 아닐 거야."

그렇게 말했지만 근거는 없었다. 다만 수화기 너머의 숨소리에서 어둠속에 숨어 사냥감을 노리는 육식동물의 살기가 느껴졌다.

"난 다쿠마가 이미 죽었을 것 같아. 그러니까 미도리카와 씨에게 사실대로 말하고 도움을 받는 게 좋을 것 같은데……."

류노스케의 말이 채 끝나기도 전에 후유코가 강한 어조로 대꾸했다.

"그건 안 돼! 다쿠마가 자수하겠다고 했단 말이야."

"아직도 그런 말을 해? 다쿠마는 죽었거나, 혹시 감금돼 있을지도 몰라. 그렇다면 미도리카와 씨에게 도움을 요청해 구해내야 하지 않아?"

류노스케의 말투에는 조바심이 가득했다. 그녀는 다쿠마보다 미도리카와 편인 듯했다.

그때 문득 엉뚱한 생각이 들었다. 류노스케의 성적 취향은 무엇일까? 나는 류노스케가 남성성을 전면에 내세우는 건 영업용이고, 실제로는 역시 여자라고 생각했다. 하지만 후유코에게 엄격하게 대하는 모습을 보면 반드시 그런 것 같지는 않다.

류노스케는 남녀의 사랑에 혐오감을 가진 듯했다. 남성성의 성징인 미도리카와에 대한 신뢰는, 여성으로서 미도리카와를 동경한다기보다 남성으로서 미도리카와를 존경하는 것처럼 느껴졌다.

일단 머릿속에서 자신의 성을 남성으로 바꾼 뒤, 미도리카와로 대표되는 강인한 동성을 사랑의 대상으로 선택한다. 그게 성을 대하는 류노스케의 정신구조 아닐까? 그런 복잡한 생각이 갑자기 머릿속을 채웠다.

미도리카와는 무슨 생각으로 류노스케의 공연을 보러 갈까?

어쨌든 류노스케와 후유코의 관계는 아직 회복되지 않은 것 같다. 두 사람의 대화에서 그런 느낌을 받았다.

그때 인터폰이 울렸다. 우리는 화들짝 놀랐다. 나도 모르게 시계를 보았다. 밤 9시가 가까웠다. 지금 올 사람은 택배 배달원밖에 없다. 하지만 상대가 그렇게 말하더라도 함부로 문을 열어줄 수는 없었다.

일단 정석대로 도어스코프를 들여다보았다. 시야에 들어오는 대상은 없었다. 하지만 인기척이 느껴졌다. 그때 불길한 예감이 머리를 스쳤다.

조금 전의 전화는 휴대폰으로 우리집 밖에서 걸었을지 모른다. 그렇게 생각하자 온몸에 소름이 끼쳤다.

"누구시죠?"

긴장감을 견디기 어려웠는지 후유코가 조심스럽게 입을 열었다. 나는 재빨리 오른손 검지를 입에 댔다. 안쪽 욕실 문에 세워둔 대걸레가 눈에 들어왔다. 나는 조심스럽게 이동해 대걸레를 잡았다.

류노스케와 후유코도 일어서서 현관문을 응시했다. 나는 대걸레를 든 채 문의 이중 잠금장치를 천천히 풀었다. 그런 다음 다시 도어스코프를 들여다보았다. 여전히 아무것도 보이지 않는다. 그때 다시 인터폰이 울렸다.

심장이 격렬하게 고동쳤다. 마치 다른 사람의 심장소리를 듣고 있는 듯했다.

도어체인을 끼운 채 1센티미터쯤 문을 열었다. 통로에 깔린 초록색 카펫이 보였다. 다시 1센티미터 정도 틈을 벌렸다. 숨을 들이마셨다. 양복 차림의 남자 몇 명이 시야에 들어왔다.

다음 순간, 남자의 발이 문의 빈틈을 비집고 들어왔다. 문의 위쪽을 잡는 손톱도 보였다. 목소리는 들리지 않고 헐떡이는 숨소리만 들렸다. 체인이 덜컹덜컹 흔들렸다.

문 밖에 서 있는 남자와 시선이 마주쳤다. 여우처럼 생긴 가느다란 눈이 내 망막에 새겨졌다. 처음 보는 얼굴이다. 그 뒤쪽에서 몇몇 남자의 얼굴이 단편적으로 보였다.

"부셔버려!"

밖에서 누군가가 소리쳤다. 하지만 현실이 아니라 환청처럼 들렸다. 누군가의 손과 발이 문틈 깊숙이 들어왔다. 나는 문 밖에 있는 남자의 가슴을 대걸레로 힘껏 밀었다. 남자의 몸이 뒤쪽으로 물러났다. 그런데 어찌된 이유인지 발은 그대로 남아 있었다. 나는 얼른 문을 잡아당겼다.

그러자 커다란 비명이 들렸다. 남자의 발이 그대로 문틈에 끼여 있었다. 문을 다시 1센티미터 정도 열었다. 그 타이밍에 남자가 발을 뺐다. 나는 문을 닫고 서둘러 체인을 걸었다.

문 밖에 정적이 찾아온 순간, 갑자기 켜진 TV처럼 집에서 타이밍이 맞지 않는 비명이 울려퍼졌다.

비명을 지른 사람은 창백한 얼굴의 후유코와 류노스케였다.

"진정해!"

이번에는 내가 버럭 고함을 질렀다. 그리고 격렬한 헐떡임과 현기증에 휩싸였다. 한순간 발에 힘이 빠져 한쪽 무릎을 꿇었다. 실내가 빙글빙글 돌았다.

잠시 후, 현기증이 멈추었다. 헐떡임도 가라앉았다. 겨우 몇 분밖에 지나지 않았지만 상당히 오랜 시간이 흐른 것처럼 느껴졌다.

류노스케가 내게 휴대폰을 내밀며 낮은 목소리로 물었다.

"110번?"

어떻게 해야 할지 잠시 망설였다. 그때 또다시 인터폰이 울렸다. 나는 류노스케에게 가만히 있으라고 손으로 신호를 보냈다. 그리고 천천히 일어나 문으로 다가갔다.

누군가가 미친 듯이 인터폰을 계속 눌렀다. 도어스코프를 들여다보았다. 남자의 얼굴이 눈에 들어왔다. 눈을 치켜뜨고 이쪽을 보고 있다. 숱이 없는 머리칼과 툭 튀어나온 광대뼈. 생각지도 못한 사람이었다. 1층 관리실의 관리인이다.

하지만 나는 경계심을 늦추지 않았다. 관리인은 출퇴근하기 때문에 오후 8시에는 관리실 문을 닫고 집으로 퇴근한다. 이미 9시 가까이 됐으므로 그가 여기에 있는 건 이상하다.

"누구시죠?"

알면서 일부러 물었다.

"관리인입니다."

후유코와 류노스케는 뜻밖의 대답에 서로 얼굴을 마주보았다.

나는 천천히 체인을 벗긴 뒤 극도로 경계하며 문을 열었다.

"누가 다지마 씨에게 이걸 전해달라고 해서요."

관리인의 음침한 얼굴이 보였다. 나와 비슷한 연배의 중년 남자였다. 문을 활짝 열었다. 한순간 양복 차림의 남자들이 우르르 밀고 들어오는 게 아닐까 하는 착각에 빠졌다. 하지만 아무 일도 일어나지 않았다.

관리인 뒤에는 아무도 없었다. 양복 차림의 남자들은 어디로 사라졌을까?

"누가 이걸 전해드리라고 하더군요. 이미 퇴근시간이 지나 이런 일은 하지 않아도 되지만요."

관리인은 불쾌한 표정으로 갈색 포장지에 싸인 물건을 내밀었다. 그와 동시에 재빨리 안쪽을 들여다보고는 류노스케와 후유코가 있음을 확인했다.

물건은 가느다란 끈으로 단단히 묶여 있었다. 매직으로 '다지마 씨'라고 적혀 있을 뿐 주소도 없었다.

"지금 문 밖에 혼자 있었나요?"

나는 물건을 받으면서 물었다. 관리인의 부루퉁한 표정에 의아함이 더해졌다.

"근무시간 외에 이런 걸 부탁하면 곤란해요."

관리인은 내 질문을 무시하고 자기 말만 했다.

'죄송합니다'라고 한마디 사과하면 끝날 일이다. 하지만 나 역시 조바심이 머리끝까지 차오른 상태였다. 더구나 관리인이 수상쩍다는 건 두말할 필요도 없었다. 이런 상황에, 그것도 퇴근

시간이 지난 후 나타나다니 이상하지 않은가?

"내 질문에 대답이나 해!"

나는 난폭하게 말을 토해냈다. 관리인은 깜짝 놀라며 두세 걸음 뒷걸음질쳤다.

"나 말고 아무도 없어요. 왜 그러시죠?"

"이걸 전해달라고 한 사람이 누군가요?"

날카로운 창을 거둬들이듯 나는 정중한 말투로 다시 돌아갔다.

"처음 보는 사람이었어요. 8시가 넘어 관리실 커튼을 닫고 집에 가기 전 잠시 잡무를 처리하고 있는데, 어떤 남자가 와서 이걸 다지마 씨에게 전해달라고……."

"몇 시쯤이죠?"

"아까예요. 9시 조금 전이요. 이제 집에 갈 시간입니다."

관리인의 오른손에 가방이 들려 있었다. 제복이 아니라 사복 입은 걸 보면 집에 가려는 게 분명했다.

"규칙에 까다로운 사람이 잘도 이런 걸 받았군요. 보통때는 화를 내며 거절하지 않나요?"

"그건 그렇지만 집에 가려던 참이라서……."

관리인이 변명처럼 말했다. 언제부터 이렇게 너그러워진 걸까? 성실함과 근면한 이미지를 내세우며 사소한 일에도 시시콜콜 잔소리하던 사람치고는 상당히 친절하고 융통성 있지 않은가?

조금 전에 일어난 사건이 머리를 가로질렀다. 우리집에 침입하려던 자들 중 누군가가 커튼이 닫힌 관리실에 들러 소포를 맡겼을지도 모른다. 상품권 같은 걸로 회유했다면, 관리인의 성실함과 근면함 뒤에 있는 얍삽함이 얼굴을 내민다고 해도 이상한 일은 아니다.

그나저나 녀석들이 우리집에 들어와 이 물건을 직접 전달할 생각이었을까? 안에 무엇이 들어 있는 걸까?

"그 남자가 관리실에 도착했을 때 현관 부근에서 사람들 발소리가 들리지 않았나요?"

"글쎄요. 그건 잘 모르겠네요."

관리인은 시큰둥하게 대꾸했다. 하긴 별로 의미가 없는 질문이었다. 밤 8시가 지나면 관리실 커튼이 닫히지만 현관 자동문은 똑같이 작동하므로 사람들 출입이 자유로워진다. 낮보다 밤에 드나들기가 쉽다는 건 방범 관점에서 큰 모순이 아닐 수 없다. 그렇지만 스기나미 부근에는 이런 구식 아파트가 의외로 많았다.

손가락 끝으로 차가운 감각이 느껴졌다. 얼음이 녹는지 관리인에게 받은 물건에서 물이 새어나오고 있었다.

"난 이제 가볼게요."

관리인은 퉁명스럽게 말하더니 붙잡을 틈도 없이 엘리베이터 쪽으로 향했다. 아직 묻고 싶은 게 있었다. 하지만 손에 배어나오는 물기가 마음에 걸려 타이밍을 놓쳤다.

문을 닫고 주방에 있는 칼을 이용해 끈을 잘랐다. 물기가 섬점 더 많이 새어나와 싱크대에 올려놓고 작업했다. 물고기 배를 가를 때와 비슷한 냄새가 났다.

"생물인가요?"

류노스케가 뒤쪽에서 들여다보며 물었다. 생물이라는 말이 무척 리얼하게 들렸다.

후유코는 불길한 예감에 휩싸인 얼굴로 조금 떨어진 곳에 멍하니 서 있었다.

겉포장을 벗기자 다시 신문지가 나왔다. 손에 닿는 느낌이 생선과 비슷했다. 신문지가 물기를 머금어 제거하는 데 시간이 걸렸다. 한꺼번에 벗기려 하자 조각조각 떨어져 더 힘들었다. 과감하게 한가운데부터 뜯었다. 미끄덩거리는 기분 나쁜 감촉이 손가락 끝에 남았다.

뒤에서 비단을 찢는 듯한 비명이 들렸다. 류노스케였다.

구토증이 솟구쳤다. 나도 모르게 코와 입을 막았다. 눈앞에 기이한 '생물'이 자리해 있었다. 얼음에 채워진, 보라색으로 변한 사람의 손이었다. 손가락 다섯 개가 가지런히 놓인 소시지처럼 보였다. 작게 찢긴 신문지가 손등에 반점 모양으로 흩어져, 사람 피부에서 우글거리는 구더기를 연상시켰다.

약지에서 무언가가 빛났다. 십자가 반지다. 나는 급히 후유코를 돌아보았다. 힘없이 무너져 내리는 후유코의 모습이 시야에 들어왔다.

6

류노스케와 후유코를 집으로 돌려보내고 미도리카와에게 전화했다. 그녀들에게는 경찰에 신고하지 않겠다고 약속했다. 그럼에도 이런 상황에서는 미도리카와와 의논하지 않을 수 없었다.

그녀들은 지금 어떤 판단도 할 수 없는 상태였다. 특히 후유코는 패닉 상태로, 우리집에서 나갈 때 류노스케의 부축을 받고 간신히 움직였다.

나는 미도리카와에게 그동안 일어난 일들을 전부 이야기했다. 흥분한 상태라 숨도 쉬지 않고 정신없이 떠들어댔다. 가끔 미도리카와가 내 말을 가로막고는 욕설을 퍼부었다. 특히 나카노 사건에 다쿠마가 관여했다는 사실을 말하지 않은 대목에서 욕설과 비난의 폭풍우가 쏟아졌다.

"멍청하긴! 도대체 똑같은 짓을 얼마나 반복해야 직성이 풀리겠어? 다쿠마 있는 곳을 알면서 내게 감춘 건 엄연한 범죄야! 엉? 선생, 형법을 잘 알잖아? 범인은닉죄라는 거 알지? 당신 뇌는 어디까지 썩은 거야?"

이 말은 맞지 않다. 체포영장이 발부되지 않았으므로 다쿠마는 아직 용의자가 아니다. 따라서 범인은닉죄도 성립하지 않는다. 하지만 이런 반론조차 허용되지 않을 만큼 미도리카와의 분노는 정점에 달했다.

"그게 아닙니다. 물론 미도리카와 씨에게는 말할 생각이었어요. 하지만 다쿠마에게 진실을 들으려면 그의 요구를 어느 정도 들어줘야 했어요. 마음이 정리되는 대로 미도리카와 씨를 찾아가 자수할 거라고 했고요. 그런데 느닷없이 이런 일이 벌어진 겁니다."

우리 대화는 이런 식으로 진행되었다. 내가 말하면 미도리카와가 가로막으며 욕설을 퍼붓고, 나는 다시 지긋지긋해하면서 변명하는 것이다.

경찰 신고에 대한 미도리카와의 지시는 명확했다.

"이 일은 당분간 비밀에 붙여야 해. 경찰에 신고하면 절대로 안 돼. 잘 들어. 잘린 손을 보낸 건 야쿠자들 수법과 같아. 그런 식으로 협박한 뒤 효과를 확인하기 위해 연락하겠지. 내 예상으론 오늘밤을 넘기지 않을 거야. 그러면 경찰에 신고하지 않았다고 말해. 물론 내게도 그렇고."

"녀석들이 믿을까요?"

"이건 믿고 안 믿고의 문제가 아니야. 어쨌든 그렇게 말해. 어느 쪽인지 확신할 수 없을 테니까. 그러면 불안을 부추기는 효과도 있어."

"손은 어떻게 처리한 걸로 할까요? 경찰에 신고하지 않고 내 마음대로 처리할 수 있는 게 아니잖습니까?"

"냉장고에 넣어뒀다고 말해. 차가워진 손은 맥주 안주로 딱이니까."

어디까지 진심인지 알 수 없었다. 이럴 때 그런 농담을 하다니, 지금 제정신인가? 문제의 손은 지금도 주방 싱크대 위에 놓여 있으며, 슬슬 악취를 풍기기 시작했다.

어쨌든 미도리카와는 즉시 우리집으로 오겠다고 했다. 정식으로 현장에 오는 게 아니라 몰래 와서 모든 상황을 극비리에 처리할 생각인 듯했다.

통화를 마치고 휴대폰을 끊자 이번에는 집전화가 울렸다. 미도리카와와 서재에서 통화했기에 특별히 이동할 필요는 없었다. 그 '생물'이 있는 공간에 되도록 가고 싶지 않았다.

"다지마 씨?"

수화기 너머로 젊은 남자 목소리가 들렸다. 나도 모르게 손목시계를 보았다. 밤 11시가 조금 지났다. 미도리카와의 예상이 적중했다.

"아아, 그래."

나는 메마른 목소리로 대꾸했다.

"보낸 건 봤어?"

"당신이 아사노인가?"

상대는 그 질문에 직접적으로 대답하지 않았다.

"내가 누구든 상관없잖아? 그보다 보낸 건 봤냐고?"

똑같은 질문을 반복했다. 말투가 묘하게 끈적거렸다.

"그래, 봤어. 무슨 생각이지?"

"경고라고 생각해. 다쿠마가 했던 말을 경찰에 알리지 말라는 경고."

"아직 말하지 않았어."

"앞으로는 말할지도 모른다는 거야?"

"그거야 모르지."

"말하지 않는 편이 좋을 거야. 말하면 다쿠마가 죽어."

"아직 살아 있는 건 맞아?"

"당연히 살아 있지. 손목만 잘랐거든."

"하지만 그런 경우 실혈사(失血死) 가능성이 높을 텐데?"

그냥 적당히 한 말은 아니었다. 과거 범죄기록에서 손목과 한쪽 다리의 절단이 죽음으로 이어진 경우가 적지 않았다.

"그렇지 않아. 다쿠마는 아직 살아 있어."

"그래? 다쿠마가 살아 있는 한 경찰에 신고는 안 할 거야."

"정말이지? 우리가 보낸 손은 어떻게 할 거야?"

"내일 음식물 쓰레기로 버릴 거야."

미도리카와가 했던 농담을 말할 생각은 들지 않았다. 그나저나 상대방 말투가 너무 어린아이 같았다. 성인 남자가 이런 식으로 말할까? 어린애 같은 말투에 비해 내용은 조리 있고 앞뒤가 맞았다.

하지만 목소리가 몹시 인공적으로 들렸다. 어쩌면 음성변조기를 사용하는지 모른다.

"음, 그렇게 하는 게 좋겠군. 그런데 당신에겐 딸이 있지? 전처는 병원에 입원해 있고……."

"뭐야!"

뒷말을 잇기가 어려웠다.

"걱정 마. 아직 아무 짓도 안 했으니까. 그쪽이 경찰에 신고하지 않는 한, 딸에게 아무 일도 없을 거야."

그 말에 대꾸하기도 전에 전화가 끊겼다. 절묘한 타이밍이었다. 가장 중요한 말을 맨 마지막에 한 뒤 상대가 대답할 기회를 주지 않는다. 상대방의 불안을 극대화시키는 방법이다.

실제로 나는 숨도 쉬지 못할 만큼 불안에 휩싸였다. 그들이 어떻게 우리 집안 사정을 알고 있을까? 내가 이혼했고 딸이 하나 있다는 사실은, 다쿠마는 물론이고 류노스케나 후유코도 모를 것이다.

집전화로 예전 집에 전화를 걸었다. 젊은 여자 목소리가 들려왔다.

"여보세요?"

늦은 시간이었지만 그것 자체를 의아해하는 느낌은 없었다.

"지구사니?"

한순간 침묵이 이어졌다.

"아빠?"

"그래, 잘 있었어?"

"응, 잘 있어."

"엄마는 어때?"

"어제 수술했어. 수술은 성공적인 것 같지만, 원체 어려운 수술이라 예단은 할 수 없대. 요즘 병원과 집을 계속 오가는 중이야."

고등학교 때에 비해 말투가 상당히 어른스러워졌다. 당연한 일이지만 새삼 세월의 흐름이 느껴졌다.

내가 아직 병원에 가지 않은 것에 대한 비난의 말 역시 없었다. 딸 나름대로 배려한 것이리라.

"혹시 요즘 달라진 건 없니?"

갑작스러운 질문이라는 건 알고 있다. 하지만 묻지 않고는 견딜 수 없었다.

"달라진 것? 없어. 거의 병원만 가니까. 그런 건 왜 물어?"

"아니, 특별한 이유는 없어. 내일 집에 가도 될까? 잠시 하고 싶은 말이 있어. 엄마에게 부탁받은 일도 있고."

"알았어. 내일 친구랑 만나기로 해서 집에는 밤 8시 넘어 도착할 거야."

"그럼 그 시간에 집으로 갈게. 그때 천천히 얘기하자."

"알았어. 그럼 내일 봐."

수화기를 내려놓고 생각에 잠겼다. 딸 주변에는 아직 아무 일도 일어나지 않은 것 같다. 하지만 앞으로도 그럴 거라는 보장은 없었다.

7

틀림없이 누가 미행하고 있다. 인파에서 인파로 들어갔다. 하지만 뒤쪽의 기척은 사라지지 않았다.

머릿속에 '6'이라는 숫자가 떠올랐다. 미행자가 여섯 명이라면 피하기 힘들다. 하지만 여섯 명이라는 것에는 아무런 근거가 없었다.

어제 우리집을 찾아온 남자들도 여섯 명인지 아닌지 모른다. 내가 아는 것은 여럿이었다는 사실뿐이다.

니가와 사건을 저지른 일당은 분명히 여섯 명이었다. 방문판매 살인 일당도 여섯 명인 경우가 많다고 한다. 하지만 내가 실제로 본 사람은 다쿠마와 오노다뿐이다. 아사노는 물론이고 시미즈도 본 적이 없다.

어젯밤 문 밖에 서 있던 남자는 처음 보는 사람이었다. 눈의 위치가 나와 거의 비슷했으니 결코 작지 않다. 내 키는 183센티미터쯤이다.

다쿠마에 따르면, 아사노는 빼빼 마르고 키도 작다고 했다. 그렇다면 여우처럼 가느다란 눈을 가진 남자는 아사노가 아니다. 혹시 시미즈 아닐까?

JR 신주쿠 역의 플랫폼에 섰다. 오후 7시 5분. 오늘은 수요일로, 도라쿠대학에서 수업을 마치고 나오는 길이다. 수업은 여느 때와 똑같았다. 하지만 미사키의 모습이 보이지 않았다. 첫 결석이다.

수업이 끝나고 회의 중인 스구로를 기다리며 도서관에서 시간을 때웠다. 미사키에 관해 알아봤는지 물어보기 위해서였다. 6시쯤 학부장실에서 스구로를 만나 30분 정도 이야기를 나눴다.

미사키는 역시 요시코의 동생이었다. 미사키가 대학에 제출한 신청서에는 지원 동기와 함께 보증인으로 요시코의 아버지와 똑같은 이름이 적혀 있었다. 아버지의 주소도 규슈의 후쿠오카로 같았다.

시간이 별로 없어 스구로와는 바로 헤어졌다. 딸이 마음에 걸렸다. 미도리카와의 지시로 관할서 형사가 딸의 신변 경호를 해주기로 했다. 하지만 조금이라도 일찍 만나 상황을 설명하고 싶었다.

플랫폼은 귀가하는 사람들로 넘쳐 혼잡하기 이를 데 없었다. 주오 선에서도 몇 분 간격으로 열차가 도착했고, 그때마다 줄을 선 사람들이 물결처럼 꿈틀거렸다.

플랫폼으로 안내방송이 요란스럽게 흘러나왔다. 미리 녹음된 방송과 스피커를 들고 외치는 역무원의 목소리가 뒤섞여 몹시 소란스러웠다.

줄을 서고 나서 첫번째 열차는 그냥 보냈다. 초만원 열차에 뛰어들고 싶지 않았다.

이제 줄의 맨 앞이다. 위험한 위치지만 미행자의 기척은 완전히 사라졌다. 어쩌면 내 착각이었는지 모른다. 만일을 위해 뒤를 돌아보자 회사원처럼 보이는 젊은 여성 두 명이 눈에 들어왔다. 그 뒤쪽에는 샐러리맨으로 보이는 남자가 이어폰을 낀 채 정신없이 휴대폰 화면을 들여다보고 있었다.

평온했다. 무슨 일이 일어날 징조는 없었다.

다카오 행 열차가 도착한다는 안내방송이 흘러나왔다. 어제 사건이 머리를 맴돌았다.

미도리카와가 도착한 건 밤 12시가 가까운 시각이었다. 그는 관할서의 젊은 형사와 감식과 직원을 대동했다. 셋이 싱크대에 있던 손을 확인하고는 감식과 직원이 가져온 아이스박스에 담았다.

미도리카와가 사사키라는 오키구보 서의 젊은 형사를 소개해주었다. 그가 딸의 신변 경호를 맡을 예정이다. 미도리카와는 그를 가리키며 "경시청의 얼간이 형사들보다 훨씬 우수해"라고 말했다.

미도리카와는 우리집에 오기 전 류노스케와 후유코에게 관계자 진술을 받은 모양이었다.

"손에 대해 누구에게도 말하지 말라고 단단히 입막음했어. 손목이 잘렸을 뿐이니 아직 살아 있을지 모른다고 강조했지. 실제로는 이미 살해됐을 가능성이 높지만 말이야. 그나저나 남녀 사이는 정말 모르겠군. 왜 그렇게 된 거지?"

후유코와 다쿠마 사이를 이제야 알아차린 모양이었다. 미도리카와의 단점은 남녀의 미묘한 감정에 둔하다는 것일지도 모른다. 그 점에 관해서는 나도 남의 말할 처지가 아니지만.

열차가 플랫폼으로 들어왔다. 다음 순간, 돌풍에 휘말린 듯

몸이 붕 뜨더니 누군가에게 떠밀린 것처럼 앞으로 고꾸라졌다. 바로 뒤쪽이 아니라 오른쪽 대각선에서 강한 힘이 느껴졌다.

비명을 질렀지만 가까스로 몸을 틀어 선로에 떨어지는 걸 피했다. 하지만 두 손 끝부분이 아슬아슬하게 열차에 부딪쳤다. 한순간 의식이 아득해졌다.

"괜찮으세요?"

정신을 차리자 젊은 역무원이 나를 일으키고 있었다. 열차 문이 열리고 승객들 승하차가 시작되었다. 중년 역무원이 가까이 다가왔다.

"손님, 괜찮으세요? 일단 사무실로 가시지요."

대답할 여유조차 없었다. 하지만 발 디딜 틈 없는 인파 속에서 계속 그곳에 있는 건 민폐였다.

멈추었던 열차는 이미 출발했고, 플랫폼에는 다음 열차의 도착을 알리는 안내방송이 흘러나왔다. 승객들 줄은 다시 늘어나 짧아질 기미가 보이지 않았다. 몇몇 사람의 호기심 어린 시선이 내게 쏟아졌다.

역무원은 나를 플랫폼에 있는 사무실로 데려갔다. 그런 다음 작은 의자에 앉히고는 물을 건네며 어떻게 된 건지 물었다.

"현기증이라도 나셨나요?"

중년 역무원이 물었다. 현기증은 나지 않았다. 누군가에게 떠밀린 것이다. 고의인지 우연인지는 알 수 없지만, 누군가 내 오른쪽 어깨를 떠민 것은 확실하다.

게다가 앞으로 고꾸라진 순간, 망막의 한 구석으로 선글라스 낀 남자를 보았다. 잘못 봤다고 하면 반박할 근거는 없었다.

"그럴지도 모르죠. 기억이 안 납니다."

이 시점에 내 의식은 또렷했다. 따라서 이 대답에 정치적 판단이 포함되어 있다는 점은 부정하지 않겠다. 가능하면 큰일로 만들고 싶지 않았다. 적어도 경찰과 마주하는 상황은 피하고 싶었다.

"다치신 데는 없나요? 손이 열차에 닿지 않았어요?"

"괜찮습니다. 손끝이 가볍게 스쳤을 뿐이에요."

나는 역무원 쪽으로 손을 내밀었다. 눈에 띌 만한 찰과상은 없었다.

"그러세요? 그렇다면 좋습니다. 누군가 고의로 떠밀진 않았죠? 그런 경우 경찰에 신고해야 되거든요."

"아닙니다. 순간적으로 현기증이 나서 앞으로 고꾸라진 것 같아요."

나는 거짓말을 했다. 고의인지 우연인지는 모르지만, 누군가에게 떠밀린 건 틀림없다. 하지만 그렇게 말하면 상황을 꼬치꼬치 캐물을 것이고, 자칫 경찰을 부를 수도 있다.

"그래요? 이 시간대에는 플랫폼이 매우 혼잡해 위험하니 조심하십시오."

"번거롭게 해서 죄송합니다."

한시라도 빨리 해방되고 싶었다. 사무실 괘종시계는 이미 8시에 가까워지고 있었다. 딸에게 8시쯤 간다고 했으니 지금 달려가더라도 이미 늦었다.

조바심이 머리끝까지 치솟았다. 아사노 일당의 짓일 가능성이 충분했다. 그들은 다쿠마의 잘린 손을 보내고 딸인 지구사를 들먹이며 나를 협박했다. 그 협박이 효과가 있다고 판단할 경우, 다쿠마에게 들은 이야기를 경찰에 알리지 않았다는 내 말을 믿을 수도 있다. 그렇다면 경찰에 말하기 전 내 목숨을 빼앗으려는 시도도 얼마든지 가능하다.

상대가 그렇게 생각하도록 만드는 것이 미도리카와의 시나리오일지 모른다. 함정수사라는 단어가 떠올랐다. 미도리카와는 나를 미끼로 사용할 생각일까?

"그럼 구급차는 필요 없겠군요."

"네, 물론입니다. 걸어갈 수 있습니다."

나는 황급히 일어섰다. 역무원은 내 상황을 이상하게 여기지 않는 듯했다.

8

오랜만에 걷는 길이다. 두 집 모두 가장 가까운 역은 JR 오기쿠보 역이다. 하지만 지금 사는 아파트는 남쪽 출구에 있고 예전에 살던 집은 북쪽 출구에 있다. 따라서 지난 5년 동안 북쪽 출구로 나온 적이 한 번도 없었다.

　교회 길을 지나 니코 길을 건너 주택가로 들어섰다. 예전에 살던 집은 역에서 도보로 20분쯤 걸린다.

　계속 뒤쪽을 신경쓰며 걸었다. 조금 전에 그런 일이 있었으니 또 습격하지는 않겠지만, 어쨌든 조심하는 게 상책이다. 다행히 미행자의 기척은 없었다.

　목적지가 다가오자 가볍게 심장이 뛰었다. 예전에 외할머니가 사는 가가와 현으로 가족이 놀러갔을 때 느꼈던 묵직한 통증이 떠올랐다. 우노와 다카마쓰를 잇는 우코 연락선에서 다카마쓰 시 연안의 불빛을 본 순간, 오랜만에 만나는 사촌과 친척들의 얼굴이 떠오르며 기분 좋은 통증과 가벼운 긴장감이 동시에 가슴을 파고들었었다.

　예전 집 앞에 있는 외길 끝에 도착했다. 단독주택 지역이다. 옆집 주차장의 출구를 가로막듯이 검은색 크라운이 주차되어 있었다. 그 옆을 지나가며 운전석 남자를 힐끗 쳐다보았다. 눈이 마주치자 상대가 작게 고개를 끄덕였다. 어젯밤 미도리카와가 소개해준 사사키라는 오기쿠보 서 형사다. 뒷좌석에도 한 사람 있는 듯했으나 얼굴은 보이지 않았다.

　현관 인터폰을 눌렀다.

　"아빠?"

　현관문이 열리고 안으로 들어갔다. 순간 시간이동을 한 듯한 느낌이 들었다. 일을 마치고 집에 오면 당시 고등학생이던 딸이 현관문을 열고 나를 맞이했었다. 지금은 그 현관에서 다른 사람 집에 들어가는 듯한 느낌으로 신발을 벗었다. 딸은 고등학교 시절보다 살이 빠진 듯했다. 유리코를 닮아 지적인 여성이 되어 있었다. 하얀색 바지에 옅은 핑크색 긴소매 셔츠의 얌전한 차림이었다. 많이 예뻐졌다.

우리는 현관과 가까운 거실 소파에 마주앉았다.

"소파를 새로 바꿨구나."

분위기를 부드럽게 하기 위해 가벼운 화제를 입에 올렸다. 내가 같이 살던 무렵에는 중후한 다갈색이었는데, 지금은 연한 크림색이다.

"새 것 아냐. 바꾼 지 5년쯤 됐어."

그랬던가? 어쩌면 아내는 이혼 뒤 나와의 추억을 지우기 위해 실내 인테리어를 전부 바꿨을지도 모른다.

"그보다 아빠, 어제 전화했을 때 최근 들어 달라진 게 없냐고 물었잖아. 그때는 특별히 짐작되는 게 없었는데, 오늘 마음에 걸리는 일이 있었어."

"마음에 걸리는 일?"

"응. 낮에 병원에 갔다가, 저녁때 오기쿠보에 사는 친구랑 남쪽 출구의 이탈리안 레스토랑에 갔거든. 그런데 하루종일 누군가 따라다니는 느낌이 들지 뭐야? 레스토랑에서 나오는데 오늘 병원에서 본 젊은 남자가 길에 서 있었고. 시선이 마주치자 부자연스럽게 고개를 돌리더라고. 더구나 어젯밤부터 옆집 주차장을 가로막고 검은색 승용차가 주차돼 있어. 너무 불안해 아빠가 오기만 기다렸어."

어떤 의미에서는 안도했다. 딸이 말한 젊은 남자는 분명 사사키다. 그나저나 상대가 모르게 미행해야 하는데, 이렇게 눈치채게 만들다니. 경찰관으로서 사사키의 능력은 미도리카와의 평가에 못 미칠지도 모른다.

"그건 걱정 마."

"왜? 왜 걱정 말라는 거야?"

"그 일에 대해 말해주러 왔어. 아마도 그 사람은 널 지켜주기 위해 파견된 오기쿠보 서 형사일 거야."

"형사? 왜 형사가 나를 지켜줘?"

딸의 얼굴이 순식간에 창백해졌다. 원래 둔한 아이가 아니다. 그래서 지나친 걱정을 안겨주고 싶지 않았다. 하지만 어느 정도 정보를 주지 않으면 본인의 판단력을 흐리게 만들 수도 있었다. 나는 마음을 정하고 간단히 설명했다.

다만 많은 부분을 생략했다. 살인사건 취재와 관련해 범인으로 보이는 남자에게 협박당하고 있고, 만일의 사태에 대비해 경찰이 당분간 신변을 보호해줄 거라고만 말했다.

몹시도 지리멸렬한 설명이었다. 물론 잘린 손도, 오늘 신주쿠의 플랫폼에서 일어난 사건도 말하지 않았다.

"아빠, 『시야』에 미타카의 아사사건에 관해 썼지? 지금 국제기독교대학에 다니는데, 우리 대학과 가장 가까운 역이 미타카 역이거든. 친구들 사이에서 아빠 글이 꽤 화제에 올랐었어. 혹시 그 기사와 관계가 있는 거야?"

"아니, 내가 지금 쫓고 있는 건 다른 살인사건이야. 아마도 그 사건 때문에 협박하는 걸 거야. 범인은 곧 체포될 거고, 네 경호도 금방 풀릴 거야."

정확한 설명은 아니었다. 미타카 사건도 내가 추적 중인 방문 판매살인과 관계가 없다고는 할 수 없을지 모른다. 더구나 범인이 금방 체포될 거란 말에는 아무 근거가 없다.

지구사의 얼굴에 불안의 그림자가 여전히 자리했다. 무리도 아니다. 극히 평범하고 평온하게 살던 사람이 갑자기 살인사건에 대해 들었으니.

"아빠, 오늘 여기서 자고 갈 거지? 혼자 있기 무서워."

"물론 그렇게 할 거야. 하지만 밖에서 형사가 지키고 있으니 걱정할 거 없어. 정말로 만약의 사태를 대비하는 것뿐이야."

지구사가 고개를 끄덕였다. 옛날부터 예민하긴 했지만 분별력이 있어 고집을 부리는 일은 없었다.

"식사는 했어?"

딸이 물었다. 그러고 보니 아무것도 먹지 못했다. 그 말을 듣고 처음으로 공복감을 느꼈다.

"아직 안 먹었어."

"난 친구랑 밖에서 먹었고, 집에 먹을 게 없는데……. 피자라도 배달시킬까?"

"그래. 그렇게 해줄래?"

"피자는 어떤 게 좋아?"

"아무거나 상관없으니까 적당히 주문해줘. 라지 두 판."

"그렇게 많이 먹어?"

"하나는 차에 있는 사람들 갖다 주려고."

딸이 고개를 끄덕였다. 나는 거실 안쪽에 있는 주방으로 갔다. 오른쪽 구석에 자리한 냉장고를 열자 뜻밖에도 캔맥주가 세 개 있었다.

"맥주 마셔도 돼?"

거실에 있는 지구사를 향해 소리쳤다. 피자 가게에 전화하는 딸의 목소리가 들렸다.

"응, 마셔도 돼."

딸이 수화기를 내려놓으며 대답했다.

"벌써 맥주 마셔?"

"아니, 엄마 거야."

가벼운 놀라움을 느꼈다. 나와 같이 살던 시절, 아내는 술을 마시지 않았다. 오히려 나의 과한 음주에 혐오감을 드러냈다.

그때 싱크대 수도꼭지에 부착된 정수기가 눈에 들어왔다. 불길한 예감이 들었다.

"지구사, 저 정수기는 언제 구입했어?"

캔맥주를 들고 거실로 향하며 물었다.

"그거? 아직 안 샀어. 어제 방문판매원이 와서 안 사도 되니

까 일주일만 사용해보래서. 30만 엔이라는데, 친구 말로는 수도
꼭지에 부착하는 타입은 몇천 엔 정도로 그렇게 비싸지 않다
고 해서 거절하려고. 방문판매원이 대출을 끼면 한 달에 조금
씩만 부담하면 된다고 하는데, 대출까지 받으며 그렇게 비싼 걸
살 필요도 없고."

지구사가 너무도 태연하게 말해 나는 깜짝 놀랐다. 일단 써보
고 안 사겠다고 거절하는 걸 젊은 여성들은 당연하게 여길지도
모른다. 하지만 방문판매의 경우 더할 수 없이 위험하다.

나는 잠시 생각에 잠겼다. 정수기 방문판매. 이것만으로 아사
노 일당이라고 의심할 수는 없다. 일본 어디서나 일상적으로 펼
쳐지는 광경이다. 하지만 이 타이밍에 헤어진 전처 집에 정수기
방문판매업자가 나타난 게 단순한 우연일까?

"그보다 아빠, 살인사건에 대해 자세히 말해줘. 불안해서 견
딜 수가 없어."

딸의 마음은 충분히 이해가 되었다. 하지만 그 전에 묻고 싶
은 게 있었다.

"잠깐만. 내 질문에 먼저 대답해줘. 방문판매원이 몇 명이나
됐어? 여섯 명이었어?"

지구사는 어안이 벙벙한 표정을 지었다. 살인사건에 비하면
방문판매 이야기는 대수롭지 않다고 여겼을지 모른다.

"글쎄? 집에 들어와 정수기를 부착한 사람은 두 명이었어. 하
지만 현관 밖에 몇 명 더 있었으니 여섯 명쯤일지도 모르겠네."

"안에 들어온 사람의 체구가 어느 정도였지?"

"글쎄, 뭐라고 할까? 둘 다 양복 차림이었어. 한 사람은 갈색 머리에 빼빼 마르고 키가 작았는데, 주로 그 사람이 말했어. 또 한 사람은 아빠처럼 키가 크고 덩치도 좋았지. 그 사람은 별로 말이 없었어."

"폭력적이거나 위협적인 느낌은 없었어?"

"전혀. 갈색 머리 남자는 특히 친절해서 '일주일간 사용해보고 안 사는 사람도 얼마든지 있습니다. 아주 좋은 제품입니다. 일단 시험해보시도록 하는 게 저희들 목표입니다'라고 말하던걸. 처음에는 거절했어. 그랬더니 알았다면서 순순히 가려고 해서 마음을 바꿨지. '안 살 가능성이 높지만, 일단 일주일만 사용해볼게요' 하고 말했어. 수돗물이 방사능에 오염돼 있으면 큰일이니까……."

체구는 아사노 및 시미즈와 비슷하다. 하지만 수법은 다르다. 아사노 일당은 교묘한 말로 속여 제품을 구입하게 만든다기보다 애초부터 협박으로 밀고 나간다. 또한 처음 방문한 날 제품을 사게 만들든지 상대를 살해해 금품을 빼앗는다. 일주일 후에 다시 찾아오는 일은 거의 없다.

하지만 일주일이라는 간격에 의미가 있는 듯했다. 내 동향을 파악하는 데 일주일이 필요했던 것 아닐까? 즉, 내 태도에 따라 딸을 인질로 삼으려는 게 아닐까 하는 생각이 들었다.

아사노가 다쿠마를 붙잡아 나와 미도리카와에 대해 묻자 고통을 견디지 못하고 말한 것 아닐까? 자신이 죽으면 내가 대학원생 살인사건에 대해 발표하기로 되어 있다고. 그래서 전화를 걸어온 남자가 다쿠마는 여전히 살아 있다고 말한 것 아닐까?

그나저나 그들은 내 가족에 대해 어떻게 알았을까? 다시 똑같은 의문에 직면했다. 다음 순간, 나는 숨을 들이마셨다. 돌연 관리인의 얼굴이 떠올랐다.

6년 전, 나는 아내와 헤어져 지금의 아파트로 들어갔다. 같은 지역 단거리 이사였지만, 짐을 옮기기 위해 이삿짐센터의 도움을 받았다. 그런데 그때 관리인과 약간 말썽이 있었다.

짧은 거리임에도 환상 8호선이 정체되는 바람에, 아파트 엘리베이터가 가장 혼잡한 오후 7시쯤 이삿짐을 옮기게 되었다. 따라서 많은 거주자들이 엘리베이터 앞에서 기다려야 했다.

그때 관리인이 질척질척 불만을 토로했다. 물론 엘리베이터가 혼잡한 6시부터 7시 사이는 피해달라고 미리 말했으니 잘못은 내 쪽에 있다. 나는 이삿짐을 옮긴 뒤 한 되짜리 술을 들고 관리인에게 사과하러 갔다.

관리인은 그제야 기분을 풀고 어색하게 미소를 지었다. 그때 왜 이사를 왔냐고 물어, 작업실로 사용하기 위해 아파트를 빌렸다고 했다. 북쪽 출구 근처에 아내와 딸이 산다고 말했는데, 당시는 법적 이혼 상태가 아니어서 거짓말은 아니었다.

그러자 관리인은 내가 아파트에 계속 머무르는 게 아니라고 판단했는지, 북쪽 출구의 자택 주소와 전화번호를 가르쳐달라고 했다. 관리실에서 택배 물건을 맡아놓는 일이 있는데, 만일에 대비해 비상용으로 가르쳐달라는 것이다.

잠시 망설이다 결국 알려주었다. 관리인에게 가정사를 자세히 설명할 이유는 없었고, 예전에 초등학교 교사였다지만 왠지 음침해 보이는 그에게 내 휴대폰 번호를 알리고 싶지도 않았다.

더구나 아직 짐이 남아 몇 번은 집에 더 가야 했다. 관리인이 사무적인 일로 연락할 경우 그 정도는 아내가 받아줄 것이라고 생각했다.

그 후로 관리인이 아내의 집에 연락하는 일은 없었다. 나 역시 예전 집 전화번호와 주소를 그에게 가르쳐준 사실조차 까맣게 잊고 있었다. 그런데 류노스케 자매 집의 방문판매를 둘러싸고 다쿠마와 옥신각신할 당시 협박용으로 나에 대한 정보를 수집했을 수 있다.

그리고 그런 정보는 아사노에게 전해졌을지도 모른다. 아사노가 다쿠마를 협박해 알아냈거나, 아사노에게 붙은 오노다가 가르쳐줬을 수 있다.

나는 잠시 망설였다. 어제 정수기를 부착하러 온 남자들이 아사노 일당이라는 확증은 아직 없었다. 하지만 개연성은 충분했다.

"그 사람들, 명함 같은 걸 두고 가지 않았어?"

"아니, 아무것도 안 줬어. 지금 생각하니 이상하네."

딸은 생각에 잠기며 말했다. 지금 가장 큰 문제는 내가 휘말린 살인사건을 딸에게 어떻게 설명하느냐 하는 것이었다.

9

자동차 창문을 노크했다. 그러자 문이 열리고 사사키가 밖으로 나왔다.

"이거 드세요."

나는 배달되어 온 피자를 내밀었다.

"잘 먹겠습니다."

사사키는 친근한 미소를 지으며 피자 상자를 받았다. 형사로서의 능력은 몰라도 성격은 좋아 보이는 젊은이였다. 키가 크고 호리호리해서 형사다운 위엄이 느껴지지는 않았다. 내 수업을 듣는 평범한 남학생들과 큰 차이가 없는 듯했다.

"내 것도 있나?"

뒷좌석에서 굵은 목소리가 들렸다. 놀랍게도 미도리카와였다.

"아, 먼저 드십시오."

사사키가 당황하며 뒷좌석 문을 열고 피자 상자를 내밀었다.

"무슨 피자야?"

피자를 받으며 미도리카와가 물었다.

"지라솔레예요."

내가 대답했다.

"그게 뭔데?"

"햄과 옥수수가 들어간 크림 피자입니다."

"전혀 자극적이지 않겠군. 나는 시큼하고 강렬한 게 좋아. 고추도 들어가고 안초비도 팍팍 들어가고……."

말은 그렇게 하면서도, 미도리카와는 피자 한 조각을 우걱우걱 먹기 시작했다.

"그러세요? 내일은 그걸로 주문해드리죠."

"농담하지 마. 나처럼 바쁜 사람이 어떻게 매일 와? 오늘도 허탕이란 걸 뻔히 알지만 만일을 위해 와봤는데, 역시 허탕이야. 녀석들이 코빼기도 안 보이는군. 이렇게 하루종일 경호하는 건 젊은 녀석들에게 맡겨야지."

"미도리카와 씨, 드릴 말씀이 있습니다. 잠시 산책 안 하시겠어요?"

미도리카와가 밖으로 나왔다. 왼손에는 피자 상자가, 오른손에는 절반쯤 먹은 피자 조각이 들린 채였다. 사사키가 피자 상자를 건네받았다. 나와 미도리카와는 걷기 시작했다.

미도리카와의 복장은 오늘도 매우 수수했다. 검은색 바지에 감색 스포츠 셔츠 차림이다.

최근 이렇게 수수한 옷을 입는 건 그의 기분이 좋지 않은 증거처럼 보였다. 그리고 그 원인은 나에게 있었다.

다만 오늘은 그 정도가 조금 누그러진 듯했다. 사건 해결이 한 걸음 더 가까워졌다고 느꼈을지도 모른다.

주택가는 매우 조용했다. 밤 10시쯤이라 내부분의 집에서 아직 불빛이 새어나왔지만, 가로등 사이의 거리가 상당히 멀어 짙은 어둠이 내려앉아 있었다.

그는 나보다 5센티미터쯤 컸다. 키 큰 두 남자가 걷자 그림자가 길게 드리워졌다. 미도리카와는 어깨 또한 장난 아니었다. 실제로 간혹 앞쪽에서 걸어오다 우리 모습을 발견하고 겁을 먹은 듯 옆으로 피하는 사람도 있었다.

우선 나는 오늘 신주쿠 역 플랫폼에서 일어난 일을 이야기했다. 되도록 사적인 의견 없이 객관적인 사실만 말했다.

"그것이 아사노 일당 소행이라면 역시 선생을 없애고 싶어한다는 거네. 그렇다면 아직 경찰에 알리지 않았다는 선생 말을 믿고 있을지 몰라."

내게 걸려온 익명의 전화는 이미 미도리카와에게 자세히 말해두었다. 일이 이 상황에 다다른 이상 그에게 의지하지 않을 수 없었다. 나는 최대한 부지런히 그에게 연락했다.

"실은 딸에게도 이상한 말을 들었는데요."

나는 지구사에게 들은 이야기를 전했다.

그러자 미도리카와가 생각에 잠기며 말했다.

"으음, 분명히 이상하군. 냄새가 나."

"어쩌면 미도리카와 씨가 쳐놓은 덫에 걸릴 수도 있지 않을까요?"

절반은 아부성 말이었다. 손목 사건을 경찰에 알렸는지 여부를 모호하게 처리한 것이 나름대로 효과를 발휘하는 듯했다. 이는 손목을 절단당한 다쿠마의 생사가 정확하게 밝혀지지 않은 것과 비슷했다. 그것이 아사노의 숨겨진 의도라면, 이쪽 역시 모호하게 대응하는 전략이 나쁘지 않다.

"덫이라고 할 만큼 거창하진 않지만, 녀석들은 계속 불안하겠지. 경찰이 상황을 어디까지 파악했는지 모르니까 말야. 니가와 사건이나 나카노 대학원생 살인사건에 대한 다쿠마 이야기를 봐도, 아사노란 녀석은 광기에 사로잡히긴 했지만 머리가 상당히 좋은 것 같아. 따라서 앞을 읽지 않으면 안 돼. 게다가 조심성이 보통이 아니야. 잡혔을 때를 예상해 자신의 죄가 줄어들도록 항상 대책을 세워놓잖아. 하지만 미래를 읽는다는 건 녀석의 강점인 동시에 약점이기도 해. 선생 딸에게 접근한 방문판매업자가 아사노 일당이라면, 만일을 대비해 인질을 확보하려는 의식이 작동했을 거야. 선생 말처럼 일주일이라는 간격에 나름대로 의미가 있을지 모르겠군. 상황을 지켜보며 적절히 대응하도록 미리 준비해두는 것일 수도 있겠지. 딸에게 해가 미칠 경우 선생이 이번 수사에서 손을 떼고, 다쿠마가 말한 내용을 경찰에 전하지 않을 거라 생각할 수도 있고 말야."

"다쿠마는 죽었을까요?"

"그럴 거야. 과학수사연구소에 잘린 손을 감정 보냈어. 결과가 나오려면 꽤 시간이 걸린다는데, 치사량에 해당하는 출혈 가능성이 높다더군."

"그래요? 그놈들은 다쿠마가 살아 있을지도 모른다고 생각하게 만들고 싶겠지요. 후유코 씨도 있으니, 내가 그녀를 배려해 경찰에 연락하는 걸 주저할지 모른다고 말이죠. 그리고 한 번 더 확실하게 하기 위해 내 딸에게 접근한 것 아닐까요?"

"그나저나 후유코는 왜 다쿠마 같은 사기꾼을 좋아하는지 모르겠군. 류노스케가 펄쩍 뛰는 것도 충분히 이해가 돼."

"남녀의 사랑에는 여러 형태가 있으니까요."

나는 그렇게 말하며 문득 아내를 떠올렸다.

"그래서 여자는 틀렸다니까."

나는 미도리카와의 말에 어이가 없었다. 만약 페미니스트가 들었다면 가만있지 않으리라.

'여자'라는 범주의 대표가 후유코이고, 류노스케는 해당되지 않는 것처럼 들렸다. 나는 그의 말에 침묵으로 대꾸했다.

"선생, 이렇게 하면 어떨까? 나와 사사키는 오늘로 여기서 철수할게. 미안하지만 선생 딸을 경호대상에서 제외하는 거야. 경찰이 계속 붙어 있으면 따님도 답답할 거잖아."

"그건 너무 위험해요. 만약 무슨 일이 생기면……."

"그럴 가능성은 거의 없어. 이렇게 경찰이 붙어 있는 걸 알면 누구도 달라붙지 않아. 빈틈을 보여주는 거지. 그리고 당분간 선생이 같이 살면 되잖아. 아사노는 바보가 아니야. 경찰이 감시할지도 모르는 곳에 무턱대고 나타날 것 같아? 그 전에 반드시 전화하거나 사람을 보내 탐색할 거야. 그때 나한테 연락해. 나와 사사키가 1분 안에 달려올 수 있도록 만반의 준비를 해둘 테니까."

1분 안에 달려올 수 있는 만반의 준비라……. 말도 안 되는 소리 하지 마라. 그런 만반의 준비가 있을 리 없지 않은가?

물론 사건이 일어나지도 않은 곳에 지속적으로 경비 태세를 취하기는 어려울 것이다. 하지만 미도리카와의 방법은 인권을 무시하는 처사 아닌가?

"나는 몰라도 사사키는 발이 엄청나게 빠르지. 게다가 전 일본공수도선수권 준우승자 출신이거든. 여섯 명쯤은 혼자서도 가볍게 쓰러뜨릴 수 있어."

나는 망연히 걸음을 멈추었다. 가까운 곳에서 밤의 어둠을 향해 개 짖는 소리가 들려왔다.

5장

심연

1

   고통스러운 일주일이 흘렀다. 나는 전처의 집에 머무르며 거의 딸과 같이 행동했다.

   앞이 보이지 않는 일상이었다. 정수기를 장착해준 남자들이 아사노 일당이라는 보장은 없다. 그저 조금 질이 나쁜 방문판매업자일 수도 있다.

   내 머릿속에서는 한 번도 만난 적 없는 아사노의 이미지가 터지기 직전까지 팽창했다. 아사노를 생각하지 않는 순간이 없었으나, 한편으로는 실재하는 느낌을 가질 수 없는 추상적인 존재였다.

   생각해보면 아사노에 관한 정보는 모두 전해들은 것이다. 니가와 사건의 재판기록. 스야마 게이와 미쓰이케 신야의 증언. 기계적인 기록으로 활자 안에 파묻힌 아사노의 희미한 그림자. 아사노를 잘 아는 사람들에게 전해들은 그의 생생한 실체. 그들은 한결같이 아사노의 광기와 잔인함을 이야기했지만, 동시에 증명할 수 없는 고문서 같은 느낌도 안겨주었다.

오전에는 주로 딸과 함께 아사가야의 종합병원에 갔다. 그리고 딸의 재촉에 첫날 유리코를 면회했다.

침대에 누운 유리코는 몹시 야위어 있었다. 턱살이 하나도 없고 눈은 움푹 들어갔으며 입술은 보라색이었다. 수술 후의 필연적인 결과인가? 아니면, 병마가 이미 생명의 언저리에 뿌리를 내리고 있다는 증거인가?

유리코는 내 병문안을 싫어하는 것 같지 않았다. 오히려 아련한 미소를 지으며 기운 없는 목소리로 말했다.

"당신이 오리라곤 생각도 못했어. 만나서 다행이야."

무슨 말을 해야 좋을지 몰랐다. 이런 경우 사용하는 상투적인 표현인 '생각보다 좋아 보이네'란 말이 통할 상황은 아니었다. 나는 어색한 미소를 지었다.

"요즘 바쁘지?"

"많이 바쁘지는 않아. 어느 정도 일이 정리됐거든……."

지구사와 같이 지낸다는 말은 하지 않았다. 그 이야기를 꺼내면 사건에 대해 말하지 않을 수 없다. 그것은 중환자에게 할 수 있는 말이 아니었다. 더구나 딸을 사건에 끌어들이고 위험에 노출시켰다는 사실을 알면 어떤 비난을 퍼부을지 모른다.

"이제 와서 이렇게 말해봤자 소용없지만, 죽을 때가 되니까 당신과 왜 헤어졌는지 모르겠어."

딸이 꽃병의 꽃을 바꾸기 위해 세면장에 갔을 때 유리코가 말했다. 병실은 8인실로, 간병하는 가족들과 환자들이 비교적 큰소리로 이야기를 나누고 있어 우리 대화에 주목하는 사람은 없었다.

"원래 그런 법이지. 시간이 지나면 과거가 전부 다르게 보이니까."

"하지만 그 시간을 되돌릴 수 없잖아."

대답할 수가 없었다. 이런 상황에서는 어떤 말도 허무할 수밖에 없다. 나와 유리코는 짧은 잠언 같은 말을 주고받았다.

"참, 수술 전에 스구로 씨가 부인과 같이 병문안왔었어."

"그래? 그 친구답군."

나도 모르게 그렇게 말했다. 수술하기 전 유리코를 만나보라고 했지만, 내게 그럴 의사가 없는 걸 알자 자신이 직접 찾아간 것이다. 분위기가 어색해지지 않도록 아내까지 데리고.

그때 딸이 돌아왔다. 우리는 다시 한 시간쯤 담소를 나누었다. 갑자기 부활한 화목한 가족의 풍경. 유리코의 말처럼 우리가 왜 헤어졌는지 알 수 없었다.

딸은 오전에만 유리코 곁에 있기로 정한 듯했다. 실제로 오후에는 이런저런 검사나 치료를 해야 하므로 옆에 있어봤자 의미가 없었다.

우리는 오전을 병원에서 보낸 후 산책하듯 나카스기 길을 걸었다. 가끔 근처 레스토랑에서 점심을 먹기도 했다.

나는 혹시라도 미행하는 사람이 있는지 경계를 늦추지 않았다. 그와 동시에 긴장한 모습을 딸이 알아차리지 못하도록 신경썼다.

경찰이 딸을 경호대상에서 제외한 건 위험이 사라졌기 때문이라고 설명했다. 미도리카와의 말을 지구사에게 그대로 전할 수는 없었다.

그럼에도 내가 당분간 같이 지내는 것은 방문판매업자가 누구인지 확인하기 위해서라고 덧붙였다. 내 말을 믿었는지 딸은 그렇게 긴장한 것처럼 보이지 않았다.

미도리카와나 사사키가 우리를 어떤 식으로 경호하는지 모른다. 미도리카와의 말을 어떻게 해석해야 할지도 미묘했다.

말은 그렇게 했지만, 사사키 형사에게 우리를 계속 경호하라고 지시했을지도 모른다. 하지만 지금으로선 사사키의 기척이 느껴지지 않았다.

유리코가 입원해 있는 병원에 간 첫 날, 나와 딸은 나카스기 길에 있는 일본 음식점에서 점심을 먹었다. 그때 딸의 입에서 뜻밖의 말이 튀어나왔다.

"엄마가 건강해지면 다시 시작하는 건 어때? 이번엔 잘 지낼 수 있을 것 같은데."

나는 빙긋이 미소를 지었다. 그것도 나쁘지 않다. 하지만 유리코가 살아서 돌아오는 일은 없을 것 같았다.

"스구로 아저씨도 그게 좋겠다고 하셨어."

어릴 때부터 알고 지내던 사이라 지구사는 스구로를 '아저씨'라고 불렀다.

"스구로가 그랬어? 그나저나 그 친구 부부는 지금도 사이가 좋네."

"응. 아줌마는 여전히 아름답고 우아하던데? 50이 넘었는데 30대로밖에 안 보여. 엄마도 그렇게 말하며 억울해하더라."

딸의 웃음에 빨려 들어가듯 나도 덩달아 웃었다. 이런 평범한 대화가 몇 년 만인가?

스구로는 2년 후배와 결혼했으니 그의 아내도 이미 쉰이 넘었겠다. 세월의 흐름을 느꼈다. 그들은 기나긴 세월을 거치는 동안 가정을 공고하게 키워나갔다. 반면에 나와 유리코는 궤도에서 이탈해 지금 이름 모를 늪에 빠지려는 중이다.

창밖으로 시선을 돌렸다. 이미 가을 느낌이 묻어나는 부드러운 햇살이 길에 서 있는 초록 나무에 쏟아지고 있었다.

반소매 차림들 사이로 긴소매를 입은 사람도 눈에 띄었다. 계절의 미묘한 변화가 일상적인 풍경에 투시되는 걸 보고 가슴이 먹먹해졌다. 그리고 그런 단순한 사실에 감동하는 나 자신에 대해 놀라워했다.

지난 몇 달간 주변에서 일어난 사건들이 떠올랐다. 그 소용돌이 속에서 나는 그런 상황을 기이하다고 여기지 않았다. 사건

을 쫓는 저널리스트의 숙명으로 받아들인 것이다. 하지만 역시
모든 것이 기이했다.

한편, 딸과 평온하게 점심을 같이하는 시간이 새삼 소중하
게 느껴졌다. 이 행복이 언제까지 지속될지는 짐작하기 어렵지
만……

2

딸과 같이 생활한 지 열흘째. 여전히 아무 일도 일어나지 않
았다.

오랜만에 상하이에 있는 기무라에게서 전화가 왔다.

밤 8시 45분. 나는 서재로 사용하던 2층의 세 평짜리 방에서
휴대폰으로 걸려온 전화를 받았다. 딸은 1층 거실에 있으니, 나
와 기무라의 대화가 들리지 않을 것이다.

"몇 번이나 전화하셨는데, 연락이 늦어 죄송합니다."

기무라는 일단 사과의 말부터 했다. 나는 상하이에 있는 기
무라의 휴대폰에 세 번 전화했었다. 하지만 전화를 받지 않았
다. 전화해달라는 메시지를 남겼지만, 계속 연락이 없어 장문의
메일을 보냈다.

기무라에게는 다쿠마가 나카노 대학원생 살인사건에 관여했
음을 고백한 사실까지 이야기했었다. 하지만 그 후 어떻게 되었

느지 모를 것이다. 따라서 메일에 잘린 손복 배달사건을 쏘함해 자세한 상황을 적어 보냈다.

나는 당연히 기무라가 그 메일을 읽었을 거라고 생각했다.

"내가 보낸 메일 봤어요?"

나는 확인하듯 물었다.

"네, 봤습니다."

"엄청난 일이 벌어졌어요. 지난번보다 더 굉장한 특종이 될 겁니다."

"그럴지도 모르죠. 뭐 언젠가 원고를 청탁드리겠습니다."

기무라는 별로 흥분하지 않았다. 너무도 침착해 고개가 갸웃거려졌다.

"다음주에 돌아오죠?"

나는 화제를 바꾸었다. 생각지도 못한 썰렁한 반응에 소외감마저 들었다.

"아직 확실하지 않습니다. 일본과 중국의 영토문제를 둘러싼 취재니까요. 이런 정치문제는 파고들수록 끝이 없잖습니까?"

이 말도 왠지 비아냥거리는 것처럼 들렸다. 어차피 내가 쫓는 사건은 자극적인 기삿거리에 불과하다고 말하고 싶은가? 『시야』의 본래 자리로 돌아가겠다는 선언처럼 들리기도 했다. 분명히 최근 기무라는 그답지 않게 유난히 특종에 집착했다.

"참, 다지마 씨. 시나가와 미사키라는 여학생이 제자인가요?"

그는 갑자기 나의 허를 찔렀다. 기무라 입에서 미사키 이름이 튀어나올 줄은 상상도 못했다. 미사키에 관해서는 아직 그에게 어떤 말도 하지 않았었다.

내 제자. 그것도 이상한 표현이었다. 나는 상황을 정확히 바로잡았다.

"미사키는 게이가쿠여대 학생이고, 내 수업을 청강하는 중입니다."

"그래요? 어쨌든 그 학생이 제가 상하이로 떠나기 직전 찾아와 이상한 걸 묻더라고요."

"이상한 거요?"

"네. 처음에는 취재 과정을 알려달라는 식으로 말해, 뉴스 소스는 원래 비공개이므로 외부인에게 말할 수 없다고 했습니다. 그랬더니 『시야』 편집부와 작가, 즉 다지마 씨 사이에 그 기사를 둘러싸고 뭔가 밀약 같은 게 있는 것 아니냐고 하더군요. 개인적인 사건을 의도적으로 사회적 사건으로 날조한 것 아니냐는 식이었죠. 물론 터무니없는 트집이라 취재에 대한 우리의 자세를 설명한 뒤, 인권을 무시한 심각한 사회문제의 관점에서 그 사건을 바라보고 기사를 내보낸 거라고 했습니다. 하지만 계속 받아들이지 않고 매달리더군요. 제가 없을 때도 『시야』 편집부에 찾아가 편집자들을 괴롭힌 모양입니다. 편집자 중에는 정신적으로 이상한 것 아니냐고 말하는 사람도 있을 정도예요. 죄송하지만, 다지마 씨께서 그 학생에게 좀 자중하라고 말해주시지 않겠습니까?"

"기무라 씨, 실은 말이죠……."

'그 학생은 마쓰모토 요시코의 동생입니다.' 그렇게 말하려는 순간, 그는 내 말을 가로막듯 황급히 덧붙였다.

"죄송하지만 이제 끊어야 합니다. 나머지는 귀국해서 천천히 이야기 나누죠."

"미사키 학생은……."

끝까지 말하려 했지만, 기무라가 다시 말을 끊었다.

"다지마 씨, 국제전화는 받는 분이 요금을 지불한다는 사실을 아시나요?"

마치 내가 하려는 말을 알면서도 일부러 막는 듯한 분위기였다. 기무라는 부자연스럽게 웃은 뒤 그대로 전화를 끊었다.

나는 잠시 생각에 잠겼다. 새로운 수수께끼가 하나 더 늘었다.

미사키가 그렇게 행동한 건 어떤 의미에서 예상 가능한 일이다. 요시코의 동생이 진상을 알기 위해 잡지를 발행한 편집부에 찾아간 것은 어쩌면 자연스럽다.

문제는 기무라의 대응이다. 기사가 객관적으로 옳은지 그른지는 둘째치고, 우리의 취재 자세에는 문제가 없었으니 정정당당하게 반론하면 되지 않는가? 그런데 내게 국제전화를 걸어, 마치 교수의 권위를 이용해 미사키의 입을 다물게 해달라는 식의 말을 하다니.

기무라가 내게 전화한 가장 큰 목적이 그것 아닐까? 방문판매 살인에 대한 기무라의 관심이 눈에 띄게 줄어든 것과도 통하는 듯했다.

1층으로 내려갔다. 지구사가 소파에서 홍차를 마시며 TV를 보고 있었다. 나는 별로 관심이 없는 버라이어티 프로그램이다. 딸 옆에 앉았다.

"홍차 마실래?"

"아니, 괜찮아."

사실 홍차가 아니라 커피를 마시고 싶었지만, 대놓고 그런 말하기가 꺼려졌다. 나와 딸의 관계는 아직 평범한 부녀관계에 이르지 못했다. 사이는 나쁘지 않지만 서로 끊임없이 신경쓰는 관계라고나 할까? 하지만 지금으로선 그걸로 충분하다.

버라이어티 프로그램이 끝나고 뉴스가 흘러나왔다. 다음 순간, 나는 눈을 크게 떴다.

"도쿄 도내에서 여대생 행방불명 사건이 발생했습니다. 게이가쿠여대 4학년생인 마쓰모토 미사키 양인데, 이번 달 중순부터 가족과 친구, 대학과 연락이 되지 않아 후쿠오카에 사는 부모가 상경해 가까운 신주쿠 서에 신고했습니다. 대학 친구에 따르면, 마쓰모토 미사키 양은 9월 15일 오전 게이가쿠여대의 수업에 참석한 후 갑자기 소식이 끊겼다고 합니다."

남성 아나운서의 목소리에 맞춰 게이가쿠여대 정문이 화면에 비쳤다. 뉴스는 즉시 끝났다. 주요 소식을 하나만 내보내는 1분짜리 플래시 뉴스였다.

나는 망연자실했다. 지구사는 그 뉴스에 별다른 관심을 보이지 않는 듯했다. 마음속 동요를 알아차릴까 봐 슬며시 일어나 다시 2층 서재로 갔다.

가방에서 수첩을 꺼냈다. 예상대로였다. 9월 15일은 화요일로, 도라쿠대학에서 내 수업이 있기 하루 전날이다.

오늘은 9월 21일이다. 소식이 끊긴 지 6일 만에 보도된다는 건, 가족이나 친구들이 여기저기 찾아보다 결국 신고했다는 의미 아닐까? 만약 미사키가 도라쿠대학에서 청강 중이라는 사실을 친구나 주변 사람들에게 말했다면, 친구든 가족이든 당연히 나를 찾아왔을 것이다. 그런 일이 없었다는 건 그 사실을 아무에게도 말하지 않았다는 뜻이다. 하지만 '과목 등 이수생'으로 미사키의 이름은 도라쿠대학에 정식으로 등록되어 있다. 따라서 경찰은 9월 16일 오후 내 수업을 청강했을 가능성에 대해 생각하게 될 것이다.

물론 미사키가 등록한 건 스구로의 수업이지만, 수요일에는 해당 수업이 없다. 그 날은 한 달에 한 번 교수회의가 있고, 교수회의가 없더라도 학부장으로서 참석해야 할 대학 내 회의가 많아 수업을 잡지 않았다.

처음에는 경찰이 스구로와 접촉할 것이다. 그러다 미사키가 내 수업도 듣는다는 사실을 알아낼 것이다. 스구로는 학부장이라는 위치에서 내가 미사키에 대해 했던 말을 객관적으로 경찰에 전달할 것이다.

나는 마치 나 자신이 미사키의 행방불명에 관여한 장본인 같은 묘한 환상에 사로잡혔다. 그나저나 미사키는 언니의 죽음에 대해 누구를 의심한 걸까? 조금 전 걸려온 기무라의 기이한 전화가 떠올랐다. 통화 직후 미사키가 행방불명되었다는 뉴스가 흘러나왔다. 나는 이 두 가지 사실이 어디선가 이어져 있다는 느낌이 들었다.

3

다음날 오후 3시, 스구로가 휴대폰으로 전화를 걸어왔다. 용건은 말하지 않아도 알고 있었다.

"마쓰모토 미사키 때문이지?"

내가 먼저 물었다.

"그래. 자네도 TV나 신문을 통해 알고 있지?"

TV뿐만 아니라 딸의 집에서 보는 「마이초 신문」 조간에도 미사키 실종사건이 실려 있었다. 제목이 그렇게 크지 않은 건 아직 사건 가능성이 확정되지 않았기 때문일 것이다. 하지만 내용을 보면 단순한 가출사건과 다르게 취급했다.

"물론 알고 있네."

"실은 오늘 오전 경시청 형사가 대학으로 찾아왔어. 처음에는 교무과로 갔는데, 결국 학부장으로서 내가 응대하지 않을 수 없었지. 미사키가 내 수업을 청강했다는 건 당연히 말했고, 일의 성격상 자네 수업도 들었다는 걸 말하지 않을 수 없었어. 내 입장을 이해해줬으면 해서 말이야."

"당연히 말해야지. 그런데 그 형사 이름이 뭐였나?"

"잠시만 기다리게. 명함이 여기 있는데……, 수사1과의 가타기리 경부보일세."

모르는 이름이었다. 이미 미도리카와에게 미타카 아사사건과 아사노의 접점에 대해 말했기 때문에, 가타기리라는 형사도 그 정보를 공유했을 가능성이 크다. 다만 미사키에 관해서는 미도리카와에게 아직 말하지 않았다.

"미사키가 요시코의 동생이라는 건 말했나?"

"그래. 자네 이야기를 했더니, 그쪽도 자네에 대해 잘 알고 있더군. 「악의의 어둠」을 쓴 필자라는 걸 포함해서 말이야. 미사키가 자네 수업을 들으려 할 때 가명을 사용했다는 얘기도 전했네."

"그래? 그럼 형사가 조만간 날 찾아오겠군."

스구로와 이야기를 마치고 한 시간쯤 후였다. 아래층에서 전화벨이 울렸다.

반사적으로 손목시계를 보았다. 오후 4시였다. 위험한 시간대다. 나는 재빨리 계단을 뛰어내려갔다.

지구사가 거실에서 집전화의 수화기를 들었다. 나는 딸의 표정 변화를 주시했다. 그리고 눈으로 신호를 보냈다. 딸이 긴장한 표정으로 작게 고개를 끄덕였다.

"네. 죄송하지만 구입하지 않기로 했으니 지금 바로 가지러 오시겠어요?"

딸은 내가 시킨 대로 대답하고 수화기를 내려놓았다.

"한 시간쯤 지나서 가지러 오겠대. 끈질기게 달라붙지 않았어. 역시 평범한 업자인가 봐."

하지만 방문판매업자가 끈질기게 매달리지 않는 게 오히려 이상한 것 아닐까?

"목소리가 지난번 왔던 남자랑 같았어?"

"아마 그럴 거야. 갈색 머리의 키 작은 남자와 말투가 같았어."

그때 인터폰이 울렸다. 예감이 좋지 않았다. 집전화를 끊은 직후 인터폰이 울리다니. 지난번 내가 살던 아파트를 습격했을 때와 똑같다. 우연의 일치라곤 생각하기 어려웠다.

나와 딸은 얼굴을 마주보았다. 나는 "잠시만 기다리라고 말하며 시간을 끌어주겠니?"라고 작게 말했다. 그러는 사이 미도리카와에게 연락할 생각이었다. 지금은 방문상대가 누구든 당장 와달라고 부탁하는 수밖에 없다. 미도리카와와 사사키는 언제라도 달려올 만반의 준비를 취하고 있을 것이다.

딸이 멈칫거리며 인터폰 수화기를 들었다. 지구사는 내가 상대방 말을 같이 들을 수 있도록 배려했다.

"네."

딸이 작은 목소리로 응답했다.

"죄송하지만, 조금 전에 전화드린 정수기 판매자인데요. 정수기를 가지러 왔습니다."

밝고 명쾌한 목소리였다. 하지만 정체를 알 수 없는 음침함이 느껴졌다.

"네? 벌써 오셨어요? 한 시간쯤 걸린다고 하지 않으셨나요?"

이건 나도 예상치 못한 지구사의 마음이었다. 시간 벌기용으로 나쁘지 않다. 나는 주머니에서 휴대폰을 꺼내 미도리카와의 휴대폰 번호를 눌렀다.

그런 다음 딸과 남자의 대화를 더 이상 듣지 않고 2층 서재로 뛰어올라갔다. 현관 복도를 지나칠 때 현관문이 잠겨 있음을 다시 한 번 확인했다. 체인도 단단히 걸려 있었다.

2층 서재의 커튼 뒤로 밖을 내다보았다. 현관 앞에 서 있는 양복 차림의 남자들이 보였다. 재빨리 숫자를 헤아렸다. 여섯 명이다. 그 숫자가 결정적인 사실처럼 여겨졌다. 하지만 미도리카와는 전화를 받지 않았다. 조바심이 났다. 지금은 음성 메시지를 남기는 수밖에 없었다.

"다지마입니다. 그자들이 왔습니다. 지금 바로 와주세요."

스스로 생각해도 절박한 목소리였다.

아래층에서 현관으로 들어오는 남자들의 웅성거림이 들렸다. 말도 안 돼! 어떻게…….

황급히 계단을 뛰어내려갔다.

현관 입구는 이미 양복 차림의 여섯 남자들이 점령하고 있었다. 문의 체인 또한 벗겨져 있었다. 딸이 문을 열어주었다고밖에 생각할 수 없었다. 이자들은 어떤 마법을 사용해 딸에게 문을 열도록 만들었을까?

"정수기를 가져가겠습니다."

이렇게 말해놓고 집으로 들어와 태도를 바꾸는 건 얼마든지 가능한 일이다.

경호대상자에서 벗어나자 지구사가 방문판매자의 정체에 대해 낙관적으로 생각하게 되었는지도 모른다. 그 점에 관해 나는 심각하게 이야기하지 않았다. 딸의 심리적 공포를 덜어주려는 안이한 생각이 무서운 결과로 돌아왔다.

아는 얼굴은 한 명도 없었다. 현관이 비교적 넓었지만, 여섯 남자가 들어선 순간 밀도가 높아졌다.

한가운데에 있던 갈색 머리가 딸을 보며 말했다. 지구사의 얼굴이 창백해져 있었다. 갈색 머리는 2층에서 내려온 나를 보고도 말을 멈추지 않았다.

"며칠이나 사용해놓고 이제 와서 필요 없다고 하면 안 되죠. 책임을 져주셔야겠습니다."

말투가 가벼워 일상적인 이야기라도 하는 듯했다. 다쿠마에게 들은 아사노의 이미지가 떠올랐다. 분명히 느낌상 비슷하다. 키가 작고 빼빼 말랐으며 안색도 창백하지만, 얼굴 생김새는 단정하다고 할 수 있었다.

"하지만 일주일 동안 사용해본 후 구입하지 않아도 된다고 하셨잖아요?"

딸이 떨리는 목소리로 반론을 제기했다.

"그런 적 없거든. 내가 그런 말을 했던가?"

갈색 머리는 그렇게 말하며 오른쪽에 있는 탄탄한 체구의 남자를 쳐다보았다.

"난 못 들었는데? 그런 말 한 적 없어. 이봐, 너희들은 들은 적 있어?"

"아니, 없어. 그런 말 한 적 없거든."

다른 남자들 역시 주문을 외우듯 말을 맞추었다.

이것이 집단 협박의 기본인가? 동료끼리 말을 주고받으며 상대를 심리적 공황상태로 서서히 몰아넣는다. 그리하여 상대방의 사고능력을 완전히 정지시킨 후 최후의 한방으로 숨통을 끊는 것이다.

긴장이 휘몰아쳤다. 내 심장의 고동소리가 귀에 들릴 정도였다. 자칫하면 나뿐만 아니라 딸까지 위험에 처하게 된다.

한 가지 이상한 것은, 2층에서 내려온 걸 봤을 텐데 내 존재를 완전히 무시한다는 점이었다. 그들은 마치 내가 그 자리에 없는 것처럼 행동했다.

지금 내가 할 일은 한 가지뿐이었다. 시간을 지연시키는 것이다. 미도리카와가 달려올 때까지 기다리는 수밖에 없다. 그나저나 유일한 희망이 음성 메시지라는 게 너무도 불안했다.

어쨌든 지금은 강함과 부드러움을 섞어 시간을 벌어야 한다.

나는 일단 저자세로 나갔다.

"죄송하지만 무슨 일이시죠?"

갈색 머리가 나의 개입을 예상이라도 한 듯 히쭉 웃으며 처음으로 시선을 맞추었다.

"당신은 누구지?"

내가 누구인지 알면서 일부러 묻는 것 같았다.

"이 아이 아버지입니다."

목소리가 조금 갈라졌다. 잔뜩 겁을 먹고 동요한 것처럼 보이게 연기했다. 하지만 그게 연기인지 아닌지는 스스로도 알 수 없었다. 온몸의 근육이 경직되었다.

"아버지? 아하, 아버지가 와 있었군."

무시하는 동시에 탐색하는 말투였다. 내 행동에 맞춰 연기하는 것처럼 느껴지기도 했다.

"정수기 때문에 그러신 것 같은데, 돈을 드려야 한다면 딸 대신 내가 드리죠."

이렇게 말한 건 시험의 의미도 있었다. 그들이 돈을 목적으로 하는 불법 판매업자라면 내가 유도한 말에 넘어올 것이다.

"돈을 주겠다고? 이미 늦었어."

"왜죠? 우리가 저 정수기를 사면 되지 않습니까?"

"그래서 이미 늦었다는 거야. 왜 똑같은 말을 몇 번씩 반복하게 하지? 우리가 필요한 건 돈이 아니야. 얘들아, 안 그래?"

갈색 머리가 다시 오른쪽 남자를 쳐다보았다. 그러자 그 남자가 위협하듯 내 눈을 노려보았다. 등골이 오싹했다.

생각났다. 현관문 틈으로 들여다보던 남자의 표정. 냉혹하고 잔인한, 여우처럼 가느다란 눈.

어깨가 떡 벌어지고 키는 나와 비슷하다. 나머지 네 명은 갈색 머리보다 크지만 이 남자보다는 작았다.

여우 눈이 다가와 오른손으로 내 멱살을 잡았다. 유도의 메치기 동작이다. 나는 오른손으로 그 손을 뿌리치려 했다. 하지만 눈 깜짝할 사이 다른 남자들이 내 옆구리를 잡아 꼼짝도 할 수 없었다.

여우 눈은 여전히 오른손으로 내 멱살을 잡고 있었다. 딸의 작은 비명이 들렸다. 지구사는 아직까지 자유로운 상태였다.

내가 잡히면 모든 게 끝이다. 식은땀이 솟구쳤다. 심장이 망가진 세탁기처럼 덜거덕거리기 시작했다. 이제 이판사판이다. 나는 크게 소리쳤다.

"당신, 아사노지?"

갈색 머리가 히쭉 웃으며 고개를 끄덕였다.

4

그때 인터폰이 울리고 현관문을 노크하는 소리가 들렸다. 남자들 바로 뒤에서 소리가 나, 나를 잡고 있던 남자들이 엉겁결에 손을 놓았다. 그 틈에 나는 목젖을 압박하던 여우 눈의 손을 뿌리쳤다.

"기우치 씨, 신문대금 받으러 왔습니다."

문 밖에서 느긋한 남자 목소리가 들렸다. 아사노가 혀를 찼다.

"지금 바쁘니까 나중에 와."

"오늘은 꼭 받아야 돼요. 안 그러면 두 달이나 밀리거든요."

"무슨 잔소리가 이렇게 많아?"

아사노가 버럭 화를 내며 문을 열었다.

밖에는 감색 트레이닝복 차림의 키가 크고 마른 남자가 서 있었다. 신문대금을 받으러 왔다면서 손에는 아무것도 들고 있지 않았다. 수금원이라기보다 이른 아침 주택가에서 조깅하는 듯한 차림이었다.

수금원과 눈이 마주쳤다. 그는 작게 고개를 끄덕였다.

이제 됐다.

그때 순찰차 사이렌 소리가 들리기 시작했다. 그러자 아사노의 안색이 달라졌다. 눈앞에 있는 수금원의 정체를 간파한 듯했다.

"시미즈, 그 녀석을 잡아!"

아사노가 소리쳤다. 시미즈라고 불린 남자가 트레이닝복 차림의 남자에게 달려들었다. 하지만 시미즈의 몸은 순식간에 복도로 고꾸라졌다.

멋진 정권지르기였다. 역시 일본공수도선수권 준우승자다

웠다.

다른 사내가 달려들었지만 결과는 같았다. 쓰러진 곳이 복도가 아니라 현관 문턱이라는 차이만 있을 뿐이었다. 나머지 세 명은 밖으로 도망쳤다. 사사키가 그 뒤를 쫓았다.

나는 그럴 때가 아니라고 소리치고 싶었다. 분명히 공수도도 잘하고 발도 빨랐다. 하지만 도망친 세 명은 놓쳐도 상관없는 떨거지들이다. 문제는 여기 남아 있는 아사노다. 사사키의 문제는 미숙한 판단력이었다.

나와 아사노의 대치상태가 이어졌다. 그의 체구가 작으니, 비록 나이라는 핸디캡이 있지만 예전에 배운 유도 실력으로 제압할 수 있을 것 같았다. 나는 아사노와의 격투를 각오했다.

아사노는 완력에 자신이 없는지 조금 전과 달리 불안한 표정을 지었다. 공격과 수비가 바뀐 상황임은 틀림없었다. 쓰러진 시미즈와 남자 한 명은 뇌진탕을 일으켰는지 일어날 기미를 보이지 않았다.

순찰차 사이렌 소리가 점점 커지더니 집 밖에서 급브레이크를 밟는 소리가 들렸다. 드디어 지원군이 도착했다. 나는 기운을 얻어 아사노에게 덤비기로 작정했다.

그런데 그 순간 여자의 비명이 들렸다. 지구사였다. 아사노가 거실로 피해 있던 딸을 붙잡은 것이다. 그는 뒤에서 딸의 목을 껴안고, 칼을 들이댔다.

지구사는 파란색 짧은 면바지에 하얀색 티셔츠 차림이었다.

아사노가 딸의 상체를 들어올리자 티셔츠가 올라가 배꼽이 드러났다. 딸의 눈에서 커다란 눈물방울이 떨어졌다. 공포심으로 비명조차 지를 수 없는 모양이었다.

"그만둬! 어차피 도망치는 건 불가능해. 바보 같은 짓 하지 마!"

"가까이 오지 마! 가까이 오면 네 딸은 죽어!"

내가 지원군을 기다리는 걸 알아차렸는지 그는 적극적으로 움직였다. 아사노가 딸을 질질 끌고 현관 밖으로 나갔다.

길거리에는 사이렌 소리에 놀라 밖으로 뛰어나온 이웃 주민들이 몇 명 있었다. 하지만 그렇게 많은 숫자는 아니었다. 아직 해가 떨어지지 않은 시간대라서 빈집이 많은 듯했다.

순찰차 앞에는 남자 두 명이 제복 경찰관 세 명에게 붙잡혀 있었다. 도망친 한 남자와 사사키의 모습은 보이지 않았다. 사사키는 그 사내를 끝까지 쫓아간 걸까?

길에서 마당을 지나 거구의 사내가 이쪽으로 걸어오는 게 보였다. 최강의 지원군이다. 인질이 잡혀 있다곤 하지만, 이런 상황에서는 미도리카와의 신통력을 믿는 수밖에 없다.

미도리카와는 하얀색 양복에 진홍 넥타이 차림이었다. 과거 류노스케의 라이브 공연에서 본 것과 똑같은 스타일이다.

나와 미도리카와가 아사노와 딸을 앞뒤로 포위하는 상황이 되었다. 현관에서 길까지는 겨우 5미터 정도였다. 양쪽에는 이웃집과의 경계용 울타리가 나지막하게 자리했다. 좁은 공간에

네 사람이 들어서자 마당이 꽉 찬 것처럼 보였다. 멀리서 2차로 달려오는 순찰차의 사이렌 소리가 들렸다.

우스꽝스러운 광경이기도 했다. 누군가는 미도리카와의 옷차림 때문에 영화 촬영이라고 생각하지 않을까? 하지만 나는 필사적이었다. 딸의 생명이 걸려 있었기 때문이다.

"이봐, 네가 아사노지? 그만 포기하고 칼 내려놔."

미도리카와가 특유의 거친 목소리로 말했다. 그는 맨손이었지만 뒤쪽의 제복 경찰관이 경찰봉을 들고 있었다. 나머지 경찰관은 붙잡은 남자들을 순찰차 안으로 밀어넣는 중이었다.

어쨌든 3 대 1이다. 머릿수로는 분명히 우세하다. 문제는 딸에게서 어떻게 아사노를 떼어내느냐 하는 것이다.

"알았어."

아사노가 순순히 말했다. 너무도 갑작스러워 믿기지 않았다.

"그럼 일단 그 학생을 놓아줘."

그러자 아사노는 즉시 딸에게서 손을 뗐다. 지구사가 내 품으로 뛰어들었다. 여성 특유의 달콤한 향기가 희미하게 코끝을 스쳤다. 나는 딸을 얼른 내 뒤로 보내고 상황을 주시했다.

아사노가 미도리카와 쪽으로 칼을 들이밀었다. 얼굴에는 씁쓸한 미소가 감돌았다. 완전히 자포자기한 표정이었다. 아사노와 미도리카와의 거리는 1미터밖에 되지 않았다. 미도리카와가 앞으로 한 걸음 더 다가갔다. 다음 순간, 거친 목소리의 귀를 찢는 듯한 비명이 들려왔다.

숨을 들이마셨다. 미도리카와의 거구가 앞으로 기울어지며 왼쪽 무릎이 꺾였다. 왼쪽 대퇴부 안쪽에 칼이 꽂힌 것이다. 엄청난 선혈이 솟구쳤다. 눈 깜짝할 사이 하얀색 바지가 선홍색으로 물들었다.

"이놈이!"

미도리카와가 주위가 떠나가라 소리를 질렀다. 그와 동시에 온몸을 왼쪽으로 내밀며 오른손으로 훅을 날렸다. 하지만 아사노는 재빨리 뒤쪽으로 물러섰다. 미도리카와의 펀치는 허무하게 허공을 갈랐다. 그는 둔탁한 소리를 내며 앞으로 고꾸라졌다.

멍하니 서 있던 나와 아사노의 시선이 마주쳤다. 아사노의 눈이 히쭉 웃는 듯했다. 스콜피온이다. 나도 모르게 마음속으로 중얼거렸다.

나는 딸과 같이 뒷걸음질쳤다. 아사노가 딸을 다시 인질로 삼을지도 모른다는 생각이 머리를 스쳤다.

경찰봉을 든 제복 차림의 경찰관은 눈앞의 처참한 광경에 몸이 굳은 듯 꼼짝도 하지 않았다.

아사노는 그 틈을 이용해 오른쪽 울타리를 뛰어넘어 옆집 마당으로 들어갔다.

"빌어먹을! 놓치면 안 돼!"

미도리카와의 목소리가 정적을 깨트렸다. 하지만 제복 경찰관도 나도 멍하니 서 있을 뿐이었다. 중요한 건 도망자가 아니라 다친 사람을 보호하는 것이다. 더구나 딸을 내버려둔 채 아사노를 쫓아갈 수는 없었다.

"괜찮으세요?"

제복 경찰관이 쓰러져 있는 미도리카와에게 다가가 물었다. 괜찮을 리 없지 않은가? 아무리 봐도 괜찮은 상황이 아니었다.

"구급차, 구급차!"

경찰관이 별안간 생각난 듯 벌떡 일어서더니, 뒤쪽에서 달려오는 순찰차를 향해 소리쳤다. 그러자 그때까지 숨을 죽이고 지켜보던 주민들이 술렁거리기 시작했다.

도망친 남자의 목덜미를 잡고 의기양양하게 돌아오는 트레이닝복 차림의 사사키가 멀리 보였다. 그와 동시에 순찰차 몇 대가 도착했다.

사사키는 잡아온 남자를 제복 경찰관에게 넘기고 내 쪽으로 뛰어왔다. 새로 도착한 순찰차에서 내린 경찰관들도 사건 현장으로 달려왔다.

"사사키 씨, 아사노가 이쪽으로 도망쳤어!"

나는 옆집을 가리키며 소리쳤다. 사사키와 경찰관 두 명이 울타리를 뛰어넘어 옆집으로 갔다. 사사키가 "집 안에도 두 명 있어"라고 말하자, 경찰관들은 나와 지구사, 미도리카와를 내버려둔 채 우리집으로 들어갔다.

뭔가가 뒤죽박죽이었다. 집에 기절해 있던 남자들이 도망치리라고는 생각하기 어려웠다. 뇌진탕을 일으켰으니 오히려 구급차가 필요할지도 모른다.

아사노가 도망치고 시간이 얼마나 흘렀는지 모른다. 겨우 몇 분이 지났으리라. 하지만 내게는 몹시도 길게 느껴졌다.

사사키와 제복 경찰관이 뒤를 쫓아갔지만, 아사노를 붙잡기는 불가능해 보였다. 사사키의 발이 아무리 빨라도, 아사노가 어느 쪽으로 도망쳤는지 알 길이 없었다. 옆집 마당에서 또 옆집 마당으로 넘어가 마치 사막의 바위 뒤에 숨는 스콜피온처럼 무사히 빠져나갔을지 모른다.

문득 정신을 차리자 지구사가 내 품에 얼굴을 묻고 있었다. 온몸에서 힘이 빠져나갔다. 딸을 껴안은 오른손이 다른 사람의 것처럼 느껴졌다.

"괜찮으세요?"

뒤늦게 도착한 경찰관이 물었다. 어느새 출동한 많은 경찰관들로 주변이 매우 소란스러웠다. "괜찮으세요?"라는 말이 얼마나 무의미한지 통감했다.

하지만 나보다 더 안 괜찮은 사내가 2, 3미터 앞에 쓰러져 있었다. 구급차는 아직 안 왔지만 경찰관 몇 명이 그를 에워쌌다.

경찰관들 사이로 미도리카와의 얼굴이 살짝 보였다. 모든 걸 포기했는지 눈을 감고 뺨을 바닥에 댄 채 가느다란 숨을 내쉬고 있었다. 찔린 위치로 볼 때 생명에 지장은 없을 듯하다.

그나저나 묘한 위치를 찔렀다. 갑자기 생각이 났다. 그곳은 미도리카와가 예상치 못한 부위였다. 무술에 뛰어난 만큼, 흉기가 얼굴과 가슴을 향했다면 얼마든지 피했을 것이다. 하지만 허벅지의 깊은 곳은 미처 예상하지 못한 게 아닐까?

미도리카와가 방심했던 건 분명하다. 그리고 방심에는 두 가지 측면이 있었다. 의외의 타이밍과 의외의 부위였다. 나는 아사노가 얼마나 사악한 녀석인지 새삼 깨달았다.

구급차의 사이렌 소리가 가까워졌다. 그 소리가 고막을 울리자, 주변의 다른 소음은 기세가 약해지는 잔물결처럼 조금씩 멀어져갔다.

5

사흘이 지났다. 아사노는 여전히 도주 중이었다. 경찰에서 긴급 수배령을 내려 아사노를 쫓았지만 결국 그의 행방을 알아내지 못했다.

그들이 타고 온 왜건은 길에 세워져 있어 즉시 경찰이 압수했다. 아사노가 차를 내버려둔 채 도주한 것이다.

매스컴은 연일 미친 듯이 떠들어댔다. 모든 TV 뉴스가 이 소식으로 문을 열었고, 신문에도 도배되었다. 방문판매 살인사건의 내용도 그렇지만, 경시청 수사1과 현역 형사가 중상을 입었다는 사실도 충격적이었다.

나는 취재하는 쪽에서 어느새 취재당하는 쪽으로 입장이 바꿨었다. 전처의 집이나 내가 거주하던 아파트는 여러 언론매체에서 찾아오는 바람에 늘 시끌벅적했다. 그동안 아파트에는 한 번 다니러 갔을 뿐이다. 나는 딸과 같이 예전 집에 계속 머물렀다.

'절단된 손'을 전달받은 사실이 보도되면서 관리인도 연일 매스컴에 오르내렸다. TV의 힘은 막강했다. 나는 와이드 쇼에서 보고 싶지 않은 얼굴을 지겹게 봐야 했다.

아사노를 제외한 다섯 명이 체포되었음에도 다쿠마의 생사는 여전히 불분명했다. 사사키에 따르면, 시미즈는 현재 묵비권을 행사 중이며 나머지 네 명은 묻지 않아도 주저리주저리 떠든다고 했다.

하지만 네 명은 그들에 대해 아무런 정보도 갖고 있지 않으며, 방문판매 일을 도와달라고 해 당일 우연히 모인 멤버에 불과했다. 그들 중 세 명은 아사노나 시미즈와 한두 번 일한 적이 있어, 폭력과 협박으로 물건을 강매하는 불법 방문판매임을 알고 있었다. 하지만 살인까지 저지르리라고는 상상도 못했다고 한다. 나머지 한 명은 세 명 중 한 명이 데려와 아사노 및 시미즈와 그날 처음 만났다.

사건이 발생한 후 사사키가 딸을 다시 경호했다. 하지만 아사노가 딸을 계속 노리리라곤 생각하기 어려웠다. 그럼에도 사사키는 당연한 듯 우리 옆에 있었다.

나는 지구사와 같이 유리코가 입원해 있는 병원에 갔다. 사사키도 함께였다. 나는 유리코에게 사건에 대해 설명하고 딸을 그 일에 휘말리게 한 걸 사죄할 생각이었다.

하지만 병원에 도착하자마자 그럴 필요가 없다는 사실을 알게 되었다. 유리코의 상태는 매우 심각해 이미 의식의 혼탁이 시작되었다. 우리에게 일어난 사건도 알 리 없었다. 겨우 말은 했지만 내가 누군지 모르는 것 같았다.

담당의사에 따르면, 지금 당장 어떻게 되는 건 아니지만 마음의 준비를 해두는 게 좋겠다고 했다. 그 말을 들은 딸의 눈에 눈물이 고였다.

사건의 충격과 더불어 상황이 최악이었다. 지구사는 어릴 때부터 섬세하면서도 인내심이 강한 성격이었다. 그래서 어떻게든 이를 악물고 버티려 노력했다.

딸과 인터뷰하려는 매스컴도 많았다. 거의 내가 대신 응했지만, 지구사 역시 몇 가지는 받아들여야 했다.

그런 의미에서 유리코가 입원한 아사가야 병원은 우리에게 성역 같은 존재였다. 매스컴도 유리코가 중환자로 입원해 있는 걸 알기에 거기까지 밀고 들어오지는 않았다.

오후에는 딸, 사사키와 함께 미도리카와에게 문병갔다. 그는 유리코와 같은 병원에 입원해 있었다. 스기나미 구에서 가장 큰 구급병원이라 사건이 일어난 장소를 생각하면 그곳으로 이송된 게 당연했다. 하지만 매스컴이 밀고 들어올 수 있어, 경찰에서는 그가 경찰병원으로 이송되었다고 허위로 발표했다.

미도리카와는 일인 병실이라 유리코의 병실과 조금 떨어져 있었다. 그곳으로 이동하며 사사키에게 물었다.

"사건 당시 우리집으로 달려오기 전에 어디 있었나?"

뭐니 뭐니 해도 사사키는 나와 딸의 생명을 구해준 은인이었다. 하지만 미친 듯이 날뛰는 매스컴에 대처하느라 고맙다는 인사조차 제대로 못했다.

"조깅하고 있었습니다. 날마다 댁 근처에서 조깅하라고 미도리카와 씨가 그러셨거든요. 그날 미도리카와 씨도 우연히 오기쿠보 서에 오셨고, 미도리카와 씨 연락을 받자마자 뛰어간 겁니다."

"매일 뛰세요?"

딸이 옆에서 물었다. 사사키와 딸은 경호하는 사람과 경호를 받는 사람의 관계였지만, 사흘간 이어진 밀착경호로 편하게 대화하는 사이가 되었다.

"네. 경찰관 마라톤 대회가 코앞으로 다가와 좋은 훈련기회라고 생각했어요. 물론 지구사 씨를 경호하느라 이번 대회에는 출전할 수 없었지만요. 대회가 어제였거든요."

그렇게 말하고 사사키는 소리를 내어 웃었다. 딸도 미소를 지었다. 사건이 발생하고 딸의 웃는 모습을 처음 보았다. 사사키는 지금의 딸에게 딱 맞는 경호원일지도 모른다.

그나저나 이렇게 호리호리한 체격에 그처럼 굉장한 공수도 실력이 숨어 있을 줄이야. 역시 사람은 겉만 봐서는 모르는 법이다. 시미즈 일행은 十급차로 이송되는 노중 겨우 정신을 차렸다고 한다. 한 시간 가까이 정신을 잃었던 셈이다.

정권지르기 달랑 한 방에.

6

일인 병실로 들어서자 청소기 돌아가는 소리가 들렸다. 우리보다 먼저 손님이 와 있었다. 화려한 오렌지색 파자마 차림의 미도리카와는 침대 한가운데에 걸터앉아 있었다.

먼저 온 손님은 소형 청소기로 병실을 청소하는 중이었다. 미도리카와의 아내라고 생각했다. 하지만 뒤를 돌아보는 상대방을 보고 놀라지 않을 수 없었다. 남자였던 것이다.

그는 핑크색 긴소매 와이셔츠를 팔꿈치까지 걷어올리고 꽃무늬가 수놓아진 감색 면바지를 입고 있었다. 옷차림도 그렇지만 세심하면서도 부드러운 행동 하나하나가 남성이라기보다 여성임을 주장하는 듯 보였다.

"사사키 씨, 오셨어요?"

청소기 소리가 멎었다. 남자는 사사키와 잘 아는 사이인지 웃으며 인사했다.

"안녕하세요. 사노 씨가 오셨네요."

사사키도 자연스럽게 인사하며 미도리카와 옆에 섰다. 사노는 그 남자의 성인 듯했다. 이름이 뭘까? 의외로 남자다운 이름일 경우 웃음이 터질 것 같았다.

"컨디션은 어떠세요?"

사사키의 물음에 미도리카와는 대꾸하지 않았다. 생기가 없는 흐리멍덩한 표정이었다.

"괜찮아요. 상처는 크지만 그렇게 깊지는 않은가 봐요. 미도리카와 씨가 그런 애송이한테 당하다니. 역시 방심하면 안 된다니까요."

미도리카와를 대신해 대답한 사람은 사노였다. 애교 있는 여자 말투였지만, 사사키는 태연한 모습이었다. 나와 지구사는 당황해서 어찌할 바를 몰랐다. 나는 미도리카와의 얼굴을 쳐다보았다.

"시끄러워. 사람은 누구나 실수할 때가 있는 법이야."

미도리카와가 겨우 입을 열었다. 그 말이 맞다. 사노는 야단맞은 어린아이처럼 고개를 움츠렸다.

"선생도 왔어?"

미도리카와가 얼굴을 찡그리며 말했다. 하지만 내가 아니라 지구사에게 신경쓰는 듯했다.

"정말 죄송합니다. 저희 때문에 이렇게 큰 부상을 입으셨잖아요."

나와 딸은 깊숙이 고개를 숙였다. 지구사를 구하기 위해 미도리카와가 중상을 입은 건 분명한 사실이다. 따라서 우리 두 사람이 병실로 찾아가 인사하는 게 당연했다.

나는 '위로금'이라고 쓰인 봉투를 주머니에서 꺼내 미도리카와에게 내밀었다. 부피가 큰 과일이나 꽃 대신 현금을 택했다. 선물을 살 만한 시간적 여유도 없었다. 설마 미도리카와가 뇌물로 여기지는 않겠지.

"어머나, 이거 고마워서 어쩌나?"

나는 어리둥절했다. 사노가 옆에서 재빨리 봉투를 건네받은 것이다. 미도리카와는 사노를 힐끔 노려보았다. 사사키가 웃음을 참지 못하고 큭큭 웃었다.

"사사키, 수사는 어떻게 되고 있어?"

미도리카와가 쑥스러움을 감추듯 큰소리로 물었다.

"글쎄요. 전 잘 모릅니다."

"모른다고? 네가 모르면 어떡해?"

"수사팀에서 제외됐거든요. 지구사 씨를 경호하라고 해서요. 어쨌든 시미즈는 사건에 대해 침묵하고, 다른 네 명은 주저리주저리 떠들어댄다네요. 그런데 그 네 명은 사정도 모르는 채 당일 모인 멤버로, 살인으로 이어질 수 있다는 말은 못 들었답니다."

"하지만 미도리카와 씨가 계속 주장해온 방문판매 살인집단의 존재는 이번 사건을 통해 확실히 밝혀졌어요."

나는 목소리에 힘을 주어 말했다. 미도리카와가 조금이라도 기운을 회복하기를 바라는 심정이었다.

대부분의 매스컴에서도 그런 방향으로 사건을 쫓고 있었다. 다만 사건 내용을 정확히 아는 곳은 없었다.

과거 방문판매 살인사건의 주요 증인인 다쿠마를 납치해 손목을 자르고, 다쿠마에게 정보를 전해들은 나와 딸을 노렸다는 사실 정도는 모든 매스컴이 파악하고 있었다. 하지만 배달된 손에 어떤 의미가 있는지 등의 세부적인 내용은 전혀 알지 못했다.

한편, 『시야』에 쓴 나의 특종기사를 통해 아사노가 젠푸쿠지 사건에 개입한 사실을 아는 기자는, 미도리카와를 찌르고 도주한 남자가 혹시 아사노 아닐까 하고 의심하기 시작했다. 경시청 기자클럽 기자들이 경시청 형사를 통해 그에 대한 정보를 알아내는 건 시간문제였다.

그런데 내 마음속에서 어떤 변화가 일어났다. 사건 취재가 아니라 사건 당사자가 되자 특종을 보도하고 싶다는 생각도, 빨리 매스컴에 발표하고 싶다는 조바심도 희미해지기 시작했다.

상하이에 있는 기무라는 감감무소식이었다. 당연히 사흘 전에 일어난 사건을 알고 있을 것이다. 그런데 왜 연락하지 않는 것일까? 그의 심중을 헤아리기가 어려웠다.

병실 밖으로 나왔다. 사노가 따라나와 깊숙이 고개를 숙였다. 대단히 정중한 모습이었다. 나와 딸도 고개를 숙였다.

"사노 씨는 뭐하는 사람이지?"

병원 정문을 향해 걸으며 궁금증을 참지 못하고 사사키에게 물었다.

"저와 미도리카와 씨가 자주 다니는 술집 마담이랄까 지배인이랄까? 아마 그쪽 사람일 겁니다."

"그럼 미도리카와 씨도?"

내 물음에 사사키가 웃음을 터트렸다.

"그렇진 않을 겁니다. 사노 씨가 미도리카와 씨 열렬한 팬이에요. 여러모로 돌봐주고 있죠. 미도리카와 씨는 싫어하지만요. 저래 봬도 미도리카와 씨가 여자에게든 남자에게든 꽤 인기가 많아요."

나와 딸은 사사키의 말에 어안이 벙벙해졌다. 하지만 미도리카와가 남녀 모두에게 인기가 많다는 말에는 왠지 고개가 끄덕여졌다.

"미도리카와 씨, 부인은 있나?"

"네, 결혼했었습니다. 그런데 부인이 5년 전 유방암으로 돌아가셨어요. 아이는 없는 것 같고요."

"그렇군."

나는 삼켰던 말을 겨우 토해냈다. 미도리카와의 사생활이 머릿속에서 처음으로 어렴풋하게나마 형태를 이루었다. 물론 그에 대해 전부 아는 건 아니지만.

류노스케에 대한 미도리카와의 관심은 여전히 이해할 수 없었다. 연기인지 아닌지는 둘째치고, 남자처럼 말하는 류노스케는 분명히 남자 역할을 의식하고 있었다. 그런 류노스케를 '그'라고 부르는 미도리카와는 남자로서의 류노스케에게 관심이 있는 걸까? 그건 미도리카와에 대한 류노스케의 관심과 매우 비슷하게 느껴졌다.

계속 이어지는 생각들을 나는 일부러 정지시켰다. 그런 생각을 해봤자 아무런 의미가 없다. 어차피 한 인간을 완벽히 이해하기란 불가능하다. 그리고 어떤 사람에게도 비밀은 있는 법이다.

메마른 웃음이 터져나왔다. 그나저나 당치도 않은 코미디 릴리프(Comedy Relief. 영화에서 긴장된 화면에 우스운 장면을 삽입하여 과도한 긴장감을 늦추는 기법) 아닌가?

나는 지금 처참한 살인사건의 소용돌이에 휘말려 있고, 오직 비극적 결말만 상상되는 상황이었다.

7

"대학에는 진짜 이름으로 등록했는데, 선생에겐 왜 가짜 성을 사용해 접근했을까요?"

이미 10월 중순에 접어들었다. 부드러운 오후 햇살이 동쪽 창문으로 들어와 우리가 마주앉은 긴 테이블을 어슴푸레 비추었다.

나는 오기쿠보 서 2층에서 경시청 수사1과 소속 가타기리 경부보와 관계자 진술을 진행했다. 뒷머리가 거의 없고 검은 테 안경을 낀 40대 중반의 형사였다.

미사키는 여전히 행방불명 상태이고, 아사노는 노주 중이있다. 다쿠마의 생사 역시 알 수 없었다. 사건은 다시 암초에 부딪친 양상을 보였다. 매스컴만 여전히 시끄러웠다.

수사가 벽에 부딪친 것을 증명이라도 하듯, 가타기리의 질문은 같은 내용의 반복이었다. 그 질문에 대해 나는 이미 몇 번이나 대답했다.

내가 「악의의 어둠」 필자라는 사실을 안 미사키는 가짜 성을 사용해 요시코의 동생임을 감추었다. 내게 접근해 사건을 재조사하게 만드는 것이 청강 목적이었기 때문이리라. 그래도 이름이 본명인 걸 보면 기본적으로는 담백하고 양심적인 성격 아닐까?

이런 설명을 가타기리가 받아들이지 못하는 것은 당연했다. 그것만으로는 나 자신도 고개가 갸웃거려졌기 때문이다. 하지만 가타기리가 같은 질문을 반복하자 조바심이 치밀었다.

"그것에 대해선 아까부터 몇 번이나 말씀드렸잖습니까?"

나는 버럭 소리를 질렀다.

"그건 그렇지만……."

가타기리는 강하게 반론하지 않고 왠지 머뭇거렸다. 나도 입을 다물었다.

"실은 교수님, 매스컴에는 체포된 시미즈가 침묵을 유지하는 중이라고 했지만, 그건 어디까지나 살인에 관한 본줄기입니다. 그 밖의 부분에 대해서는 이런저런 말들을 했어요. 미타카의 아사사건에 관해서도 교수님이 다쿠마에게 들은 얘기를 뒷받침하는 말을 했고요. 시미즈가 아사노와 같이 미타카의 빌라에 갔을 때, 그들이 모녀 외에 그 집안의 남편으로 보이는 중년남성을 만난 건 분명합니다. 아사노가 아이에게 감자칩 봉투를 건네고 철수하다 우연히 찾아온 그 남성과 맞닥뜨렸죠. 그때 아사노가 '뭐라도 좀 먹게 해줘'라는 식으로 말한 것 같아요. 정수기를 팔 생각이었는데, 지난 일주일 동안 아무것도 못 먹은 데다 전기도 수돗물도 끊겼다고 하자 열받아 그렇게 말했다더군요. 그 말을 들은 남자는 말없이 고개를 숙였답니다. 아사노 같은 녀석이 그런 말할 자격이 있느냐 없느냐는 둘째치고, 그 일은 사실 같습니다. 시미즈가 그런 거짓말을 할 이유는 없으니까요."

"그런 거짓말을 함으로써 시미즈가 얻는 이익이 없으니 사실이라고 생각한다는 거군요. 그런데 정말로 이로운 점이 없을까요?"

"무슨 뜻이죠?"

"예를 들어, 시미즈가 모녀의 죽음에 관여했다면……."

"그건 말이 안 됩니다. 젠푸쿠지나 나카노 사건에 대해 침묵하면서, 자기 입으로 또 다른 살인을 암시하는 말을 할 리가 없잖습니까? 더구나 시미즈는 모녀가 사흘 후에 죽었다는 사실을 몰랐던 것 같습니다. 되도록 객관적인 정보를 끌어내기 위해 구체적인 정황은 감추었거든요. 또한 아사 가능성이 높아, 처음 현장으로 달려간 미타카 서 형사들도 현장보존을 하지 않았죠."

"하지만 내가 받은 사체검안서에는 '불상의 죽음'으로 되어 있고, 살인으로 분류된 건 아니지만 병사로도 분류되지 않았어요. 아사라는 말도 없었고요."

"그래요. 그 이야기는 스구로 교수님에게 들었습니다."

가타기리 입에서 처음으로 스구로라는 이름이 나왔다. 그와 이야기를 시작한 지 한 시간쯤 지났는데, 스구로에 대한 언급은 전혀 없었다. 나에 관한 정보를 미도리카와뿐만 아니라 스구로에게도 들었음을 넌지시 추측할 수 있었다.

"하지만 사체검안서에 '검사대기'라고 적힌 걸 보면 아직 결론이 나지 않은 거고……"

"네, 그렇습니다. 그래서 부검의에게 확인해봤습니다. 부검의 얘기론 '검사대기'는 아니지만, 불상의 죽음이라는 것에는 변함이 없다고 하더군요. 즉, 과학적으로 병사라고 단정할 수는 없다는 거죠. 직접적인 사인은 '허혈성 심부전'으로 되어 있는데, 심부전이란 건 심장이 멈추었다는 뜻에 지나지 않습니다. 문제는 심장이 왜 멈추었냐는 거겠죠. 관상동맥 협착이 있었다니, 그로 인해 심장에 피가 돌지 않아 심장이 멈춘 것으로 추측할 수 있습니다. 그런데 관상동맥 협착이라는 것도 정도 문제로, 나이가 들면 많은 사람이 그렇게 된다고 하더군요. 따라서 그것이 결정적 요인이었다면 역시 사인을 단정할 수 없겠지요. 하지만 부검해도 사인을 알 수 없는 일이 그렇게 드문 건 아니라고 합니다. 불상의 죽음인 경우, 생명보험 청구에는 당연히 지장이 있죠. 어쨌든 병사로 단정할 수 없으니까요. 이상한 이야기지만 유족 측에서 사인을 특정해달라고 강력하게 요구할 경우, 요시코 모녀 정도의 상황은 직접적인 사인을 허혈성 심부전으로 하고 병사로 분류할 수도 있다고 부검의가 솔직하게 말하더군요. 그런데 그 모녀는 생명보험에 가입하지 않았고 유족들도 그런 요구를 하지 않아, 진실에 가장 가까운 불상의 죽음으로 분류했다고 합니다."

부검의의 말은 충분히 이해할 수 있었다. 고독사에 대한 조사나 형의 죽음을 통해, 병사일 때에도 사인을 특정할 수 없는 경우가 많다는 사실을 알고 있었기 때문이다.

"경찰에서는 요시코 모녀의 사인을 뭐라고 생각하나요?"

"그건 잘 모릅니다. 부검의도 모르는 걸 의학에 대해 아마추어인 저희가 알 리 없잖아요."

상투적인 말투였다. 자신이 가진 정보는 최대한 감추고 상대방이 가진 정보를 캐내려 한다. 그것이 가타기리가 관계자 진술을 받는 방식처럼 느껴졌다.

"그나저나 다지마 씨, 도라쿠대학 시간강사로 몇 년이나 일하셨나요?"

그는 갑자기 나의 허를 찔렀다. 그런 질문을 하리라곤 상상도 못했다. 전임교수라면 몰라도 일주일에 한 번, 한 과목밖에 가르치지 않는 대학의 근속연수를 누가 기억하겠는가? 대답이 선뜻 나오지 않았다.

"한 10년쯤 되지 않았나요?"

가타기리가 나 대신 대답했다. 나는 조금 화가 났다.

"그럴지도 모르죠. 조사하셨나요?"

나를 불쾌하게 만들려고 의도적으로 질문했을 것이다.

"그런 건 아니지만……, 스구로 교수님께서 그렇게 말씀하셔서요."

그랬던가? 가타기리가 교묘하게 유도했을 경우 스구로는 별생각 없이 대꾸했으리라. 스구로를 책망하는 마음은 들지 않았다.

다만 내 근속연수가 사건과 어떤 관련이 있는지 짐작도 되지 않았다. 그 점이 찜찜했다.

"당연히 아시겠지만, 마쓰모토 요시코는 도라쿠대학 졸업생입니다."

경악했다. 그런 사실은 꿈에도 몰랐다. 가타기리가 왜 그런 질문을 했는지 이제야 알 것 같았다.

"다지마 씨가 도라쿠대학에서 처음 가르친 해에 요시코 씨는 1학년으로 입학했어요. 교수와 학생이라는 차이는 있지만, 4년 동안 두 분은 같은 대학에 적을 뒀습니다."

"지금 하고 싶은 말이 뭡니까?"

내 말투가 도전적으로 변했다. 가타기리가 나를 의심하고 있는 게 틀림없었다.

"전 그저 객관적인 사실을 말했을 뿐입니다. 그나저나 『시야』 편집장인 기무라 씨가 그러는데, 미타카 아사사건을 취재할 때

다지마 씨가 유달리 열심이었다더군요. 『시야』쪽에서 청탁한 게
아니라 다지마 씨가 제안했다고 들었어요."

가타기리가 기무라까지 만났다는 사실은 처음 알았다. 기무
라가 상하이에서 귀국한 건 다른 사람을 통해 들었다. 하지만
나에게는 여전히 연락이 없었다.

나는 그 일을 맡게 된 경위를 머릿속으로 떠올렸다. 먼저 제
안하지는 않았지만, 일이 줄어든 터라 그 원고에 열심이었던 건
사실이다. 더구나 프리 저널리스트가 원고를 먼저 가져가는 것
도 드문 일은 아니다.

"내가 먼저 제안한 건 아닙니다. 하지만 그런 일은 출판사와
척하면 척하는 호흡으로 정해지는 경우가 많아요. 양쪽이 일의
내용을 타진하고 타이밍이 맞으면 계약관계가 성립하는 게 보
통입니다."

가타기리는 잠시 동안 나를 똑바로 쳐다보았다. 그리고 짜증
이 날 만큼 느긋하게 말했다.

"미타카 사건을 살인이라고 생각하지 않으니, 그 점은 안심하
십시오. 우리의 관심은 오직 도라쿠대학에 갔던 미사키, 즉 요
시코의 동생이 지금 어디서 무엇을 하느냐는 것뿐입니다. 다지
마 씨, 혹시 미사키가 어디 있는지 모르세요?"

아무 말도 할 수 없었다. 심장이 무서우리만큼 불규칙하게 뛰
었다. 가타기리 형사가 무슨 말을 하고 싶은지는 분명했다. 내가
요시코의 애인이었다는 것인가? 그 사실이 드러날까 봐 개인적

사건을 사회적 이슈로 전환시키는 기사를 썼다. 그리고 그런 사정을 어렴풋이 눈치채고 탐색하러 온 미사키를…….

몽유병 속에서 일어난 사건을 추궁당하는 듯한 기분이 들었다. 너무도 황당무계한 상황이었다. 하지만 반론을 제기할 좋은 방법이 보이지 않았다. 나는 경련이 일어나는 얼굴에 간신히 미소를 지으며 입을 다물었다.

8

다음날 기무라를 만났다. 표면적인 이유는 다음 원고에 대한 협의였다. 사실 최근의 사건 덕분에 많은 출판사에서 연락이 쇄도했다. 하지만 역시 『시야』에 쓰는 게 맞는 것 같아 기무라와 의논을 나누기로 했다.

오후 7시, 『시야』 편집부 소파에서 30분쯤 이야기했다.

기무라의 표정은 몹시 어두웠다. 이유는 소파에 앉자마자 즉시 알 수 있었다.

"좀 더 일찍 말씀드렸어야 했는데, 실은 『시야』 편집방침이 바뀌었습니다. 이번 같은 사건은 취급하지 않기로 했어요. 한마디로 말해, 예전처럼 정치나 무거운 사회 문제로 돌아가기로 한 겁니다. 물론 저는 반대했죠. 잡지를 많이 판매하려면 범위를 넓히는 게 좋다고 생각하니까요. 위에 있는 임원들도 같은 의견이고요. 그런데 이번 주주총회에서 임원들이 대거 교체되었고, 다시 예전 노선으로 가기로 정해졌습니다."

"『시야』 같은 잡지의 편집장에겐 상당한 권한이 주어지지 않나요? 회사의 부침과 관련된 중차대한 문제가 아닌 한, 대부분 현장 의견이 반영될 텐데요……."

"그런데 말입니다."

기무라는 주변에 신경쓰듯 좌우를 힐끔거리며 덧붙였다.

"제가 편집장으로 있는 건 이번 달까지입니다. 회사를 그만두기로 했거든요."

어이가 없었다. 너무도 갑작스럽지 않은가?

"어떤 일의 책임을 지고 떠나는 건가요?"

기무라가 웃음을 터트렸다. 너무도 평범하고 자연스러운 웃음이었다.

"아닙니다. 사건을 쫓는 사람들은 그런 식으로 생각하더군요. 하지만 아닙니다. 예전부터 계속 전직을 생각해왔어요. 개인적인 일이라 아무에게도 말하지 않았지만요."

그는 목소리를 낮추며 말을 이었다.

"이런 말씀은 좀 그렇지만, 대형 출판사라도 『시야』처럼 팔리지 않는 잡지를 껴안고 있는 곳은 전부 불구덩이지요."

예민한 주제였다. 하지만 퇴근 시간대 특유의 부산함으로 우리 대화에 귀기울이는 사람은 없었다.

"제가 예상하기에 『시야』는 앞으로 4, 5년 후면 없어질 겁니다.

그때는 제 나이가 쉰에 가까운데, 저처럼 잡지에만 목매온 사람은 본사로 돌아가도 마땅한 자리가 없을 거고요. 솔직히 지금이 좋은 타이밍이라고 생각합니다. 그래서 요즘 완전히 레임덕 상태예요. 다지마 씨 기대에 부응할 힘이 없네요."

"그렇다면 어쩔 수 없군요. 사실 『시야』에 가장 쓰고 싶었는데……."

"지금 모든 출판사에서 서로 데려가려고 난리 아닌가요? 구태여 『시야』처럼 고지식하고 팔리지 않는 잡지가 아니라 그릇도 더 크고 잘 팔리는 잡지에 쓰시는 게 어때요?"

비뚤어진 마음으로 들으면, 내 원고는 자극적인 기사를 싣는 주간지가 더 어울린다고 말하는 것 같았다. 어쨌든 매스컴 보도에서 가장 눈에 띄는 건 사건의 본줄기라고는 할 수 없는 '손목 살인'이라는 표현이었다.

"갈 곳은 정해졌나요?"

"여기서 말씀드리기는 좀 그렇네요. 다음에 다시……."

기무라는 말끝을 흐렸다. 하긴 『시야』 편집부에서 기무라의 다음 직장을 말하는 건 예의가 아니다.

"그런데 경시청 가타기리 형사가 나를 의심하는 것 같더군요."

나는 어제 진행된 관계자 진술에 대해 대충 이야기했다. 그러자 기무라는 별일 아니라는 듯 대꾸했다.

"그 형사라면 제게도 찾아왔습니다. 다지마 씨에게 한 질문과 비슷한데요. 개인적 사건을 무리하게 사회적 이슈로 만들어, 남녀의 애정문제를 사회적 사건으로 날조한 것 아니냐는 식이더군요. 미사키와 똑같은 관점이라고 할까요? 그러고 보니 미사키가 사망한 요시코의 동생이라면서요? 미사키가 왜 그처럼 집요하게 파고들었는지 알겠더군요. 뭐 대단한 건 아닐 겁니다. 형사는 자신의 생각을 전부 말하지 않으면 직성이 안 풀리는 인간들이니까요. 더구나 다지마 씨를 요시코의 애인일 수도 있다고 생각하다니. 가타기리인지 뭔지, 형사가 아니라 소설가가 돼야 하는 거 아닌가요? 다지마 씨를 진심으로 의심해서가 아니라 그냥 견제구를 던져봤을 겁니다."

우리의 대화는 거기서 끊겼다. 기무라가 아직 일이 남았다며 일어선 것이다. 구태여 잡을 마음도 없었다. 기무라의 마음은 이미 그곳을 떠난 듯 보였다.

고지마치 역에서 지하철을 타고 긴자로 갔다. 특별히 그곳에 볼일이 있었던 건 아니다. 그저 생각을 정리하고 싶었다.

마쓰야를 지나 신바시 방면으로 걸었다. 길었던 여름 더위가 겨우 물러가고, 가을다운 상쾌한 공기가 기분 좋은 바람이 되어 얼굴을 어루만졌다.

기무라의 말을 곱씹어보았다.

'그러고 보니 미사키가 사망한 요시코의 동생이라면서요?'

기무라는 가타기리라는 형사에게 듣고서야 그 사실을 처음 안 것처럼 말했다.

믿을 수 없었다. 지난번 상하이에서 국제전화를 걸어온 시점에 이미 그 사실을 알지 않았을까? 내게서 스구로로, 스구로에게서 가타기리로 전해진 정보 루트와 별도로 기무라는 이미 그 사실을 알고 있었을 것이다. 그나저나 미사키는 어디로 사라졌을까? 불길한 예감이 온몸을 휘감았다.

JR 신바시 역에 도착했다. 그곳에서 도쿄 역을 거쳐 오기쿠보로 돌아갈 예정이었다.

플랫폼에 있는데 휴대폰이 울렸다. 수신 버튼을 눌렀다. 그런데 마침 야마노테 선 열차가 플랫폼으로 진입했다. 열차의 굉음 때문에 상대방 말을 알아듣기가 어려웠다. 목소리의 주인은 여성 같았다.

"여보세요, 여보세요. 다지마입니다만……."

나는 똑같은 말을 세 번 반복했다. 열차가 멈추고 플랫폼이 사람들로 북적거렸다. 소란스러움에 섞여 여성의 가냘픈 목소리가 들려왔다.

"제가 아사노를 칼로 찔렀어요. 그는 지금 오사카 시내의 ○○병원에 있어요. 그를 체포하라고 경찰에 전해주시겠어요?"

충격이 나를 강타했다. 상대방이 누구인지는 분명했다.

"스야마 게이, 아니 요코야마 게이 씨군요!"

나는 휴대폰을 귀에 댄 채 절규하듯 소리쳤다. 하지만 다시 출발하는 열차의 굉음 속에서 나의 외침은 그저 잡음에 불과했다.

　다음날 미도리카와에게서 연락이 왔다. 오사카 시내 병원
에서 아사노의 신병을 확보했다고 한다. 그런데 상당히 중상
을 입어, 경시청으로 신병을 이송하기까지 시간이 걸릴 것 같
다고 했다.

　게이의 신고가 체포에 결정적이었다. 게이의 전화를 받은 즉
시 나는 미도리카와에게 연락했다. 경시청에서 오사카 부경에
협조를 요청함으로써 아사노는 결국 체포되었다.

　"빌어먹을! 왜 오사카에서 체포된 거야? 도쿄에 있었으면 내
가 직접 체포했을 텐데!"

　나는 오랜만에 아파트로 돌아와 미도리카와와 휴대폰으로
통화했다. 미도리카와는 중상이었으나 상처가 깊지 않아 이미
경시청으로 복귀한 상태였다.

　미도리카와처럼 덩치 크고 강한 남자를 쓰러뜨린 아사노가
게이처럼 가냘픈 여성에게 당하다니, 운명의 장난이라고밖에
할 수 없었다.

　미도리카와에 따르면, 간사이 지역으로 도주한 아사노는 게
이에게 같이 도망칠 것을 요구했다. 만약 받아들이지 않으면 니
가와 사건에 연루된 게이의 과거를 남편과 아이에게 폭로하겠
다고 협박한 모양이다. 게이는 고민에 고민을 거듭한 끝에 오사
카 시내의 러브호텔로 아사노를 유인했다. 그리고 미리 준비한

과도로 배를 찔렀다. 처음에는 죽일 생각이었으나, 발버둥치는 아사노의 모습을 보고 자신도 모르게 구급차를 불렀다고 한다. 아사노가 체포된 후, 게이 역시 상해죄로 경찰에 구속되었다.

"미도리카와 씨, 오늘 저녁에 잠시 란부르에서 만나지 않으시 겠어요? 드릴 말씀이 있습니다. 가타기리라는 경시청 형사가 나를 의심하는 것 같더군요."

아사노의 체포 과정을 들은 후 나는 화제를 바꾸었다.

"아하, 그 자식 말은 신경쓸 거 없어. 뭐든지 다짜고짜 의심부터 하는 녀석이니까."

말은 그렇게 했지만, 만나자는 것에는 흔쾌히 동의했다. 나를 대하는 태도가 왠지 예전보다 부드러워진 것 같았다.

미도리카와와 통화한 것은 오전으로, 오후에는 도라쿠대학에 갔다. 수업이 있는 날이었다.

강사대기실에 있는데, 가미시마가 다가왔다. 그는 영문과 준교수로, 나와 같은 도쿄대 영문과 출신이다. 같은 대학 선후배라는 이유로 예전부터 친하게 이야기를 나누곤 했다.

아직 30대 후반이라 나보다 20년은 젊다. 하지만 비판정신이 강해 시간강사인 나와 관계없는 학부 내 사정을 이야기하며 울분을 토하곤 했다. 그런데 오늘은 내가 겪은 이상한 사건 이야기를 먼저 꺼냈다.

"요즘 완전히 화제의 인물이시던데요? 피곤하시죠?"

실제로 피곤했다. 그리고 약간 흥분상태이기도 했다.

나와 가미시마는 강사대기실 탁자에 앉아 이야기를 나누었다.

"그래. 취재당하는 건 주특기가 아니니까."

나는 미소를 지으며 대꾸했다. 강사 대기실에 있던 다른 사람들 시선도 내게 쏠리는 듯했다. 가미시마의 말처럼 요즘 화제의 인물이었다.

"지난주 수요일에 교수회의가 있었는데, 말도 안 되는 사람이 또 교수가 됐어요."

가미시마는 사건에 관해 한바탕 이야기하고 화제를 바꾸었다. 교수회의는 한 달에 한 번 열리는데, 지난주에 있었던 모양이다.

"어떤 사람인데 그래?"

나는 그런 데 크게 관심이 없었다. 나와 인연이 없는 인사 이야기를 들으면 우울해지기만 할 뿐이다. 다만 그렇게는 말할 수 없어 건성으로 관심을 표시했다.

"미국 문화사를 전공한 교수가 내년에 정년퇴임인데, 후임 교수가 정해졌어요. 그런데 우리처럼 연구에 매진해온 사람이 아니라 외부에서 낙하산으로 뚝 떨어졌지 뭐예요? 정말 화가 나서 견딜 수가 없습니다. 누군지 아세요?"

"글쎄, 누군데?"

나는 모호하게 대꾸했다.

"『시야』 편집장입니다. 기무라라고 하던데, 다지마 씨도 잘 아는 사람이죠?"

나는 놀라서 입이 다물어지지 않았다. 기무라가 옮겨가는 곳이 도라쿠대학이었단 말인가? 내 놀라움은 세상살이에 능한 기무라의 처세술에 대한 것이 아니었다. 그 이면의 무언가가 나를 불안하게 만들었다.

분명히 요즘 대학에서는 신문사 같은 언론매체에서 높은 직위에 있던 사람을 전임교수로 채용하는 게 유행이다. 실용성을 무시한 연구를 위한 연구라는 비난을 피하고, 대학을 적극적으로 개혁하기 위해서였다.

하지만 이런 인사에는 당연히 반대론이 존재했다. 기사는 잘 쓸지 모르지만 논문을 쓰는 기본적인 방법도 모르는 사람을 교수로 채용하는 건 문제가 있다는 전통적인 반대론이, 90퍼센트에 이르는 연구직 교수들 사이에 여전히 뿌리내려 있었다. 가미시마는 전형적인 반대론자였다.

"정말이야?"

나는 놀란 사실을 솔직하게 표현했다.

"모르셨어요?"

"전혀 몰랐어."

어쩌면 가미시마는 내가 스구로에게 이미 들었다고 생각했을지도 모른다. 하지만 가미시마와 달리 입이 무거운 스구로는, 아무리 친하다 해도 인사에 관한 극비사항을 함부로 떠벌릴 사람이 아니다.

"기무라 씨 역시 도쿄대 영문과 출신입니다."

그것도 몰랐다. 분명히 교유샤는 도쿄대 출신이 많은 출판사로 알려져 있다. 하지만 나는 학력에 큰 관심이 없어 그런 것은 전혀 묻지 않았다.

"그런데 대학원을 안 나왔어요. 이것도 연구자로서 치명적인 결점이잖아요? 학부 수업은 가장 기본적인 수준이니 적어도 대학원은 나와야죠. 기무라 씨가 도쿄대 영문과 시절 미국 문화사의 토론수업은 들었겠지만, 논문은 당연히 한 편도 쓰지 않았어요. 인사전형위원회에 실적으로 제출한 원고 역시 전문지가 아니라 일반지에 실린 잡문뿐입니다. 그런 사람을 채용할 바에야 대학원까지 나온 다지마 씨가 훨씬 낫지요."

가미시마가 뜬금없이 나를 들먹인 건, 잡문이라는 표현이 내기분을 해칠까 봐 신경써서 한 말일 것이다. 나는 그야말로 잡문 전문가였다. 하지만 그건 아무래도 상관없었다. 새하얀 가슴 안쪽에 떨어진 검은 잉크 얼룩이 급속히 퍼져나가는 듯한, 정체를 알 수 없는 불안감이 온몸을 휘감았다.

"반대하는 사람은 없었나?"

"물론 있었습니다. 인사전형위원회 위원장이 대놓고 비난했어요. 교수회의에서 그렇게 비난하는 경우는 흔치 않거든요. 그런데 이럴 때는 스구로 교수님의 인망이 너무 두터운 것도 문제더군요. 그 분이 학부장으로서 마지막으로 발언하며, 기무라 씨가 사회적으로 얼마나 훌륭한 일을 했는지 강조했습니다. 앞으로는 대학이 실천적인 교육의 장으로 나아가야 한다면서, 단순히 졸업논문을 따질 게 아니라 부디 대국적인 측면에서 이번 문제를 생각해달라고 말씀하셨죠. 인망이 두터운 데다 그 분의 학문적 업적 또한 장난 아니잖아요. 스구로 교수님이 그렇게 말하는데, 학문적 업적도 부족하고 불평만 하는 송사리들이 감히 찍소리나 할 수 있겠어요? 지금 생각하면 그 발언이 결정적이었죠. 교수회의 투표에서 반대 세 표, 기권 일곱 표가 나와 아슬아슬하긴 했지만 결국 통과됐습니다."

분명히 아슬아슬했다. 보통 그런 인사는 논문을 심사하는 전형위원회에서 옥신각신하는 일은 있어도 형식 심사의 교수회의에서 그렇게 반대표가 많이 나오지는 않는다. 기권은 실제로 반대표라고 할 수 있으므로, 반대표가 열 표나 나온 것은 상당히 이례적이다.

그때 3교시 수업을 알리는 종소리가 울렸다. 가미시마는 좀더 이야기하고 싶어하는 듯했으나, 나는 자리에서 일어섰다.

수업이 끝난 뒤, 란부르에서 노트북으로 원고를 쓰며 미도리카와를 기다렸다. 란부르에 들어간 시각은 오후 3시 반경이었다.

미도리카와와 5시에 만나기로 했으니 한 시간 반 정도 여유가 있다. 나는 다음주가 마감인 주간지 기사를 썼다. 이것이 끝나도 아직 다섯 편이나 남아 있다.

5시 조금 전에 휴대폰이 울렸다. 미도리카와였다.

"그쪽에 못 가게 됐어. 선생이 이쪽으로 오지 않겠어?"

"거기가 어딘데요?"

"고쿠료에 있는 ○○병원 법의학교실 유족대기실이야."

나도 모르게 숨을 크게 들이마셨다. 전후 사정을 이야기하지 않아 무슨 일인지 알 수 없었다. 다만 그곳이 어디인지는 안다. 형의 행정해부가 진행되었던 병원이다.

"내가 왜요?"

"오늘 아침 네리마 서 관내의 폐업한 식품회사 창고에서 신원불명의 남자 시신이 발견됐어. 그런데 그 사람 오른쪽 손목이 없더군."

"다쿠마인가요?"

나는 반사적으로 물었다.

"아직 몰라. 그걸 확인하러 가는 거야. 녀석 얼굴을 확실히 아는 건 나와 선생뿐이니까. 참, 우리 말고 두 명 더 있지만, 그 여자들에게 이런 일을 시킬 수는 없잖아? 올 여름 더위로 부패가 심할 텐데, 알아볼 수 있을지 모르겠군. 어쨌든 둘이 보는 게 더 정확하지 않겠어?"

그는 시신이 발견된 상황을 나에게 말해주었다. 식품공장 터에 새로 건물을 짓기 위해 기존 건물을 해체하던 중 우연히 발견된 모양이었다. 식품창고가 잠겨 있지 않아 아무나 들어갈 수 있었다고 한다.

"관할서 머저리들이 내가 가기도 전에 시신을 사법해부하는 병원으로 운반시켰지 뭔가? 부검은 6시부터 시작되니 그 전에 얼굴을 봐야겠지."

고쿠료는 신주쿠에서 20분쯤 걸리니 지금 가더라도 늦지 않을 것이다. 그나저나 끔찍한 역할이다. 부패한 시신을 보는 건 처음이었다.

10

고쿠료 역에서 내려 택시를 탔다. 걸어갈 수 있는 거리였지만 길을 헤맬 시간적 여유가 없었다.

병원 현관 왼쪽에 안내소가 있었다. 그러나 미도리카와가 말한 유족대기실이 어디 있는지 잘 안다. 과거 형의 행정부검에 입회하기 위해 안내소에 문의한 적이 있었다. 행정부검 대상자의 가족이라고 말할 당시의 거북했던 기억이 떠올랐다.

매점 옆을 지나 계속 안쪽으로 들어간 다음 두 건물을 잇는 복도 비슷한 통로를 직진했다.

처음 온 사람은 쉽게 찾을 수 없는 곳이었다. 유족대기실은 주차장 표시에서 다시 안쪽으로 들어간 빈터 같은 곳에 있었다. 요컨대, 병원 건물을 빠져나간 독립된 장소에 위치했다.

'대기실'이라고 하기에는 너무도 좁은 3평 정도의 목조 공간이다. 한가운데 있는 짙은 갈색 소파에 혼자 앉아 미도리카와를 기다렸다. 그때 알아차렸다. 형일 때와 달리 그 시신이 누구든 나는 유족이 아니다. 아무런 관계가 없는 제삼자다. 그런 사람이 이곳에서 기다리는 것에 모순이 느껴졌다.

미도리카와는 오후 6시가 되기 직전 나타났다. 검은색 양복에 넥타이는 소박한 베이지색이다. 반대로 나는 오늘 이곳에 오리라 예상치 못했기에 넥타이도 없고 윗도리는 조금 화려한 체크무늬였다.

다시 한 시간 가까이 기다렸다. 평소보다 부검할 대상이 많아 문제의 시신이 부검실로 들어가는 시간이 늦어졌다.

결국 우리가 부검실로 들어간 것은 7시 반이 다 되어서였다.

"상당히 부패가 심하지만, 얼굴을 알아볼 수 없을 정도는 아닙니다."

부검의가 사무적으로 말했다. 미도리카와 외에 경시청 형사 두 명이 동행했다. 처음 보는 얼굴이었다. 가타기리는 오지 않았다.

미도리카와의 재촉에 부검대에 놓인 시신을 들여다보았다. 얼굴은 보라색으로 부어 있었지만 못 알아볼 정도는 아니었다. 구타한 흔적이 보이는 타박상 몇 군데와 수많은 찰과상이 눈에 띄었다. 골격이 확실한 체격이었다. 나는 흠칫 놀랐다. 무의식중에 옆에서 똑같이 시신을 들여다보던 미도리카와와 시선이 마주쳤다. 그는 희미하게 고개를 끄덕였다.

뜻밖이었다. 하지만 그것이 무엇을 의미하는지는 알 수 없었다.

나와 미도리카와는 부검실 밖으로 나왔다. 다른 두 형사는 그대로 부검까지 입회하는 듯했다. 밖으로 나오기 전 미도리카와가 한 형사에게 귀엣말을 했다. 시신의 신원에 관한 우리의 일치된 견해를 전했을 것이다.

"저런 걸 보는 건 정말 성격에 안 맞아."

부검실에서 나오자마자 미도리카와가 말했다. 양복 주머니에서 손수건을 꺼내 이마의 땀을 닦았다.

시신을 보는 게 성격에 맞는 사람이 어디 있으랴. 그의 말은 너무도 무의미했다.

미도리카와와 고쿠료 역까지 걸었다. 그는 약간 발을 끌었다. 걸을 때면 칼에 찔린 왼쪽 허벅지 안쪽이 살짝 아프다고 한다.

우리는 짤막하게 의견을 교환했다.

"의외더군요. 다쿠마인 줄 알았는데요."

"녀석들이 선생 집에 보낸 손을 다쿠마 것으로 생각하게 만들고 싶었던 것 같아."

"어쩌면 전화한 사람이 다쿠마 본인이었을지도 모르겠군요."

"왜 그렇게 생각하지?"

"음성변조기요. 아무리 생각해도 그런 기계를 이용해 목소리를 가공했다고밖에 생각할 수 없는 인공적인 목소리였어요. 왜 목소리를 바꿨을까요? 내가 아는 목소리이기 때문 아닐까요?"

"으음……."

미도리카와가 나지막한 신음소리를 냈다.

"어쩌면 그렇게 복잡한 이야기가 아닐지도 몰라. 다쿠마 대신 죽은 건 오노다야. 어떻게 된 상황인지는 아사노나 시미즈에게 들으면 금방 알 수 있어. 다쿠마가 두 사람을 교묘하게 구슬려 난을 피했을 수 있겠지. 어쨌든 나는 내일 아침 일찍 오사카로 갈 거야. 그쪽 병원에서 의사의 입회하에 아사노의 진술을 받기로 했거든. 의외로 회복이 빨라 이제 충분히 진술할 수 있는 것 같더군. 선생도 같이 가겠나?"

미도리카와가 히쭉 웃으며 물었다. 밀려 있는 원고가 떠올랐다.

"아뇨. 그보다 부탁이 있습니다."

"뭐지?"

"스야마 게이 말입니다. 최대한 처벌을 가볍게 받도록 도와주실 수 없을까요? 가능하면 기소유예가 되도록 말이죠."

"알았어. 한번 해보지."

미도리카와가 흔쾌히 받아들였다. 하지만 그런 일이 실제로 가능할지는 모른다. 내가 아는 것은 이로써 게이의 평온한 가정생활이 끝났다는 것뿐이었다.

11

그로부터 이틀 후 미도리카와가 전화했다. 아사노는 믿을 수 없을 만큼 말이 많아 네 건의 연쇄살인에 관해 거침없이 진술했다고 한다. 하지만 전부 자신에게 유리한 쪽으로 말했다. 모든 사건에서 종범을 주장하며 시미즈의 협박 때문에 어쩔 수 없었노라고 했다. 또한 살인의 실행에는 자신이 직접 나선 적이 한 번도 없었다고 주장했다. 니가와 사건 때와 똑같은 구도다.

"침묵으로 일관한 시미즈가 바보였어. 그러니 아사노가 마음 대로 스토리를 날조하지. 아사노에겐 진실이란 게 없어. 말은 거 침이 없지만, 각각의 사건에 참여한 멤버들에 관해선 침묵을 지 키더군. 그놈들이 잡히면 자기가 주도했다는 게 명백히 드러날 테니까 말이야. 단, 다쿠마에 관한 부분은 일부 진실이 담겨 있 을지도 몰라."

미도리카와는 아사노가 진술했다는 오노다 살해 경위와 다 쿠마의 행방에 대해 말했다.

다쿠마와 오노다는 신주쿠 역 아루타 앞에서 만났는데, 곧 바로 아사노와 시미즈 일당에게 둘러싸였다. 오노다가 미행당 했던 것이다.

그들은 네리마 구에 있는 폐업한 식품회사의 창고로 끌려갔 다. 예전부터 방문판매에 대해 협의할 때 사용하던 곳이라고 한 다. 문이 잠겨 있지 않아 마음대로 드나들 수 있는 절호의 은 신처였다.

일단 아사노에게 반항한 오노다가 철저히 폭행당했다고 한 다. 한편 다쿠마는 미도리카와에게 밀고할 생각이 애초 없었으 며, 미도리카와와 접촉한 것은 경찰 정보를 시미즈에게 알려주 기 위해서라고 주장했다. 그리고 그날 오노다를 만난 건, 나카노 사건에 대해 오노다의 입을 함구시키기 위해서라고 변명했다.

나는 다쿠마와 오노다의 얼굴을 떠올렸다. 그 두 사람이라면 그랬을지 모른다. 다쿠마는 자신이 처한 자리의 분위기를 교묘하게 이용해 위험을 피해갈 수 있는 남자였다. 반면에 오노다는 힘과 허세만 있을 뿐 상황판단 능력이 전혀 없어 보였다.

시미즈의 강한 주먹이 오노다의 얼굴에 작렬했다. 오노다는 단차가 있는 콘크리트 바닥에 쓰러지며 뒷머리를 모서리에 부딪쳤다. 그것이 치명적이었다. 실제로 부검 소견에 '후두부에 커다란 상처와 함몰'이라고 적혀 있었다.

시미즈는 다쿠마에게 정말 결백하다면 오노다의 왼쪽 손목을 자르라고 명령했다. 직접 지시한 사람은 시미즈일지 모르지만 뒤에서 아사노가 조종했으리라 나는 생각했다.

다쿠마는 시미즈가 지시한 대로 왼손 약지에 끼고 있던 십자가 반지를 오노다에게 끼웠다. 체구에 비해 오노다의 손가락이 가늘어 조금 힘들었지만, 그럭저럭 끼울 수 있었다. 그리고 얼굴을 돌린 채 시미즈가 내민 칼로 오노다의 손목을 잘랐다. 출혈이 굉장했다고 한다.

당시 오노다는 아직 숨을 쉬고 있었다. 실제로 부검 소견에서 생체 절단이었음이 밝혀졌다.

그들은 창고에 있던 삽을 이용해 바닥을 파고 오노다를 묻었다. 언젠가 시신이 발견되리라 생각했지만, 사람이 드나들지 않는 식품창고라서 의외로 시간이 오래 걸렸다.

그날 밤, 다쿠마는 아사노와 시미즈의 명령대로 이케부쿠로 부근의 집에서 발신자 표시제한으로 내게 전화했다. 내가 예상했듯이 음성변조기를 사용했다. 그 집은 아사노의 집도 시미즈의 집도 아니었으며, 다른 일당의 부모님 집이었다고 한다.

다쿠마는 필사적이었다. 아사노와 시미즈는 전화 결과를 보고 다쿠마의 충성심을 확인하겠다고 말했다. 다행인지 불행인지, 다쿠마의 연기가 효과를 발휘해 우리는 그 손이 다쿠마 것이라고 믿었다.

나는 그 부분에 숨겨진 사정을 다음과 같이 추측했다. 시미즈와 다쿠마는 원래 친형제 같은 사이였다. 따라서 시미즈는 다쿠마를 믿고 싶은 마음이 강했을지도 모른다. 그런데 의심이 많은 아사노의 재촉 때문에, 다쿠마의 결백을 증명하려면 오노다의 손목을 자르고 거짓 전화를 하는 수밖에 없다고 생각한 것 아닐까?

그런 다음 아사노와 시미즈 일당은 그 집을 떠났다. 전화를 역추적당해 있는 곳이 발각될까 봐 두려웠으리라. 하지만 그것은 다쿠마에게 천재일우의 기회였다. 이동하는 도중 이케부쿠로 역 부근에서 사람들 사이로 도망친 것이다. 그 후 다쿠마가 어디로 사라졌는지 아는 사람은 아무도 없었다.

"그런데 선생, 이상한 게 있어. 신주쿠 플랫폼에서 선생이 습격당한 사건 말이야. 신병을 확보한 놈들 중 아사노와 시미즈를 포함해 그 일은 아무도 모른다고 하더군. 별동대가 있어 그놈들이 저질렀을 수도 있지만 말이야. 어쨌든 지금까지 체포한 일곱

명 중 확실히 살인에 관여한 놈은 아사노와 시미즈뿐이야. 따라서 아직 잡히지 않은 녀석들이 다쿠마를 포함해 적지 않겠지. 그런데 이렇게 생각해도 그 사건은 뭔가 이상해."

분명히 이상했다. 아사노 같은 살인마가 본인이 살인을 주도했다는 사실은 부정한다고 쳐도, 네 건의 살인에 관여한 건 인정하면서 나의 살인미수만 인정하지 않는다는 건 앞뒤가 맞지 않는다. 그렇다고 그 사건이 나의 망상에 의한 착각이었다고는 생각하기 어렵다.

미도리카와와 통화를 마치고 나는 잠시 생각에 잠겼다. 아무리 머리를 굴려도 똑같은 곳에서 빙글빙글 맴돌았다. 불안의 정체를 알 수 없었다. 그것이 더욱 불안을 증폭시켰다.

오후에는 기무라를 만났다. 이번에는 편집부로 가지 않고 근처 커피숍으로 불러냈다. '라폴 찻집'이라는 곳으로, 몇 년 전 일 때문에 몇 번 간 적이 있었다.

"일하는데 불러내서 미안합니다."

우리는 창가에 자리를 잡고 마주앉았다. 찻집은 넓지 않았지만, 평일 오후 2시라서 손님이 거의 없었다. 우리와 멀리 떨어진 안쪽 자리에 회사원으로 보이는 남자 한 명이 있을 뿐이었다.

"아닙니다. 오히려 잘됐습니다. 실은 할일이 없어 눈치가 보이던 참이었어요. 그만두겠다고 말한 순간, 마치 마법처럼 제 옆에서 일이 사라지더군요."

기무라는 밝게 웃으며 말했다.

투명한 창문을 통해 바깥 풍경이 보였다. 따사로운 가을햇살을 맞으며 사람들 몇 명이 지나갔다. 싱온한 풍경이었다

"그 후에 새로운 걸 알아내셨나요?"

주문한 커피가 나온 뒤 기무라가 물었다.

"아니요. 특별한 건 없습니다."

거짓말이다. 아사노가 체포되어 네 건의 살인사건을 진술하기 시작했고, 미도리카와를 통해 많은 부분을 들은 만큼 기무라에게 할 말이 산더미 같았다.

아사노를 체포했다는 뉴스가 TV와 신문에 크게 보도되었다. 우리의 대화는 일단 그것부터 시작해야 할지도 모른다. 기무라는 내 거짓말을 알아차렸을 텐데도 특별히 파고들지 않았다.

"그런데 기무라 씨도 도쿄대 영문과 출신이라면서요?"

나는 특별할 것 없는 일상적인 대화를 가장했다.

"그렇습니다. 다지마 씨에게 말 안 했던가요?"

기무라도 자연스럽게 대꾸했다.

"그렇다면, 나와 스구로의 후배가 되겠네요. 세대가 워낙 달라 대학 캠퍼스에서 마주친 적은 없었겠지만요."

"솔직히 말하면, 스구로 교수님은 대학 시절부터 알고 있었습니다."

어차피 언젠가 알 거라고 생각했는지, 기무라가 먼저 말을 꺼냈다. 나의 감이 적중한 셈이었다.

"그래요? 어떻게 알았는데요?"

나는 새삼 놀라는 척했다.

"교수님 수업을 들었어요. 도라쿠대학 전임교수로 계시면서 도쿄대에 미국문학개론을 가르치러 오셨었거든요."

내 예상이 적중했다. 사립대학 교수가 시간강사로 모교인 도쿄대에 출강하는 건 흔한 일이다. 스구로처럼 연구자로서 실적이 뛰어난 사람이라면 당연히 그런 요청을 받았으리라.

기무라가 말을 이었다.

"강의가 끝난 후 가끔 질문하러 갔더니 친절하게 대해주시고, 몇 번 식사까지 사주셨죠. 그 인연으로 『시야』 편집부에서 근무할 때 가끔 원고를 부탁하곤 했습니다."

"이번에 도라쿠대학으로 옮기는 것도 스구로의 추천이겠군요."

단숨에 분위기가 어색해졌다. 하지만 그것 역시 하나의 작전이었다. 잠시 침묵이 흐른 뒤 기무라가 말했다.

"다지마 씨에겐 죄송하게 생각합니다. 현재 도라쿠대학 시간강사이자 대학 선배인 다지마 씨를 제치는 형태가 되었으니까요. 하지만 이런 인사에는 나이도 문제가 되어, 보통 다지마 씨연배의 분을 전임교수로 임명하지는 않습니다."

"아니, 그런 말이 아닙니다."

조용히 기무라의 말을 가로막았다. 나는 대학 전임교수가 되려고 생각했던 적이 한 번도 없었다. 박사과정을 밟지 않고 저널리즘 세계로 뛰어들었을 때 이미 포기했다.

"그럼 무슨 말씀을 하고 싶으신 건가요?"

"기무라 씨가 스구로의 추천으로 노라구대학 전임교수에 응모하게 된 경위 말입니다. 스구로는 왜 그렇게 무리한 인사를 억지로 통과시켰을까요?"

"무리한 인사요? 말씀이 지나치십니다."

기무라는 상처를 받은 듯 얼굴을 찡그렸다.

"말이 심했다면 미안합니다. 하지만 기무라 씨, 신설 대학의 신설 학부라면 몰라도 도라쿠대학처럼 전통 있는 대학의 문학부에서, 우리처럼 저널리스트이자 학문적 업적이 부족한 사람을 전임교수로 채용하는 일은 상당히 드물어요. 아직도 케케묵은 그 옛날의 아카데미즘을 믿는 교수들이 많죠. 그들이 반대할 게 너무도 뻔합니다. 이런 말은 좀 그렇지만, 실제로 기무라 씨 전임교수 건에 대해 반대가 상당했다고 들었습니다. 그런데 스구로가 모두 물리쳤지요. 그런 억지스런 방법은 스구로답지 않습니다. 대체 스구로가 왜 그랬을까요?"

기무라는 입을 꼭 다물었다. 내가 하려는 말을 알아차린 듯했다.

그 침묵을 견딜 수 없어 내가 먼저 말했다.

"그러면 표현을 바꾸죠. 미타카 아사사건의 원고를 내게 의뢰한 경위를 알고 싶습니다."

"그건 스구로 교수님 추천이었습니다."

기무라의 얼굴에 체념과도 비슷한 어두운 그림자가 드리워졌다. 나는 그의 눈을 뚫어지게 쳐다보며 다음 말을 재촉했다.

"실은 그런 르포가 아니라 문명론적인 논문을 교수님께 청탁할 생각이었어요. 그게 우리 잡지의 특기니까요. 하지만 그 사건에 대해 부탁하자, 교수님은 학부장에 취임해 바쁘다는 이유로 거절했습니다. 그리고 대신 다지마 씨를 추천했죠. 그런데 교수님이 추천했다는 말은 절대로 하지 말라고 못박으시더군요."

"왜죠?"

"이렇게 말하긴 좀 그렇지만, 그때는 다지마 씨를 배려해서 그렇게 말씀하셨다고 생각했습니다. 다지마 씨와 교수님이 친구 사이란 걸 알고 있었으니까요. 친구인 다지마 씨의 경제 사정을 배려해 일을 넘긴 걸 알리고 싶어하지 않는 거라고 말이지요."

나름대로 합리적인 추측이다. 단, 그것만은 아니다. 스구로는 내 생각을 꿰뚫어보고 있었다. 문학적이며 철학적인 스구로는 모든 생각이 자신에게 향하는 내성적인 유형이었지만, 나는 개인적 문제도 사회적 문맥으로 확대 해석하는 외향적인 유형이었다.

더구나 미타카 사건은 이미 수도국 직원의 냉담한 대응으로 야기된 아사사건이라는 식의 사회문제로 발전해 있었다. 스구로는 내가 당연히 그런 방향으로 원고를 쓰리라 예상했을 것이다.

"그런데 시간이 흐르며 이상한 점이 하나둘 생겨났어요. 아직 완성도 안 된 다지마 씨 원고에 교수님이 몹시 신경을 쓰시더군요. 처음에 몇 번이나 전화해 넌지시 원고 내용을 확인하려 했습니다. 그러던 어느 날, 교수님께서 연구실로 저를 부르시더군요. 개인적으로 할 얘기가 있다면서요. 놀랍게도 도라쿠대학에 전임교수로 오지 않겠냐는 말씀이었어요. 솔직히 깜짝 놀라기도 하고 기쁘기도 했죠. 하지만 다지마 씨, 이 이야기는 그때 갑자기 나온 게 아니라 1년쯤 전부터 교수님께 부탁한 일이었어요. 전에도 말씀드렸다시피 『시야』에 미래가 없다고 생각했으니까요. 어떻게든 대학으로 가고 싶었죠. 물론 제게 학문적으로 헤쳐나갈 능력이 있다곤 생각하지 않아요. 그래서 무명에 가까운 신설 대학에라도 교수님 연줄로 들어가고 싶었습니다. 그런데 도라쿠대학이라는 역사와 전통을 자랑하는 사립대로 불러준 겁니다. 기쁘지 않을 리가 없잖습니까? 이런 말씀을 드리긴 그렇지만, 일류 출판사라고 해도 정년은 60세에 불과합니다. 회사 사정이 안 좋아지면 그 전에 구조조정을 당할 수도 있고요. 그런데 거기는 정년이 70세고 급여도 나쁘지 않죠. 전임교수가 되면 앞으로 20년 이상 안정된 수입을 얻을 수 있단 뜻입니다. 하지만 그 후 교수님이 꺼낸 이야기에 경악하지 않을 수 없었습니다."

스구로가 무슨 말을 했는지는 쉽게 상상할 수 있었다. 그는 거짓을 숨길 수 있는 사람이 아니다. 그의 양심이 그것을 허락할 리 없었다.

"요시코 씨 말이죠?"

나는 재촉하듯 말했다. 목소리가 갈라졌다.

"네. 요시코 씨와 옛날부터 관계가 있었다고 고백하시더군요.

충격을 받았습니다. 아사사건의 피해자가 교수님 애인이었다는 거니까요. 분명히 교수님은 옛날부터 여학생들에게 인기가 많았어요. 온화하고 다정한 성격인 데다 외모도 멋지잖아요? 지금도 교수님을 좋아하는 여학생들이 있다던데, 젊은 시절에는 더 굉장했죠. 요시코 씨를 가르친 시절은 40대 중반쯤으로, 그때 두 사람은 이미 남녀 사이가 되어 있었습니다. 하지만 교수님에게 요시코 씨는 무서운 독약이었을지 모릅니다. 졸업 후에도 관계가 계속되면서 노조미라는 딸이 태어났죠. 교수님은 요시코 씨가 임신한 사실도 몰랐던 것 같더군요. 6개월쯤 모습을 안 보이더니, 어느 날 갑자기 아이를 안고 나타났다고 합니다. 아이를 호적에 올려달라고도 하지 않고, 교수님 처지를 생각해 주변에도 관계를 밝히지 않겠다고 했다더군요. 즉, 요시코 씨는 교수님께 헌신적인 사랑을 바쳤어요. 그런데 육아로 피로가 쌓이면서 점차 정신적으로 불안정해졌습니다. 그러자 그때까지의 헌신적 사랑이 극단적 요구로 변하기 시작했죠. 지금까지 그토록 잘 참았던 사람이 이제는 부인과 헤어지고 자신과 결혼해달라고 요구하기 시작한 겁니다. 교수님은 받아들일 수 없었죠. 사모님과 아이들을 깊이 사랑했으니까요. 그런데 요시코 씨의 집착은 병적일 정도로 점점 심각해졌어요. 집요하게 결혼을 요구하며 결국 단식투쟁을 시작했죠."

기무라는 잠시 말을 끊고 참았던 숨을 내쉬었다. 나는 무슨 말이라도 하지 않으면 견딜 수 없는 심정이 되었다.

"스구로의 그런 고백을 듣고 내게 엉뚱한 방향으로 원고를 쓰게 했나요?"

"그건 정말로 죄송하게 생각합니다."

기무라의 표정은 괴로움으로 가득했다.

"물론 제 개인적인 전직 문제가 심리적으로 영향을 미쳤다는 건 부정하지 않겠습니다. 교수님의 목적도 분명히 거기에 있었겠죠. 그걸 알고도 받아들였으니 저널리스트 자격이 없다고 해도 드릴 말씀이 없습니다. 하지만 변명하자면, 제가 그런 사실을 알게 된 당시에 이미 다지마 씨 원고는 완성돼 있었습니다. 그리고 세상에서도 그 사건을 수돗물 공급 중단으로 발생한 아사 사건이라는 사회적 이슈로 포착했죠. 솔직히 저도 많이 갈등했습니다. 그런데 그 무렵 다지마 씨의 관심은 방문판매 살인으로 향하기 시작했어요. 저는 안도의 한숨을 내쉬었습니다. 그 후 방문판매 살인이 기이한 방향으로 전개됐지만, 솔직히 이제 아사 사건은 아무래도 상관없다고 생각했죠."

"지금도 그걸 아사사건으로 생각하나요?"

"물론 세상 사람들 생각처럼 가난으로 인한 아사가 아닌, 매우 특이한 배경이 있다는 건 인정합니다. 그래도 아사는 아사입니다. 관할서인 미타카 서에서도 사건성이 없다고 판단해 현장 보존을 하지 않았죠. 사법해부가 아니라 행정해부를 했고요. 그런 경우, 현장을 확인한 형사의 감을 무시할 수 없습니다. 미사키 씨가 저를 찾아와 사건성이 있는 것처럼 말해 저는 강하게 부정했어요. 미사키 씨가 요시코 씨의 동생이란 건 스구로 교수님께 들어 알고 있었습니다. 아마 언니와 스구로 교수님의 관계를 눈치채고 그렇게 말했겠지요. 다만 언니는 동생에게도 교수님과의 관계를 확실히 밝힌 게 아니라, 존경하는 교수님으로서 가끔 언급한 정도였던 것 같더군요. 하지만 여자의 감이라고 할까 가족의 감이라고 할까, 미사키 씨는 두 사람 관계가 심상치 않다고 느낀 것 같습니다. 미사키 씨의 의심은 절정에 도달해 있었죠. 저와 다지마 씨가 한패가 되어 스구로 교수님을 감싼다고 여기는 듯했어요. 학부장인 스구로 교수님이 학내에서 굉장한 권력을 갖고 있다고 생각하기도 했고요. 그래서 신분을 감추고 다지마 씨에게 접근했겠지요. 신분이 밝혀지면 스구로 교수님이 다지마 씨에게 압력을 행사해 은폐 공작이라도 할 거라고 생각했을 겁니다. 따라서 다지마 씨에게는 단지 호기심 강한 저널리스트 지망생으로 행동했겠지요. 그리고 스구로 교수님 수업에는 본명으로 등록해 교수님께 암묵적 압력을 행사하려 했습니다."

내가 미사키에 대해 물어보기 전까지, 스구로는 미사키가 요시코의 동생임을 몰랐던 것 아닐까? 지금 생각해보면, 스구로의 수업을 듣는 '과목 등 이수생' 명단을 확인하고 내가 그 사실을 지적했을 때 스구로가 보인 반응은 일반적이지 않았다.

그때는 깜짝 놀라서라고 해석했지만, 어쩌면 마음의 동요 때문이었을지도 모른다.

"미사키의 행방에 대해선 어떻게 생각하나요?"

"문제는 바로 그겁니다."

기무라는 몸을 숙인 채 미지근해진 커피를 급히 마셨다.

"제가 유일하게 우려하는 게 그겁니다. 다지마 씨는 어떻게 생각하세요?"

역질문이었다. 기무라의 표정이 매우 불안해 보였다. 나는 숨을 깊이 들이마셨다.

"이제는 미타카 사건을 아사로 생각하지 않습니다."

"근거는요?"

"얼마 전 신주쿠의 플랫폼에서 누군가에게 떠밀렸어요. 손목 사건이 발생한 직후라 아사노 일당이 내 입을 막기 위해 벌인 짓이라고 생각했죠. 하지만 미도리카와 씨 말을 들으니, 체포된 녀석들 중 누구도 그 사실을 인정하지 않았다는군요. 미도리카와 씨 판단이니 믿어도 좋을 겁니다. 어쩌면 나를 공격한 건 그들이 아닐지도 몰라요."

"설마……."

"그래요. 그 설마입니다. 나는 아사노를 비롯한 방문판매 일당이 요시코와 그 애인으로 보이는 남자를 만났다고 스구로에게 말했어요. 따라서 언젠가는 내가 진실에 도달할지도 모른다고 생각했을 겁니다. 과연 스구로가 자신의 비밀이 드러날까 봐 두려워 친구를 죽이려 했을까요?"

"요시코 모녀가 살해당했다는 건가요?"

나는 침묵으로 대꾸했다. 말할 필요가 없었다.

"혹시 미사키도……"

기무라의 목소리가 떨렸다.

"그건 모르죠. 하지만 미사키는 이미 그를 만났을지도 모릅니다. 강의실에서 수업을 들었다는 의미가 아닌……"

다시 무거운 침묵이 내려앉았다. 기무라의 얼굴이 새파랗게 질렸다. 내 얼굴도 똑같았을 것이다. 모든 생각이 한곳으로 향했다.

"다지마 씨, 어쩌면 제가 무서운 짓을 저질렀는지도 모르겠군요."

기무라가 혼잣말처럼 중얼거렸다. 순간 가슴 안쪽에서 정체를 알 수 없는 검은 이물질이 솟구치는 듯했다.

"무서운 짓이요?"

"네. 실은 오늘 아침 스구로 교수님께 전화해, 이번 전임교수 건에서 사퇴하는 게 어떨까 싶다고 말했습니다. 고민에 고민을 거듭했는데, 역시 그렇게 하는 게 좋겠다는 생각이 들더군요. 사실 여전히 갈등하고 있지만요. 그때 가타기리 형사 이야기를 꺼내며, 그가 다지마 씨를 의심한다고 말했어요. 그런 오해를 풀기 위해서라도 교수님께서 경찰에 사실대로 말해야 한다고 설득했죠. 애인 관계가 밝혀지는 건 그렇게 대단한 일이 아니다, 세상에 흔히 있는 일이다, 적어도 범죄는 아니다, 라고요. 그런데 지금 다지마 씨 말을 듣고 보니……"

나는 반사적으로 자리에서 일어섰다. 기무라의 협조를 구하기 어렵다고 판단한 스구로가 취할 길은 한 가지밖에 없다. 스구로 같은 사람이 법률적인 상황에 처해지는 모습은 상상도 할 수 없었다.

"기무라 씨, 지금 당장 스구로를 만나야겠습니다!"

나는 소리치듯 말했다. 기무라도 벌떡 일어섰다.

12

신주쿠에서 사사즈카까지 택시를 탔다. 사사즈카는 스구로의 집이 있는 곳이다. 나는 택시를 타고 같이 움직이려는 기무라를 설득했다. 둘이 밀고 들어가는 걸 스구로가 원하지 않을 것이다. 특히 기무라는 스구로의 제자다. 나중에 반드시 기무라에게 연락하겠노라 약속했다.

기무라는 역시 나쁜 사람이 아니었다. 적어도 저널리스트의 양심을 팔아 미래의 안정된 생활을 추구하는 사람은 아니다. 그것이 나를 안심시키는 동시에 불안하게 만들었다. 전임교수 사퇴를 꺼낸 기무라의 양심이 스구로를 파멸의 길로 이끌 수도 있었다.

스구로는 지금 집에 있을 가능성이 높다. 오늘 아침 기무라가 집전화로 스구로와 통화할 때 학교에서 특별한 일정이 없다고 했다. 실제로 오늘은 금요일이다. 학부장에 취임한 후 집에서 연구에 몰두할 수 있는 날이 금요일밖에 없다고 한탄했던 걸 기억한다.

택시 안에서 스구로의 휴대폰에 전화했다. 전파가 닿지 않는 곳에 있거나 전원을 꺼놓았다는 메시지가 들려왔다. 집에도 전화를 걸었다. 아무도 받지 않았다. 하지만 일단 집으로 가기로 했다. 그가 집에 숨어 있을 가능성이 전혀 없는 것은 아니다.

주택가로 들어선 후 택시에서 내렸다. 스구로의 집을 마지막으로 방문한 지 3년 정도 지났다. 위치는 어슴푸레 기억하고 있지만, 택시기사에게 정확히 알려줄 자신이 없었다.

몇 번을 헤맨 끝에 겨우 도착했다. 세련된 2층짜리 하얀색 집이 눈에 들어왔다.

현관에서 인터폰을 눌렀다. 반응이 없었다. 불길한 예감이 증폭되었다. 다시 인터폰을 눌렀다. 잠시 시간이 흘렀다. 역시 반응이 없다. 포기하고 발길을 돌리려는 순간, 여성의 목소리가 들렸다.

"누구세요?"

"실례합니다. 다지마라고 합니다."

"아아, 다지마 씨."

중얼거림 같은 목소리가 들렸다. 놀란 것 같기도 하고 당황한 것 같기도 했다.

현관문이 열렸다. 스구로의 아내가 서 있었다. 수수한 보라색 원피스 차림이었다. 하지만 충분히 아름다웠다. 도쿄대에 다니던 시절의 이름은 이시자키 마키였다.

나는 당시에 스구로와 마키가 캠퍼스에서 나란히 걷는 모습을 종종 보았다. 말을 나눈 적은 손으로 꼽을 정도였다. 그녀와 스스럼없이 말하게 된 건 스구로가 결혼해 우리 가족과 친하게 지내기 시작한 다음부터였다.

"한발 늦으셨네요. 남편은 30분쯤 전에 나갔어요."

나는 마키의 얼굴을 정면에서 똑바로 보았다. 그늘이 느껴지는 얼굴이었다. 눈꺼풀 주변으로 운 흔적이 희미하게 남아 있었다.

"어디 갔는데요?"

나는 되도록 평범하게 물었다.

"죄송하지만 잘 몰라요. 잠시 들어오세요. 저도 드릴 말씀이 있어요."

나는 고개를 끄덕였다. 스구로가 내게 어떤 메시지를 남기지 않았을까 하는 생각이 들었다. 오늘 아침 기무라와 통화한 뒤 스구로는 어떤 방법으로든 내가 연락하리라 예상했을 것이다. 나와 직접 만나는 걸 일부러 피하는지도 모른다.

마키는 나를 응접실로 안내했다. 품위 있는 검은색 소파와 반투명 테이블. 붙박이 책장에는 방대한 외서와 상당히 많은 일본 책들이 꽂혀 있었다. 스구로의 연구서도 몇 권 있었다.

손목시계를 보았다. 오후 3시가 지났다. 방문판매 살인마들이 좋아하는 시간대다. 하지만 여기는 너무도 평화로웠다. 서쪽으로 열린 창문에서 가을햇살이 들어오고, 정적만이 과묵한 군왕처럼 군림하고 있었다.

주방으로 갔던 마키가 쟁반에 차를 챙겨 돌아왔다.

"대접할 게 아무것도 없어서 죄송해요."

마키는 내 앞에 주석 찻잔을 내려놓고 맞은편에 앉았다.

"아이들은 오늘 집에 없나요?"

만약을 위해 미리 물었다. 스구로의 아이들까지 휘말리게 하고 싶지 않았다. 마키도 같은 심정일 것이다.

스구로에게는 아들이 두 명 있다. 장남은 도쿄대 영문과에 다니고, 차남은 고베대 의학부에 다닌다.

"네. 큰애는 작년에 영국 대학으로 2년 예정 유학을 갔어요. 둘째는 계속 고베에 있고요. 의학부 수업이 힘든지 도쿄에는 거의 오지 않아요."

어딘지 모르게 안도한 말투였다. 고백할 환경이 갖추어졌다는 의미로 들렸다.

"스구로가 몇 시쯤 돌아올까요?"

"잘 몰라요. 아마 돌아오지 않을 거예요."

"왜죠?"

예상은 하고 있었다. 하지만 묻지 않을 수 없었다.

"다지마 씨는 이미 알고 계시죠? 남편이 제게 모든 걸 고백했어요."

조용한 말투였다. 나는 말없이 그녀의 다음 말을 기다렸다.

"남편이 했던 말을 그대로 전할게요. 미타카 사건은 아시 사건이 아니에요. 요시코 씨와 노조미는 남편의 애인과 딸이었죠. 남편은 두 사람 얼굴에 축축한 셀로판지를 씌워 입과 코를 막는 방법으로 질식사시켰어요. 그런 다음 두 사람에게 진심으로 미안해하며 눈물을 흘렸지요. 요시코 씨는 원래 심장이 안 좋은 데다 장기간 식사를 하지 않아 온몸이 쇠약해진 상태라서 놀랄 만큼 쉽게 죽었대요. 다만 노조미를 죽일 때는 너무 괴로워, 남편이 소리내 울면서 눈을 감은 채 셀로판지를 씌웠다고……."

마키는 더 이상 말을 잇지 못한 채 오열했다. 나도 온몸이 굳어져 몇 분간 침묵했다.

잠시 후 마키는 울음을 그쳤다. 그리고 손수건을 꺼내 눈물을 닦기 시작했다. 나는 떨리는 목소리로 짜내듯 말했다.

"다른 해결책은 없었나요?"

"저도 남편에게 똑같이 물었어요. 남편은 그렇다고 딱 잘라 말하더군요. 두 사람은 요시코 씨가 대학생이었던 시절부터 관계를 맺었어요. 죄의식이 컸던 남편이 경제적으로 많이 지원했다고 하더군요. 그런데 육아에 지친 나머지 요시코 씨에게 정신적으로 문제가 생겼대요. 저와 이혼하고 두 아이도 버리고 자기와 같이 살자고 요구했다네요. 하지만 남편은 받아들일 수 없었죠. 아무리 설득해도 들으려 하지 않고, 아시는 것처럼 요시코 씨는 단식투쟁을 시작했어요. 일부러 사람들에게 쇠약해진 모습을 보여주고, 빌라 주인에게는 돈이 없다고 말했죠. 아이에게는 어느 정도 음식을 먹였지만, 돈이 없어서 두 사람이 굶고 있다고 사람들에게 이야기했대요. 남편에 대해선 그 누구에게도 말하지 않은 것 같아요. 남편의 처지를 생각해 대학 시절부터 두 사람 관계를 절대로 입에 올리지 않았다더군요. 남편에 대한 충성심과 실제 요구가 너무도 뒤죽박죽이라, 그 사람도 마지막에는 어떻게 해야 할지 몰랐던 것 같아요. 특히 사태가 막바지에 이르자, 자신과의 관계를 언제 터트릴지 모른다는 불안감에 남편은 거의 노이로제 상태였다는군요. 결국 죽일 수밖에 없다고 생각한 남편의 마음을 조금은 이해할 수 있을 것 같아요."

순풍에 돛을 단 듯 보였던 스구로의 가정생활. 가족 사이에 벌어진 일들로 녹초가 돼 있던 내게 그의 가족은 행복의 모범 답안처럼 보였다. 스구로의 강한 윤리관도 인간의 원초적인 애정문제 앞에서는 어찌할 도리가 없었던 걸까?

어쩌면 강한 윤리관 때문에 적절한 탈출구를 찾지 못한 게 아닐까? 친구의 고뇌를 알아차리지 못한 나 자신이 부끄러워졌다.

"마키 씨는 두 사람 관계를 언제 아셨나요?"

나는 마음을 추스르며 물었다.

"얼마 안 돼요. 한 달 전, 남편이 모든 걸 고백하기 전까지는 전혀 몰랐어요. 어리석은 아내라고 여기실지 모르지만 저는 그때까지, 아니 지금도 남편을 믿고 있어요."

"한 달 전 스구로가 모든 걸 고백하게 된 계기가 뭐죠?"

"남편이 다시마 *씨*에게 전해달라고 한 또 한 가지 사항과 관계가 있어요. 미사키 씨, 즉 요시코 씨의 동생이 어디에 있는지 다지마 씨에게 전해달라더군요."

"지금 어디에 있나요?"

나는 몸을 앞으로 내밀며 물었다.

"이 집에 있어요."

"아직 살아 있나요?"

마키의 말투로 볼 때, 미사키는 이 집에 감금돼 있는 게 아닐까 생각되었다. 그것이 내 유일한 바람이었다. 하지만 현실은 너무도 잔혹했다.

"안타깝지만 그렇지 않아요. 미사키 씨는 저희 집 지하 서고에 잠들어 있어요. 미사키 씨가 행방불명된 9월 15일, 외출했다 오후 4시쯤 들어왔더니 남편이 망연자실한 표정으로 응접실 바닥에 주저앉아 있더군요. 옆에는 처음 보는 젊은 여성이 누워 있었죠. 목의 보라색 자국을 보고 목 졸려 살해당했다는 걸 금방 눈치챘어요. 충격을 받아 한동안 아무 말도 할 수 없었지요. 제가 집에 없을 때 미사키 씨가 찾아와 남편에게 언니 일을 추궁했나 봐요. 남편이 요시코 씨를 죽였다는 결정적 증거가 있는 게 아니라 기본적으로는 추측일 뿐이지만, 모든 게 밝혀질지 모른다는 강박관념으로 무의식중에 미사키 씨 목을 졸랐다고 하더군요. 남편은 즉시 자수하겠다고 했어요. 다지마 씨가 진실을 아는 건 시간문제라서요. 하지만 제가 그러지 말라고 설득했어요. 저는 어떻게 되어도 상관없지만, 아이들을 생각하라고 했죠. 무리일지 모르지만 일단 은폐해보고, 그래도 안 되면 그때 자수해도 되지 않느냐고요. 결국 오늘 아침 『시야』의 기무라 씨에게 전임교수 건에서 사퇴하겠다는 전화를 받자, 남편은 더 이상 피할 수 없다고 판단한 것 같아요. 물론 기무라 씨는 남편이 요시코 씨 모녀를 죽였다곤 생각지 않았겠죠. 하지만 사건의 본질은 알고 있었어요. 그걸 알면서도 남편의 의도에 맞춰 언론을 끌어갔는데, 그런 그가 백기를 든다면 상황은 절망적일 수밖에 없잖아요."

"미사키 씨 시신을 왜 집에 놔둔 거죠?"

"제가 그러자고 했어요. 남편은 차에 실어 어딘가에 버리자고 했죠. 하지만 제가 지하 서고에 두자고 고집을 부렸어요."

"왜 그렇게 판단했나요?"

"다지마 씨 조언을 따랐을 뿐이에요."

마키는 처음으로 개구쟁이처럼 가볍게 미소 지었다. 하지만 눈에는 여전히 슬픔이 깃들어 있었다. 나는 그녀가 무슨 말을 하는지 알 수 없었다.

"예전에 부인과 함께 저희 집에 놀러오셨을 때, 다지마 씨가 이런저런 살인사건에 대해 말씀하셨죠. 그때 이름은 잊어버렸지만 유명한 범죄학자의 말을 해주신 게 기억났어요. '시신을 가장 안전하게 숨길 수 있는 곳은 집이다. 가족 중에 밀고자가 없는 한'이었던가요?"

기억이 났다. 분명히 그런 말을 한 적이 있었다. 슬픔이 밀려들었다. 그 말을 통해 여전히 그녀와 스구로를 연결하는 기묘한 인연, 그리고 서로의 믿음을 강조하는 것처럼 느껴졌다.

"시신을 지하 서고로 옮길 때 마키 씨도 도우셨나요?"

"물론이에요. 남편과 둘이 지하로 옮겼어요."

한순간 말문이 막혔다. 사체유기라는 단어가 떠올랐다.

"아닙니다! 마키 씨는 그런 일을 하지 않았습니다!"

나는 절규하듯 소리쳤다. 마키가 놀란 표정으로 나를 빤히 쳐다보았다.

"생각해보세요. 아이들에게 부모님 둘 다 범죄자인 것과 아버지만 범죄자인 건 천지차이입니다!"

마키는 내 강한 말투에 압도된 것처럼 고개를 끄덕였다.

"내 말 잘 들으세요. 진실은 이겁니다. 나는 오늘 스구로를 의심해 여기 왔어요. 집안을 뒤지다 미사키 시신을 발견했죠. 마키 씨는 지하에 시신이 있다는 걸 전혀 몰랐습니다."

나는 잠시 말을 쉬었다. 마키는 말없이 고개를 떨구었다.

"지금 지하 서고는 어떤 상태인가요?"

"잠겨 있어요."

"그럼 지금 가서 열어두세요. 그리고 제게 열쇠를 주십시오."

마키는 멈칫멈칫 일어나더니 불안한 걸음으로 응접실에서 나갔다. 나는 마키가 내 말을 제대로 이해했기를 기도했다.

미도리카와의 휴대폰에 전화를 걸었다. 그가 즉시 받았다.

"다지마인데요. 미사키가 어디 있는지 알아냈습니다. 유감스럽지만 살아 있지는 않아요."

"어디야?"

"스구로 교수 집입니다."

"역시 그렇군."

"역시요?"

"그래. 실은 『시야』 편집장인 기무라가 경시청으로 찾아왔어. 지금 이야기를 듣고 있네. 혹시라도 자신에게 화가 미칠까 봐 알고 있는 사실을 전부 말하는 중이야. 경찰에 전면적으로 협조하는 거지. 그로 인해 스구로와 요시코가 애인 사이였다는 걸 알게 됐어. 요시코 동생과 스구로 사이의 접점도 나왔고. 물론 미타카 사건도 다시 수사해야 할 것 같아."

"그건 상관없지만, 한 가지 드릴 말씀이 있습니다. 잘 들으세요. 스구로의 부인은 이번 사건과 아무 관계가 없어요. 미사키의 시신이 있다는 것도 몰랐습니다. 시신은 제가 집을 뒤지다 발견한 겁니다."

"그건 선생이 참견할 바가 아냐. 경찰이 조사해 판단할 일이지. 집에 시신이 있다는 걸 몰랐다니, 너무 부자연스럽잖아? 어쨌든 그건 경찰에 맡겨."

"객관적인 사실을 말하는 것뿐입니다. 내가 직접 시신을 발견했으니 틀림없어요."

"이봐, 선생. 당신이 그러고도 대학 교수야? 친구 부인을 감싸기 위해 그렇게 말하는 건 너무 뻔하잖아. 그런 단순한 유도에 우리가 넘어갈 것 같냐고! 하긴 그렇게 머리가 나쁘니 지금까지 교수가 못 되고 시간강사 신세겠지만 말이야……."

나는 분노가 치밀었다. 말이 너무 지나치지 않는가? 처음으로 미도리카와에게 감정을 폭발시켰다. 그것도 깜짝 놀랄 만큼 강렬하게.

"웃기지 마!"

그렇게 소리친 나는 봇물이 터진 듯 격렬하게 화를 냈다.

"당신 하는 일이 그렇게 훌륭해? 경시청 극비 정보를 흘리며 민간인인 나를 이용했잖아! 내가 그걸 폭로하면 당신은 경시청을 떠나야 할 거야! 경시청 정보를 누설한 게 한두 번이 아니잖아? 경시청에 가서 확성기에 대고 말해줄까? 그래, 나는 교수가 못 될지도 모르지. 하지만 당신 역시 경시청 높은 사람들에게 혹사당하는 말단형사에 불과하잖아? 똥 묻은 개가 겨 묻은 개를 비웃어서 어쩌잔 거야! 응? 대답해 봐! 내 말 듣고 있어?"

수화기 너머에서는 아무 소리도 들리지 않았다. 나는 말을 계속하며 나 자신이 무서워졌다. 이렇게 저속한 말을 아무렇지도 않게 토해내다니. 여러 가지 이상한 사건을 겪으며 내 정신상태도 이상해졌는지 모른다.

그때 울음소리 같은 웃음소리가 들렸다. 미도리카와는 웃고 있었다.

"이봐, 선생. 한심한 소리 그만해. 내가 어떤 인간인지는 경시청 사람들도 이미 알고 있거든. 이제 와서 확성기에 대고 소리쳐 봤자 소용없다고. 그러니까 그만 진정해. 어쨌든 스구로의 부인은 사체유기를 포함해 어떤 일에도 관여하지 않은 걸로 처리해달라는 거지? 한 가지 조건을 들어주면 그렇게 해줄 수도 있어."

"한 가지 조건요? 그게 뭡니까?"

나는 다시 공손한 말투로 돌아갔다.

"스구로에 관해 선생이 알고 있는 모든 걸 말해줘. 그리고 앞으로는 절대로 거짓말하지 마. 내가 인정하는 거짓말은 이번 한 번뿐이야."

맥이 풀렸다. 어려운 조건은 아니었다. 내가 하고 싶었던 거짓말은 스구로의 아내에 관한 것뿐이었다. 막연하게나마 스구로가 우리 눈앞에 다시 나타나는 일은 없으리라는 생각이 들었다.

내가 스구로에 대해 무슨 말을 하든 스구로에 대한 재판은 결코 열리지 않을 것이다. 피의자 사망이라는 단어가 뇌리에 떠올랐다.

"알겠습니다. 그렇게 하지요."

나는 짤막하게 대답했다. 그 순간 미도리카와에게 졌다는 생각이 들었다. 기분 좋은 패배이긴 하지만.

"지금 현장으로 갈 테니까 기다려."

미도리카와가 전화를 끊었다. 잠시 후 마키가 돌아왔다. 미도리카와와 통화하며 흥분한 탓인지, 나는 우리 안에 갇힌 곰처럼 거실을 어슬렁거리고 있었다. 마키를 보고는 겨우 걸음을 멈추었다.

"이제 곧 경찰이 올 겁니다."

나는 마키에게 지하 서고의 열쇠를 받으며 덧붙였다.

"경찰에게 있는 그대로 말씀하세요. 마키 씨는 시신 운반을 돕지 않았다, 아니 시신이 있는 것조차 몰랐다고요."

마키는 결심한 듯 고개를 끄덕였다. 멀리서 순찰차 사이렌 소리가 들리기 시작했다.

에필로그

그로부터 두 달 이상이 지났다.

아사노 일당의 재판은 아직 시작되지 않았다. 공판 준비절차가 예상보다 길어졌다. 사건 규모도 그렇지만 극형이 예상되는 국민참여재판이라 배심원으로 선임된 사람들의 스트레스가 이만저만 아닐 것이다. 어쨌든 네 건의 연쇄살인사건을 다루는 재판이다. 배심원들이 판사와 동일하게 읽어야 하는 자료 또한 방대했다.

판결이 나오려면 1년 가까이 걸리지 않을까 하는 관측도 나오기 시작했다. 그렇다면 1970년 맨슨 재판이 종료된 후 직장으로 복귀하려던 배심원이 이미 해고되었음을 알고 경악한 것과 동일한 사태가 벌어질 수도 있지 않을까? 매스컴에서는 연일 요란을 피우며 사법제도상의 그런 우려까지 부채질했다.

이시노가 체포되자 시미즈는 즉시 침묵을 철회했다. 형사들이 아사노의 증언을 들이대자 시미즈는 격렬하게 회를 내며 네건의 살인사건에 대해 잇달아 자백하기 시작했다. 각각의 사건에 관여한 공범들의 이름도 적극적으로 진술했다. 처음부터 모든 책임을 시미즈에게 덮어씌우고 공범들의 이름은 말하지 않았던 아사노와 대조적이었다.

아사노의 의도는 충분히 알 수 있었다. 공범들이 체포됨으로써 사건의 객관적인 구도가 드러날까 봐 두려웠던 것이다. 실제로 시미즈의 진술에 따라 추가로 체포된 공범들은 그의 자백을 뒷받침했다. 이번 사건의 주동자는 아사노가 확실했다. 이는 곧 아사노의 극형을 시사했다.

아사노와 시미즈가 주범이라면, 네 건의 방문판매 살인에 관여한 공범의 숫자는 열한 명에 이르렀다. 사건에 따라 관여자가 조금씩 달랐고, 모든 사건에 참여한 건 아사노와 시미즈뿐이었다. 어쨌든 여기저기서 끌어 모은 사람들이 연쇄 강도살인사건을 저지른 건 일본 범죄역사상 이례적인 일임에 틀림없었다.

살인사건에 관여한 이들 중 체포되지 않은 사람은 다쿠마뿐이었다. 다쿠마의 행방은 여전히 오리무중이었다. 일부 매스컴에서 자살설도 흘러나왔지만, 나는 믿지 않았다. 내 주변에서 그의 행방과 관련된 듯한 일이 일어났기 때문이다.

류노스케 자매는 이미 우리 옆집에서 이사했다. 두 사람 모두 기치조지의 본가로 돌아간다고 했다. 그런데 얼마 후 언니인 류노스케가 나를 찾아왔다. 후유코가 혼자 살고 싶다며 본가에서 나갔다고 했다. 그 후 가족 누구도 후유코와 연락이 닿지 않았다.

그로부터 몇 주일 후, JR 시부야 역 개찰구에서 후유코와 닮은 사람을 언뜻 보았다. 저녁의 러시아워 때로, 주변이 사람들 물결로 뒤덮일 만큼 복잡했다.

따라서 개찰구를 나와 10미터쯤 앞쪽에서 누군가 내 시야에 들어온 건 극히 한순간이었다. 검은 선글라스를 낀 젊은 여성이었다. 그녀는 마찬가지로 검은 선글라스를 낀 젊은 남성과 손을 잡고 있었다.

그 여성이 후유코라는 것에는 상당히 자신감이 있었다. 남성은 누군지 모른다. 어쩌면 그녀의 새로운 애인일지도 모른다.

하지만 다쿠마였을 가능성도 부정할 수 없다. 내 직감은 오히려 그럴 가능성이 높다는 쪽이었다. 근거는 없다. 어쨌든 그런 정보를 경찰에 알릴 마음은 들지 않았다. 그 두 사람이 후유코와 다쿠마라고 해도 상관없지 않은가?

언젠가는 다쿠마에게 경찰의 손길이 미치겠지만, 그 계기를 내가 만들 생각은 없었다. 경찰 마음대로 하면 되지 않는가?

다만 사사키에게는 멋대로 해도 좋다고 말하기 어려운 일이 일어났다. 내 딸과 사귀기 시작한 것이다.

유리코는 이미 세상을 떠났다. 예상한 일이었지만, 지구사는 우울의 늪에 빠졌다. 그때 딸 곁에서 꾸준히 위로를 건넨 사람이 사사키였다. 공수도 실력은 인정하지만 상황판단력이 부족해 보이던 사사키가 그렇게 치밀한 심리선을 감행할 줄 몰랐다.

나는 아버지 역할을 빼앗기고 허무감에 빠졌다. 다행인지 불행인지 유리코가 세상을 떠난 후 아버지로서 기본적으로 가져야 할 마음을 되찾았다. 유리코를 위해서라도 딸을 제대로 돌봐야겠다고 생각한 것이다. 하지만 딸에게 쏟는 애정 역시 사사키에게 추월당했음을 부인할 수 없었다.

스야마 게이는 결국 기소유예 처분을 받았다. 미도리카와가 특별히 신경을 쓴 건 아니다.

오사카 지검에서는 게이의 행위를 살인이 아닌 과잉방어로 인정했다. 오사카 시내의 호텔에서 같이 도망치자고 강요한 아사노가 가끔 폭력을 행사한 건 사실이었다. 하지만 호텔로 가자고 한 사람이 게이라는 점, 칼로 찌르기 직전 폭력행위가 없었다는 점을 감안하면 법률적으로 과잉방어라는 판결이 조금 억지처럼 느껴졌다. 오사카 지검이 여론을 의식해 정치적으로 판단했다는 평가가 정확할 것이다.

게이에 대한 동정론은 시간이 갈수록 확산되었다. 실제로 게이는 이번 사건으로 크나큰 대가를 치렀다. 그녀가 석방된 후, 남편은 이혼을 요구하며 딸을 데려가겠다고 주장했다. 게이의 과거 범죄가 세상에 폭로된 이상 어쩔 수 없는 일일지도 모른다. 게이는 남편이 딸을 키우는 것에 순순히 동의했다. 게이의 마음을 생각하자 가슴이 아팠다. 결국 그녀는 요코야마 게이에서 결혼하기 전의 성인 스야마 게이로 돌아갔다.

나는 석방된 게이를 오사카 시내에서 한 번 만났다. 취재용은 아니었다. 기사로 쓸 생각도 없었다. 아사노를 체포할 수 있도록 연락해준 게이에게 고맙다는 인사와 함께 사죄하고 싶었다.

고맙다는 인사는 당연한 것이다. 하지만 무엇에 대한 사죄인지는 나 자신도 알지 못했다. 다만 그녀에게 막연한 죄의식을 느꼈다.

게이는 우울한 상태였지만, 나를 특별히 거북해하지 않고 담담하게 말했다. 남편과의 이혼이나 딸과의 이별은 각오하고 있었다고 한다. 위로할 말이 없었다. 헤어질 때 우리는 메일 주소를 교환했다.

도쿄로 돌아온 나는 가끔 게이에게 짧은 메일을 보냈다. 그때마다 즉시 답장이 왔다. 메일을 주고받는 일이 잦아지면서 내용은 점차 길어졌다.

요즘은 자신의 미래에 대한 조언을 구하는 메일이 오기도 한다. 그럴 때는 되도록 진지하게 고민하고 답장을 보냈다. 답장이 몇 페이지에 이르는 경우도 있었다. 그러면 게이 또한 장문의 메일을 보내왔다. 나는 그녀와 마음이 통하기 시작했음을 느꼈다. 하지만 게이가 나를 어떻게 생각하는지는 알 수 없었다.

내 마음을 가장 아프게 만든 사람은 역시 스구로였다. 미사키를 살해한 혐의로 전국에 지명수배령이 내려졌지만, 행방은 여전히 묘연했다.

다만 미타카 사건에 관해 '재수사하겠다'는 미도리카와의 말과는 반대로, 스구로가 입건될 가능성은 거의 없었다. 의학적으로 요시코 모녀의 죽음이 살인임을 증명하기란 불가능했기 때문이다.

부검 결과 병사는 아니지만 그렇다고 살인도 아니었다. 즉, 그 어느 쪽에도 속하지 않는 불상의 죽음이다. 사건 자체가 완전한 교착 상태에 빠진 것이다. 앞으로 새로운 의학적 근거가 나오기란 불가능했다.

경시청이 기대하는 유일한 활로는 스구로의 아내가 전하는 그의 고백이었다. 그 점에 관해 마키는 모든 것을 솔직하게 말한 듯했다.

하지만 경시청의 의욕과 달리 도쿄 지검에서는, 직접적인 자백이 아니라 전해들은 이야기이므로 입건에 따른 충분한 증거가 되지 못한다고 판단했다. 불상의 죽음과 전문(傳聞) 증거. 경시청 역시 그것만으로는 공판을 유지하기 어렵다고 판단한 것 같았다.

어쨌든 스구로의 신병을 확보하지 못한 만큼, 미타카 사건의 기소 여부를 검토해봤자 소용없는 일이었다. 미사키 살해혐의로 스구로를 체포한 뒤, 그의 진술을 확보해 미타카 사건에 접근하려는 것이 경시청의 방침이었다.

사체유기에 대해 마키는 내가 말한 대로 행동했다. 그 점에 관해서는 형사들도 집요하게 추궁하지 않은 것 같다. 나 역시 오기쿠보 서에 소환되어 가타기리에게 관계자 진술을 받았다.

가타기리는 다른 부분에 대해서는 집요하게 질문을 반복했지만, 시신을 발견한 경위는 의외로 순순히 받아들였다. 미도리카와의 입김이 작용한 것이다. 나는 미도리카와에게 온갖 험한 말을 퍼부은 일을 깊이 반성했다.

방문판매 살인뿐만 아니라 스구로 사건에 대해서도 많은 언론매체의 인터뷰 요청을 받았다. 취재하던 입장에서 취재받는 입장이 되자 지금까지 보이지 않던 많은 것들이 보이기 시작했다. 이렇게 평범하고 똑같은 질문을 계속하다니! 관점이 특별한 질문이 하나도 없었다. 나 자신도 저널리스트로서 그렇게 어리석은 질문을 반복해왔을 것이다.

"스구로 씨가 살아 있다고 생각하나요? 살아 있다면 어디에 있을까요?"

내 대답은 정해져 있었다. 모른다. 알 리가 없지 않은가?

가끔 이런 생각이 들었다. 스구로의 죄가 무엇일까? 여성들에게 인기가 많았던 것은 그의 죄가 아니다. 그의 죄는 너무나 다정했다는 것이고, 남녀관계를 냉정하게 끊어내려는 의지가 부족했다는 점이다. 이런 경우에는 다정함도 죄가 된다. 그가 다정하지 않았다면 요시코도, 노조미도, 미사키도 죽지 않았을지 모른다.

결과적으로 요시코와 미사키의 부모에게서 소중한 두 딸의 생명을 빼앗은 사람이 그토록 다정한 스구로였다는 사실이, 내게는 지옥의 그림처럼 아프게 다가왔다.

그가 다정하지 않았다면. 그가 다정하지 않았다면. 나는 마음속으로 수없이 그 말을 되풀이했나. 그가 다정하지 않았다면 그의 아내도, 그의 자식들도 세상 사람들의 까닭 없는 비난을 받지 않았을 텐데.

내 마음속에서 해결되지 않은 일이 또 하나 있었다. 신주쿠의 플랫폼에서 나를 떠민 사람이 정말 스구로였을까? 그것에 대해 마키는 아무 말도 하지 않았다.

나 또한 그 사건을 마키에게 캐물을 생각이 없었다. 스구로가 자기 아내에게 그런 말을 했을 리 만무하다.

그 사건에 구태여 결론을 내려고도 하지 않았다. 내 착각일 가능성이 전혀 없다고는 할 수 없다. 나는 오히려 그런 식으로 스스로를 설득했다. 더구나 모든 것이 끝났다고 생각하는 지금, 그런 탐색은 아무 소용없었다.

연말이 코앞으로 다가온 어느 날, 스구로의 행방에 대해 신빙성 있는 뉴스가 흘러나왔다. 자살의 명소로 알려진 후지의 수해(樹海)와 가까운 버스 정류장 앞에서 스구로와 비슷하게 생긴 남성을 보았다는 목격담이었다.

자살방지를 위한 여성 자원봉사자가 그 주인공이었다. 남자의 모습이 특별히 이상했던 건 아니다. 감색 양복을 단정히 입은 지적인 분위기의 남자는 너무도 침착해 보여, 적어도 행동에서는 수상한 점이 드러나지 않았다.

다만 이미 한겨울에 접어들었음에도 코트를 입지 않은 게 마음에 걸렸다. 더구나 오후 6시가 넘어 주변에 어둠이 내려앉은 상태였다. 따라서 만약의 사태에 대비해 차를 세우고 말을 걸었다고 한다. 하지만 남자의 대답은 자원봉사자를 안심시켰다. 남자는 웃으면서 이렇게 말했다.

"제가 무슨 짓이라도 저지를까 봐 그러세요? 워낙 유명한 곳이라서, 야마나시 현에 사는 친척을 만나러 왔다가 한번 보러 왔을 뿐입니다. 돌아가려고 버스를 기다리는 중이니 걱정하지 마십시오."

실제로 버스는 약 15분 후 도착 예정이었다. 자원봉사자는 안심하고 그 자리를 떠났다. 하지만 10분 뒤, 다시 버스 정류장 앞을 지나가는데 남자의 모습이 보이지 않았다. 물론 버스는 아직 도착 전이었다. 황급히 차를 타고 주변을 둘러보았지만, 결국 남자는 발견되지 않았다.

그 정보를 듣고 달려온 기자들이 스구로의 사진을 보여주자, 자원봉사자는 대단히 비슷하다고 대답했다.

그 사람이 스구로였는지 아니었는지는 모른다. 어쨌든 나는 스구로가 이미 이 세상 사람이 아니라고 생각했다.

* 이 작품에 등장하는 조직과 단체 이름은 모두 가공으로, 실존하는 조직 및 단체와는 전혀 관계가 없습니다. 이 작품에 등장하는 사건 가운데는 실제로 일어난 일을 모티브로 삼은 경우도 있지만, '찰스 맨슨 사건'과 '요시노부 사건 (1963년 도쿄에서 일어난 남아 유괴사건)' '사야마 사건(1963년 고등학교 1학년 소녀를 강간하고 살해한 강도강간 살인사건)' 외에 나머지 배경과 인간관계는 완전한 픽션입니다. 이 책을 쓸 때 참고한 서적은 다음과 같습니다.

● Vincent Bugliosi With Curt Gentry, *Helter Skelter*(Bantam Book, 1975).

● 에드 샌더스, 『패밀리』(소시샤, 1974).

● 혼다 야스하루, 『유괴』(분게이슌주, 1977).

● 사키 류조, 『다큐멘트 사야마 사건』(분게이슌주, 1977).

● 이노우에 가오루, 『사형의 이유』(신초분코, 2003).

● '신초 45' 편집부 편, 『살육자는 두 번 웃는다―풀어놓은 업(業). 마구 날뛴 아홉 가지 사건』(신초분코, 2004).

● '사쿠힌샤' 편집부 편, 『범죄의 쇼와사―독본 3 현대』(사쿠힌샤, 1984).

● 후쿠다 히로시, 『20세기 일본 살인사전』(샤카이시소샤, 2001).

* 본문에 나오는 '니가와 사건'에 대해서는 참고문헌 중 특히 『살육자는 두 번 웃는다』 가운데 나카오 고지 씨의 취재기록(반성 없는 '세상'으로 돌아온 소년소녀의 그 후―나고야 연인 살인사건)을 참고했습니다. 이 자리를 빌려 감사의 말

씀을 드립니다.

* 트루먼 커포티의 『인 콜드 블러드』에서 인용한 문장은 원서 *In Cold Blood* (Random House, 1996)를 번역했습니다.

* 본문에 나오는 단가(短歌. 짧은 형식의 시) 3수는 가인 아야베 후유 씨의 작품을 차용했습니다. 이 자리를 빌려 감사의 말씀을 드립니다.

함부로 현관문을 열지 마라

어느 허름한 빌라의 2층에서 28세 여성과 다섯 살짜리 딸이 시신으로 발견된다. 두 사람이 살았던 집은 요금 체납으로 한 달 전 전기가 끊기고, 일주일 전에는 수돗물까지 끊겼다. 여성은 몸이 아파 일을 하지 못했지만, 생활보호대상도 신청하지 않은 채 주변의 무관심 속에서 딸과 함께 굶어죽는다…….

56세의 저널리스트이자 대학 시간강사인 다지마는 신문에서 모녀 아사사건을 처음 본 순간, 형용할 수 없는 분노를 느낀다. 최소한의 보호도 받지 못한 채 굶어죽은 모녀. 그들은 어쩌면 수돗물로 간신히 굶주림을 버텨내지 않았을까? 그런 상황에서 요금 체납을 이유로 수돗물까지 끊어야 했을까?

다지마가 최근에 천착 중인 분야는 고독사였다. 그보다 다섯 살 많은 형이 오랫동안 혼자 살다 5년 전 고독사했기 때문이다. 20년을 같이 산 아내와 6년 전 이혼한 그도 언제 고독사할지 모르는 상태였다. 저널리스트라고 하지만 원고를 의뢰하는 곳이 많지 않고, 대학 시간강사라고 하지만 강의하는 것은 겨우 한 과목이다. 그가 이토록 이 사건에 집착하는 것은 굶어죽은 모녀에게 연민의 감정과 함께 동질감을 느꼈기 때문 아닐까?

인간으로서의 감정이 없는 기계적 대응으로 말살되는 약자들의 인권. 그는 이번 사건의 성격을 사회가 만들어낸 일종의 고독사로 판단하고, 지식인을 위한 월간지 『시야』에 실릴 원고를 쓰기 시작한다. 그 후 그의 주변에서 기묘한 사건이 발생하기 시작하는데…….

저자인 마에카와 유타카는 1951년생으로, 현재 호세이대학 (法政大学) 국제문화학부 교수로 재직 중이다. 히토쓰바시대학 법학과를 졸업하고 도쿄대학 대학원에서 비교문학을 전공했다. 즉, 그의 주특기는 법과 문학의 컬래버레이션이다. 이러한 장점은 이 책에서도 유감없이 발휘되고 있다. 특히 법률적인 표현과 재판 장면은 너무도 리얼하고 섬세해, 작품의 수준을 한 단계 끌어올리는 데 커다란 역할을 했다.

그는 2011년에 발표한 『크리피』로 제15회 일본미스터리문학대상 신인상을 수상하면서 데뷔했다. 한국 독자에게는 『크리피』와 『시체가 켜켜이 쌓인 밤』, 『크리피 스크리치』에 이어 이번이 네 번째 작품이다. 하지만 발표 시점상 『크리피』 다음 작품이라 그런지 곳곳에 『크리피』의 그림자가 짙게 배어 있음을 알 수 있다.

그가 주로 그려온 분야는 현대인의 고독과 단절, 소외와 외로움으로 인한 공포다.

『크리피』에서는 평범한 이웃사람에 의한 공포를, 『크리피 스크리치』에서는 소외된 사람에 의한 계획적인 살인에 대한 공포를, 『시체가 켜켜이 쌓인 밤』에서는 한 남자의 광기에 의한 공포를 그렸다. 그리고 이번에는 친근함을 가장한 악질 방문판매원에 의한 공포를 다루고 있다.

방문판매원은 우리 주변에서 흔히 볼 수 있고, 때로는 무방비 상태로 맞이하게 되는 사람들이다. 그들이 악의를 갖고 접근할 경우 대다수의 보통사람은 대처할 방법이 없지 않을까?

함부로 현관문을 열지 마라.
그곳에 선량한 얼굴을 한 악마가 서 있을지도 모른다.

2018년 1월
이선희

한낮의 방문객

지은이 마에카와 유타카
옮긴이 이선희

펴낸곳 도서출판 창해
펴낸이 전형배

출판등록 제9-281호(1993년 11월 17일)
1판 1쇄 인쇄 2018년 2월 20일
1판 1쇄 발행 2018년 2월 27일

주소 서울시 마포구 토정로 222(신수동 448-6) 한국출판콘텐츠센터 316호
전화 02-333-5678
팩스 02-707-0903
E-mail chpco@chol.com

ISBN 978-89-7919-014-4 03830
© CHANGHAE, 2018, Printed in Korea.

「이 도서의 국립중앙도서관 출판예정도서목록(CIP)은
서지정보유통지원시스템 홈페이지(http://seoji.nl.go.kr)와
국가자료공동목록시스템(http://www.nl.go.kr/kolisnet)에서
이용하실 수 있습니다.(CIP제어번호: CIP2018003010)」